U0596766

海天译丛

Tu seras un homme,
mon fils

如果……

吉卜林和他的儿子

Pierre Assouline

[法] 皮埃尔·阿苏里————著

邓颖平————译

深圳出版社

图书在版编目（CIP）数据

如果……：吉卜林和他的儿子 / (法) 皮埃尔·阿苏里著；邓颖平译. -- 深圳：深圳出版社，2024.2
（海天译丛）
ISBN 978-7-5507-3920-8

Ⅰ.①如… Ⅱ.①皮… ②邓… Ⅲ.①长篇小说—法国—现代 Ⅳ.①I565.45

中国国家版本馆CIP数据核字(2023)第222244号

版权登记号　图字：19-2020-118号
Originally published in France as:
Tu seras un homme, mon fils by Pierre Assouline
© Pierre Assouline et Éditions Gallimard, Paris, 2020

Ouvrage publié dans le cadre du Programme d'Aide à la Publication Fu Lei de l'Ambassade de France en Chine.
由法国驻华大使馆的傅雷出版资助计划资助出版

如果……：吉卜林和他的儿子
RUGUO... : JIBULIN HE TA DE ERZI

出 品 人　聂雄前
责任编辑　邱秋卡
责任校对　万妮霞
责任技编　梁立新
封面设计　麦克茜

出版发行　深圳出版社
地　　址　深圳市彩田南路海天综合大厦（518033）
网　　址　www.htph.com.cn
订购电话　0755-83460239（邮购、团购）
设计制作　深圳市龙瀚文化传播有限公司 0755-33133493
印　　刷　深圳市华信图文印务有限公司
开　　本　889mm×1194mm　1/32
印　　张　9.25
字　　数　156千
版　　次　2024年2月第1版
印　　次　2024年2月第1次
定　　价　48.00元

版权所有，侵权必究。凡有印装质量问题，我社负责调换。
法律顾问：苑景会律师 502039234@qq.com

献给我父亲

马塞尔·阿苏里

比以往任何时候都想献给他

我们借此，仅仅借此，存活下来，

这一点，在我们的讣告里，

在善良的蜘蛛吐丝包裹的记忆里，

在外貌奸猾的公证员拆开的封漆下，都找不到。

T.S. 艾略特①《荒原》

（皮埃尔·莱里斯②从英文译成法语）

---

① T.S.艾略特（1888—1965），出生于美国的英国诗人、剧作家和文学批
评家，诗歌现代派运动领袖，代表作有《荒原》《四个四重奏》等。
② 皮埃尔·莱里斯（1907—2001），法国翻译家，翻译了百余部英文名
著。他和本书作者阿苏里以及书里的主人公朗贝尔（虚构人物）均毕
业于巴黎的詹森·德·萨伊中学。

目 录

序　幕 001

Ⅰ　战　前 011

　　1　韦尔内莱班 012

　　2　教　师 046

　　3　约　翰 075

　　4　不可避免的哈米吉多顿之旅 093

Ⅱ　大　战 149

Ⅲ　战　后 201

　　5　否　认 202

　　6　巴黎的一次午餐 227

　　7　最后的时光 253

尾　声 280

序　幕

伦敦，威斯敏斯特教堂广场
1941年1月23日

　　这天早上，我获准外出。用这样的词语，颇有些军人的味道，可现在这种时候，又有什么不带点儿军事色彩呢？利用这次外出，我去了皮卡迪利大街，到哈查兹书店发现新书，还带着同样的兴致在经典作品区转了转。在书店转悠了一两个小时后，我重新回到街上，继续在城里闲逛。我解释不了其中的缘由，任凭双脚把我带到威斯敏斯特教堂，广场上的地砖仿佛黏住了我的鞋底，让我无法迈过教堂大门。我站在那儿，对着巨大的圆花窗，一动不动，站了许久。

　　我整个人动弹不得，不是因为目睹了近期德军轰炸后的惨景，而是因为五年前在这里参加鲁德亚德·吉卜林的国葬时的情绪又浮上了心头。我记得，巨大的人海安静得惊人，中间突然出现了一道缝隙：无名氏组成的人海自然地为将军、司令、勋爵和部长让出通道，他们一出现，人海就被劈开了，后面跟着在南非打过仗的退伍军人、议员、出版商、译者、绅士俱乐部的成员、共济会成员、友人、艺术家、被他称为第二个祖国的法国驻英国大使、启发他创作的人物原型。第二天出版的《泰晤士报》用了一整栏记录这些人的名字，然而里面没有作家。没有人看见作家，甚至连"彼得·潘之父"詹姆斯·马修·巴里①也没有出现，他原本答应扶棺，却在最后一刻反悔了。人们还以为没邀请作家同行出席一种世界观的告别仪式。反正他们没有为这个看似无足轻重却覆盖着大英帝国国旗的棺椁送行。

人们送别的，是大英帝国最伟大的诗人，岌岌可危的秩序的捍卫者，是最自由、最独立的守旧之人，陪伴了许多人童年的故事大王，诺贝尔文学奖得主，颇有声望的名人，还是一位有才华的普通英国人？谁知道呢。威斯敏斯特教堂的教长在悼词中称赞他是几代人的先知。在场的所有人仿佛刚失去一位好友。他们面色凝重，或陷入悲痛，或回想亲密友好的时刻，为逝者默哀。他们

---

① 詹姆斯·马修·巴里（1860—1937），苏格兰小说家、剧作家、儿童文学作家，代表作有《彼得·潘》等。

诠释了奥登①悼念叶芝②的名诗。我记得诗里说，悲痛的语言把诗人的死同他的诗隔开，从生命离开躯体的那一刻起，他就变成了自己的崇拜者。而我们，也将变成书写自己人生的小作家。

鲁德亚德·吉卜林活着的时候就写过自己，是自己笔下的人物。这一天，他也成了自己的崇拜者。

至于我，他去世的消息一公布，我就抛下工作，专程从巴黎赶来，表达对他的感激。当然是对他作品的感激，特别是一首诗。《如果……》这首诗于 1910 年发表时，我就读了英文原版。

祖母知道我喜欢这位作家，就把收录了这首诗的故事集《报偿和仙灵》送给我，作为生日礼物。也许，她还想拉近我和父亲的距离。父亲突然离家出走，抛下所有人和拥有的一切，母亲无法忍受家中还有父亲的书，祖母便表示愿意接收他的书。这本书就在其中，而且书页有折角，书里有画线、删除和圈出重点的记号。父亲的书多是反对革命的历史故事和宣传民族主义的小册子，从里面找到这本书，着实令我惊讶。更让我惊讶的是，这首诗的页边空白处还有他的笔记。我们的确可以把这

① 威斯坦·休·奥登（1907—1973），英裔美国诗人，代表作有《西班牙》《染匠之手》等。
② 威廉·巴特勒·叶芝（1865—1939），爱尔兰诗人、剧作家和批评家，1923 年获诺贝尔文学奖，代表作有《苇间风》《当你老了》等。

首诗当成一种召唤，一场祈祷，一次祈求，一份父亲对儿子的鼓励。

《如果……》改变了我的人生轨迹。几行诗完全可以参与一个人的生活。没有它，1941年1月23日，我就不会出现在伦敦威斯敏斯特教堂的广场上。吉卜林喜欢用他自己的表达方法提醒人们，这个地方是"我们这个民族精神世界的中心"。

我发现自己又陷入了回忆，并不痛苦，只是感伤，只差几分钟就是整整五年，还是这座城市，它以前所未有的勇气从德军的狂轰滥炸中勉强恢复过来。两周前，伦敦还是一片火海。《吉卜林杂志》的订阅者绝对是一群特别豁达的人，他们要接受一些调整。"除非有新通知，吉卜林协会的地址将设在牛津郡泰姆市高街2号。由于伦敦办公室在空袭中遭到破坏，我们认为有必要更换地址。"看到这则通知，我告诉自己，战争结束后，一定要让詹森中学的学生研究它，把它作为间接肯定法的范例，英国人把低调陈述①当成艺术来修炼，就像他们的园艺。

---

① 低调陈述（原文为英语understatement），英语中常见的修辞手段。与夸张相反，低调陈述是为了达到强调或者幽默的效果，在小说第7节，主人公与吉卜林探讨了低调陈述。前一句提到的"间接肯定法"（原文为法语"litote"，英语为"litotes"，拼写略有不同）是一种反语式的低调陈述，通常用否定或者较弱的语气间接表达肯定的意思。比如前文里的通知，通知并没有直接说空袭对伦敦办公室破坏很大，而是通过办公室必须更换地址，间接表达这层意思。

少讲些大道理，效果反而更好。站在这座比我们的生命更伟大的教堂前，站在为数不多能让人体会到时间的厚重的历史建筑前，我闭上眼，再次听到远处传来英国圣公会葬礼仪式的圣诗歌。仪式结束的时候，管风琴声震耳欲聋，司仪们唱着吉卜林为维多利亚女王加冕六十周年创作的《退场诗》①，他们保持队列，迈着方步离开祭坛，走向圣器室。创作《退场诗》时，帝国沉浸在乐观的情绪中，这让吉卜林感到害怕，他认为所有的迹象都令人不安，便想借这首诗来驱散厄运，因为他在诗中既赞美了帝国的辉煌，又提醒人们帝国面临走向衰败的威胁。很多人只想抓住积极的一面，忽略了诗人的提醒。这首诗完全没有殖民者的傲慢，它提醒人们反思，保持谦卑。然而，诗的语言太过庄重，加上作家煊赫的声誉，人们把它解读成对帝国的赞颂。吉卜林的所思所想全在这首诗里，但误读从未停止。

葬礼那天，广播里在播放他的诗，《英国旗》《七海》《英国人之歌》……毫无疑问，这是属于他的日子，但致敬的节目不得不中断。几个小时后，就在同一地点，刚参加完吉卜林悼念仪式的名流和八十万英国人，在权杖、长袍和皇家旗帜前游行，送别紧随吉卜林离世的乔治五

---

① 退场诗，指礼拜仪式结束后，唱诗班退场时演唱的赞美诗。《退场诗》是1897年创作的。

世。大本钟为国王敲了七十下。英国在感受自己的延续性，即它在几个世纪传承中的意义。有人怀疑，一个人的名字会盖过另一个人的名字，但在人们的印象里，在报纸上，他们俩的名字经常连在一起，何况他们的深厚友情众所周知。有人说，国王把他的使者带走了。没有人敢说国王抢了吉卜林的风头。吉卜林也习惯了。获诺贝尔奖的时候，他到斯德哥尔摩参加庆典，然而到了最后一刻，宴会、典礼和演讲都取消了，因为国王奥斯卡二世两天前去世了。

我隐约想起以前见过的一幅画，它占据了我的大脑。画面轮廓并不清晰，却像一首震耳欲聋的歌，挥之不去。这幅画，我既说不出主题，也记不起名字，更不知道画家是谁。就是一团黑乎乎的东西，远处有两三个人影，跟着一盏灯笼。我竭尽全力，也只能记起这些。就这样，我愣住了，直到有人用威胁的口气跟我说话，还用枪管顶住我的肩胛骨，我这才如梦初醒，要不是这个声音很熟悉，我肯定会害怕。

"朗贝尔中尉！快投降。睁眼看看，你们被包围了！"

爽朗大笑的人是我儿子，我唯一的孩子，如果还能用"孩子"称呼这个肩膀宽阔、握手有力、身穿自由法国[①]

---

① 自由法国，指第二次世界大战期间，戴高乐领导的法国反纳粹德国侵略的抵抗组织。

军装的二十一岁小伙子。早晨，我们还在家里一起享用了极其简单的早餐，这会儿，我们还是紧紧抱在一起，就像从战火中幸运生还，久别重逢时还依然健朗的老战友。

"你在这儿干什么？别告诉我你一直跟着我……"

"我好歹是你儿子吧？"他耸耸肩，"一个叫路易·朗贝尔的人，被詹森中学解职，于是和家人来伦敦避难，在最亲爱、最伟大、永不沉没、不朽的英国诗人逝世五周年的纪念日，除了教堂大广场，他还能在哪儿。不是吗？"

我们并肩而行，我挽着他的手臂，倒不是因为身体的原因而必须靠着他，而是因为喜欢，我还能挺胸阔步，除非被抑制不住的咳嗽压弯了腰。

"奇怪，我就是没办法跨过教堂的大门。"我的声音有些哽咽。

他应该察觉到了我的情绪，便把手从口袋里抽出来，放在我肩上，小心翼翼地搂着我，仿佛要帮我抵御内心深处看不见的敌人，又像是若无其事地鼓励我，把心里的话说出来。刚走进教堂中殿，金雀花王朝加冕的地方，我就敞开了心扉，一连串出乎意料的话脱口而出。

"……要是只能在记忆里保留一幕那天的画面，画面上的人可能是个无名小卒，如果我没记错，他应该姓普林，官方敬献的花圈刚摆好——上帝才知道有这么一个环节——他就上前献花了。最朴素的往往是最醒目的，比如他的老同学献的花，他庄园里的工人献的花，雇工知道他喜欢树，就用橡树、榉树和山楂树的叶子编了个花圈。普林先生的献花更简单，就是一些花和叶。没人认识这个人，他是法国北部卢斯英军公墓的园丁。了解吉卜林的人才知道，为什么他献的花最令人心碎，也最有可能打动吉卜林。"

说到这里，儿子抓紧我的手臂，安慰我。

"就在几个月前，以吉卜林的名字命名的驱逐舰和另外六艘皇家海军驱逐舰一起护卫一艘战舰去轰炸瑟堡[1]，想到这个……看来老头儿死了还能发飙！这个老家伙……"

有几个人，可能是法国人，在离我们不远的地方停了下来，像在听我说话，十分专心，就像在听导游讲解。其实，我的声音已经压得很低了。他们应该是吉卜林的读者，无意间听到他的名字。可我并不是研究他的作品的专家。尽管如此，这并不妨碍我对他的了解。

如果我把我知道的一切组合起来，把记忆的碎片拼在一起，把看到的林林总总加在一起，我就会发现，我根本不用去调查他，况且我并不熟悉这种方法，我只要让他和他的字词进驻我的生活。这完全是一种熏陶。

儿子希望我们的闲逛不被人打扰，所以立刻把我带

---

[1] 瑟堡，法国西北部的重要军港和商港。

到远一点的"忏悔者"爱德华①礼拜堂。后来，他预感我会跟他透露这段重要的人生经历的更多细节，便领着我往修道院走。

"爸爸，你知道吗，这是你第一次和我认真讨论他，而且你知道，我可能明天就要出发去执行任务了，我们可能……得过很长一段时间才能……再见？"他的语气透着责备。他面向我站着，双手搭在我的肩上。

"你问过我吗？别人没提的问题，我没法回答……"

他的沉默略显尴尬，神色突然不似刚才镇定，不过，当我问他知不知道韦尔内莱班的时候，沉默被会心一笑化解了。这就是我化解尴尬、让我们更好地接纳彼此情绪的方法。

他可能要去被占领的法国，他的提醒唤醒了我心底无声的忧虑。与任务有关的各种不确定性和危险，他都不能跟我细说，于是，我想现在就把他出生前后发生的这件事告诉他。很奇怪，跟他讲这段往事时，我竟然觉得以后再也见不到他了。

"我的儿子，你看，吉卜林和我的故事就是这样开始的……"

---

① "忏悔者"爱德华（1003—1066），英国国王，因笃信宗教，得名"忏悔者"，在位期间扩建威斯敏斯特教堂。

I

战　前

AVANT GUERRE

1

韦尔内莱班

　　人常说，名胜古迹容易促成伟大的会面，至少小说里经常有这样的情节。公园饭店的确很壮观。易卜拉欣帕夏[①]公馆变成它的附属楼之后，建筑上的延伸给整间饭店带来了意想不到的效果。据说，易卜拉欣帕夏是埃及和君士坦丁堡帕夏[②]的儿子，这位将军1846年到这座城市旅居，他一手把公馆建了起来，里面的装饰也是这位最具异域风情的房主设计的。

　　我们的相遇只不过发生在东比利牛斯省的一个小镇上，位于卡尼古山黑色的山坡上，这里是加泰罗尼亚人的圣山，海拔2784米。不过在1914年3月，加泰罗尼亚的这座小镇却很有国际范儿。其实，每年这个时候都

---

① 易卜拉欣帕夏(1789—1848)，19世纪埃及的一位将军，穆罕默德·阿里的儿子，也有人说他是养子。
② 帕夏，奥斯曼帝国行政系统里的高级官员，通常是总督、将军及高官。

是这样的。街道笼罩在甜蜜温柔的气息中。在这里听到英语并不令人意外。在这期间，《泰晤士报》会在天气栏刊登日不落帝国首都伦敦还有韦尔内莱班的天气，是不是难以置信？

小时候，我对这个地方就很熟悉。每年暑假结束回巴黎前，父母都会到这里休整。他们用这种方式让我们在户外净化自己，再去迎接开学复工和巴黎的狂躁。这一家族传统后来发生了变化，因为我和父亲已经有一段时间不说话了。于是，我一个人陪祖母去韦尔内莱班度几天假，尽管几年前我就开始上班了。只要她在，一切都会变得明媚，这样的情景足以让我憧憬。这么多年过去了，我还是很喜欢她，我们之间的师徒关系，我敢说，一直没有变。

我跟父亲不一样，我很喜欢她，她也没有错过让我感受到她也喜欢我的任何机会。我知道这是一种幸运，我享受和她在一起的每一刻，仿佛那是最后一刻。她的身体并不硬朗，但她完全没有表现出来，还想隐瞒，然而风湿病、痛风、关节痛一起发作的时候，就逃不过大家的眼睛了。祖母撑着，坚持着，她在对抗悲惨的衰老。对她来说，放弃原先的生活方式如同被剥夺了最起码的尊严。无论面对何种处境，她总是抱持这种态度，带着发自内心的、和她的蓝眼睛极其相衬的微笑。总的来说，她在各方面都很优雅，当然是以她的方式，她与自己的年龄相处和谐，对自己的银发充满自豪，也很清楚自己会经常失神。她对大众意义的优雅，也就是穿着优雅，有自己的见解，她认为这无关衣裙，而是一种浮在身体周围的观念。她有一种……a touch of class[1]，这个英语词组很难在法语里找到对应的表达。她以前经常出入沙龙，却没有沾染沙龙里厚颜、残酷、不忠、堕落的恶习。这个女人很有智慧，总在不经意间展现自己的文化修养和调皮个性。她整个人都散发着不惧幻灭的气概，表明她已经走入生命的某个季节，对于获得他人的认可不抱丝毫幻想，也不再因为自尊心敏感而受到伤害。我要感谢她的事很多，首先就是对文学的兴趣。

　　小时候，每个周六周日，我们全家都会去她家吃午饭。她摘抄了拉布吕耶尔[2]的格言、古罗马诗人马提亚尔[3]的隽语和拉·封丹的寓言，贴在厕所正对马桶的墙上。坐在马桶上，我们除了读这些文字，没有别的事可做，更何况它们就贴在和视线齐平的高度。她就是这样激发我们对文学的兴趣，而不是对我们进行启蒙教育。她很有一套，这毫无疑问。她还教我对某些书进行沉思，还

---

① 大意为"优雅的氛围感"。
② 拉布吕耶尔（1645—1696），法国作家，代表作为《品格论》。
③ 马库斯·瓦列里乌斯·马提亚尔（约40—约104），古罗马诗人，代表作《隽语》，内容多为轻松短小的箴言。

对我说，在入住的小旅馆里找到一本熟悉的书，就像和喜欢的朋友重逢，继续一段随意的聊天。

回想起这些，不，我不认为每年这个时候扮演七天骑士是一种牺牲。要不是我们有血缘关系，而且年龄相差太大，我非常愿意娶她，娶欧仁妮为妻。虽然很不合逻辑，但我无法想象没有她的生活。想到这儿，我握住她的手，虽然她的手干巴巴的，但皮肤的触感，我永远不会忘记。

我们从巴黎奥赛火车站出发，乘车顺利抵达孔夫朗自由城，一辆驿车来接我们。在公园饭店放下行李还不到二十四小时，我们根据当地的天气，初步确定了一些日常活动。现在，我们在冬季花园边的大餐厅坐下，刚点好餐，她的脸色就变了，面部线条全部凝固了，像要昏厥过去，后来又变成惊讶，两眼睁得老大。她抓起镶着花边的手帕，挡住嘴，极力控制自己的表情。她垂下眼，看着空盘，强忍着，差点扑哧一声笑出来。

"有那么好笑吗……"

"别回头。是他，我可以肯定。"她说。

"他？"

"你的大人物，你的诗人，你知道的……"

"马拉美？在这儿？真是不可思议。他都死了十五年了！"

"不是他，是你的英国诗人，你一直跟我说的那位……"

我不相信，便故意让餐巾滑到地上，然后慢慢转身去捡。在相隔几排的地方，几个人围着一张餐桌，他们都望向同一个人，毕恭毕敬地听他说话。他就像演说家，利用讲台和声望的高度，向观众输出观点。

"有些地方确实很像他。身材瘦削，前额有点秃，留着小胡子，戴着细框眼镜，不过很多人都长这样，甚至可以说这是很大众化的长相，我认识不少法国人就长这样。"

祖母素来细腻体贴，没有继续坚持她的观点，再说鱼肉香菇馅的酥饼得趁热吃。她以言辞犀利出名，遇到特殊情况也会小心谨慎。尽管如此，她还是让我产生了怀疑。不管怎么说，热衷温泉疗养的英国富人很喜欢韦尔内莱班。后来，我们继续按照我们的节奏谈话，就是我简单陈述，她大段点评，这种节奏根深蒂固，就像是自然的条件反射。虽然她换了个话题，谈起《费加罗报》老板在办公室遇害，财政部部长卡约的夫人一怒之下把他杀了，因为她丈夫被这家报纸大肆诽谤（"这女的真有个性！不过开了六枪，还是太……"），她的评论让我感到惊讶。

吃完饭，我送她回房间午休，任何人任何事都不能破坏她的午休。我去了度假者的社交中心——赌场，更准确地说是赌场里的英国人俱乐部，我断定能在那里见到很多住店客人。果不其然。我们说的那个人就在那儿，陪着一位比他年长许多的男士，两人在宽敞的国际图书馆的靠窗角落聊天。离他们很近的地方有一个背对他们的皮沙发，我坐过去，好偷听他们的谈话。

显然，他俩很熟。把他们交谈的碎片拼凑起来，我推测年长的男士是他父亲的老朋友，还是一位高级将领，甚至是印度陆军①总司令。

"我当时二十来岁，只是《先锋报》的小记者，可以说什么都不是，您居然愿意和我谈论时局……"他说话的时候带着敬意，"是在西姆拉②，还是阿拉哈巴德③，我记不清了，不过我一直很感激您。"

"我们聊了军营生活和军队里的犯罪问题，这些都很重要！我的朋友，您当时可严肃了。"

他们同时笑出声来。显然，从那时起，他们就成了朋友。他们可能约好了，带着夫人到韦尔内莱班一聚。他们的谈话转向接待他们的国家。我不认识的那位先生

① 印度陆军，印度军队中规模最大的军种，在两次世界大战中均为英军最大的附属战力。
② 西姆拉，印度最北部的喜马偕尔邦首府，著名的避暑胜地和旅游城市。
③ 阿拉哈巴德，印度北方城市，意为"安拉的城市"，位于恒河与亚穆纳河的交汇处。

显然是个法国迷。

"罗伯茨勋爵^①，您看，对于喜欢法国和法国人的人来说，三月是最好的旅游时间。这时候，法国不再只关注清洁、修剪、雕刻、重新粉刷自己的工程。这种不可动摇的平衡感，表达自我的能力，还有这些劳动者……这里的确是艺术家的国度。"

"从某种意义上说，和我们国家的人正好相反。这些大概都是远足者的印象……"

"法国属于大陆，有大陆人的直觉。英国就像在大陆旁停泊的巨型客轮，偶尔到法国来走一走，看一看。"

他们起身去散步，如果一个男人来这里的唯一目的就是陪伴体弱的太太，那么他最喜欢的活动就是散步。在公园，在河谷，在山中，独自一人或结伴而行，总之就是走路，走，走，走到头晕目眩。我以为吸烟室就剩我一个人了，其实，在沙发另一头，有个男人在那儿坐了很久。他如此低调，面前放着一杯苏格兰威士忌，显然不是第一杯了，他专心读《每日电讯报》，以至于我完全没察觉到他的存在。他四十来岁，样子很和气，身材圆润，但不是发福的那种胖，先抽雪茄再嚼，他的外形大致能反映他的性格。坦诚直率的握手证实了这一点。

---

① 即弗雷德里克·罗伯茨（1832—1914），英国陆军元帅，曾任英属印度陆军总司令、驻南非英军总司令等职。

他先介绍自己，福尔摩斯，爱德华·福尔摩斯。我敢打赌他是记者，但不确定是不是战地记者。他完全没有老记者或者转业军人的派头，尤其是在这样的环境下。不过四周精美的护墙板并没有阻碍我去想象他在极端情况下的样子。不对，还是不对，这个迫不得已进入新闻界的知识分子，就像从契诃夫小说里跑出来的人物，人们可以感觉到他背负了报道人类真相的重担，然而这重担，他既无力承担，也无法逃避。

"您觉得，刚才和罗伯茨勋爵说话的那位……"我试探地问了一句。

"是他。"

"哪个他？"

"吉卜林。这还用问吗！"说着，他高举双臂，"鲁德亚德·吉卜林，你们这里的人都叫他'杰出作家'！"

显然，祖母没看错。可是，吉卜林的画像并不多见，他的长相也没有什么特别之处，穿着打扮也是英国人常见的那种。而且，他并不像出入大酒店的客人那般光彩夺目。岁月在他身上留下了自然的印记，但看不出具体的年龄。隔着一定的距离，看到他散发出来的魅力，在四周形成的磁场，还有属于他的独特风格，祖母觉得这个人就是吉卜林，仅此而已。

"您认识他吗？我的意思是，不只是作为读者的那种认识？"

"我们是1900年在非洲南部认识的，第二次布尔战争①期间。英国反对德兰士瓦共和国和奥兰治自由邦独立，他对此表示支持，还把大获成功的诗歌《漫不经心的乞丐》的一半版税收入捐给了士兵家属援助基金。那段时间，鲁德，熟人都这么叫他，说战争是个奇怪的东西，像是扑克游戏和星期日学校②的混合物，但还是更像扑克游戏一些。在那个地方，罗伯茨勋爵是总司令。您可能读过鲁德的一首诗，《鲍勃》。鲍勃，就是他！他们俩组成了最佳搭档。你们这边的媒体肯定没有报道过，不过我们国家的媒体，简直把这当成爆炸新闻。这几年，他们呼吁建立义务兵役制，以应对德国的威胁，到目前为止还没有下文。没人听他们的。"

"那你们是怎么认识的？"

"我的报社派我去报道。在尼尔森山酒店，你可以见到所有人。'布尔马戏团'的荣誉成员都在那儿：《每日电讯报》的班尼特·伯利、路透社的格温、《每日邮报》的朱利安·拉尔夫、《泰晤士报》的埃默里，我差点忘

① 第二次布尔战争，又称"英布战争"，1899年10月至1902年5月，英国与荷兰移民后代布尔人建立的德兰士瓦共和国和奥兰治自由邦为争夺南非的领土和资源而进行的战争。
② 星期日学校，又名"主日学校"，英美等国在星期日为贫民开办的初等教育机构。

了最重要的那个人，后来成了吉卜林的好朋友的珀西瓦尔·兰登，《泰晤士报》派他去报道罗伯茨勋爵，要他寸步不离地跟着这位驻军首领。一天，罗伯茨勋爵的部下征用了布尔人的《快报》的场地和印刷机，他让兰登和格温在那里印制《自由邦之友》，一份给英国军队看的报纸。他们叫我来帮忙。我们一起工作了一个月，其间我遇到了吉卜林。从某种意义上说，他也被征用了，他很高兴能帮上忙。那时，布隆方丹①刚刚易手。之后，我们一直有联系。他在美国佛蒙特州生活的时候，我们就约在美国见面。现在，见面更方便了，因为我开始跑法国地中海海滨和其他地区的社会新闻。他能容忍我，是因为我从来没有请他接受采访。他把我当成家里的朋友。"

我难以抑制这个发现带给我的兴奋。大家都觉得我是冷血动物。然而，这一天，我控制不住了，这样的情形，就算在最疯狂的梦里，我都不敢奢望。

"真是难以置信，您完全想象不到。是天意把你们，把您和他，送到韦尔内莱班。天意、偶然、恩赐，随便您用哪个词来形容。您觉得，我能和他说说话吗？"

福尔摩斯挠挠脸上浓密的胡须。我的表现引起了他

---

① 布隆方丹，南非的司法首都，奥兰治自由邦首府。第二次布尔战争期间，1900年3月，奥兰治自由邦的官员逃出首都布隆方丹，英军随后进入，3月中下旬，英军部队伤寒流行，罗伯茨总司令下令就地休整。战争之后，奥兰治自由邦成了英国的殖民地，1910年成为南非联邦的一个省。

的兴趣。他故作郑重，打量了我一番，从头到脚，从脚到头，好像我要去应聘一份需要有运动员体魄的工作，而他答应为我写推荐信并在信中为我担保似的。

"得看情况。是很重要的事吗？"

"对我来说，生死攸关。"

"您说什么？"他惊叹道，"如果事关生死……"

"是关于一首诗，只是一首诗。"

"其实……他和夫人凯莉①吃晚饭的时候，我会跟他见面。他总是比她早一些下楼，感受气氛，观察新来的人，打探小道消息，特别是在没有什么新鲜事的时候。我也是这样收集信息的。他则有别的目的。我们要么是作家，要么不是。大量的信息能滋养他的写作。一会儿见，到时候，我们见机行事。"

我没有让他重复自己的话。和他这样的人打交道，很快就会产生熟悉感。我已经没有称他为先生，而是直接叫他福尔摩斯，仿佛我们是公共教育部的公务员同事或者报界同仁。他很像切斯特顿②笔下的人物，对他来说，新闻就是对一群不知道琼斯勋爵是谁的人宣告"琼斯勋爵去世了"。我对他表示感谢，刚打算离开，又转过

---

① 吉卜林夫人的名字是Caroline（卡罗琳），凯莉（Carrie）是昵称。
② 吉尔伯特·基思·切斯特顿（1874—1936），英国作家、文学评论家，代表作《布朗神父探案》是英国著名的推理小说。

身来问他：

"我该怎么和他说话？"

"听从奥斯卡·王尔德①的建议，一切都会很顺利的。"

"还有呢？"

"做你自己，因为其他人都有人做了。"说这句话的时候，他换了一种语气。

这让我更尴尬了。细想来，我并不打算戴别人的面具。这不是我的风格。他对我解释说，只要和自己保持一致就好，把它当成一项成就，因为这并不是与生俱来的品质。为了避免在这个话题上继续聊下去，我离开了英国人俱乐部，满怀希望。

像往常一样，下午四点半，乐手开始在赌场前的公园凉亭整理乐器，准备傍晚的音乐会。服务员在草坪上摆好独脚小圆桌，铺好白色桌布。阳光下，他们的蓝制服十分抢眼。他们刚准备好茶水，客人便从四面八方，甚至从竞争对手葡萄牙大酒店蜂拥而至。苏格兰格纹毯子已经备好，因为气温下降得厉害，远处的雪山提醒人们，这里属于真正的大自然。一切已为比利牛斯山地区的社交名流准备妥当。

---

① 奥斯卡·王尔德（1854—1900），英国小说家、剧作家、诗人，代表作有《道林·格雷的画像》《莎乐美》等。

夜幕降临前，我只想着一件事——不太可能发生的会面。祖母觉得我太傻了，下午五点就穿戴整齐，假高领都装上了，皮鞋也用蜡油打得锃亮，黑得不能再黑，因为英吉利海峡那边有一条穿戴礼仪方面的禁令，在我脑中挥之不去——"六点之后不穿棕"。

到了说好的时间，我已在主楼梯旁等候多时，一边踱步，一边紧张地抽烟。人很多，食客都聚集于此。透过来往的人流，我远远看见福尔摩斯坐在吧台的高脚椅上。他朝我做了个手势，让我冷静下来，抓住时机。他的手势平稳、简洁、意义明确。很好……他自称是掌控时间的大师，但不想让朋友发觉，因为大人物通常邀约多，他们讨厌承受压力，哪怕是来自友人的压力。

突然，吉卜林出现在台阶下方，旁边有个人在跟他说话。周围一片嘈杂，我一个字都听不清，不过，他们的对话似乎越来越激烈。后来，吉卜林好像生气了，面露怒色。从他们的声调可以断定，语言交锋很激烈，随后，那个人慢慢退到一旁，仿佛眼前的人是国王乔治五世，退下的时候绝不能背对着他。

吉卜林夫人还没下楼。我的时机来了。可是人流太密，我看不到福尔摩斯。他会给我什么建议？我不知道该怎么做。吉卜林离我只有几米远。这几分钟里，他一个人走来走去，像是不能原谅别人折磨自己，又逼着自己接受这种折磨。我要冒一冒险。

"打扰了，先生，您是作家吗？"

"对，我是泡在墨水里。"

"意思是说……"

"提供虚构故事的人，如果您喜欢这个说法的话。"他回答的时候压着火。

"我能不能……我想和您聊一件与您密切相关的事……"

他的怒气没有平息，便把火撒到我身上。

"我拒绝采访，您听清楚了吗？美国的文学评论残酷又不道德。在公共场合受到冒犯，还要被问一些隐私，简直令人发指！你们的版权法在剥削我。要是我的作品不再落到贵国无视文学创作知识产权的低等人手里，我就谢天谢地了！你们偷了我的书还不满足，还要侵犯我的隐私？先生，我有话说的时候会写下来，然后把它卖掉！我的想法属于我自己，您明白吗？"

他转身走向餐厅。他会不会突然感到内疚？我觉得不会。他略微转身，接着，这个拥有传奇姓氏的男人，他的姓氏就算不会诞生一个王朝也能自成派系，这个一出场就吸引所有人目光的男人打量了我一番，好像我是昨天才来到人间似的，然后抛给我一句：

"跟我在伦敦的经纪人沃特说吧！"

我哆哆嗦嗦地往酒吧走。福尔摩斯立刻抬眉示意服务员，他用这个简单却富有表现力的动作，要了两杯鸡尾酒，递给我一杯。

"快，喝了它。您需要喝一杯。"

我照做了，自然是一口干了，但忍着不吐出来。我的喉咙像着了火，不过，这至少让我从短暂会面的打击中缓过来了。

"这、这是什么东西？！"

"每天这个时间，我都要补充'西瓜汁'，混了八角、茴香、甘草和龙舌兰酒的饮料。这酒可以平复您刚才的心情。补充燃料，我喜欢这个说法……不过，您怎么啦！刚才真不是时候。"

"跟您的朋友说话真不容易。说实话，他让我害怕。"

"真的吗？"他很惊讶。

"他火气真大……都没给我时间自我介绍，就把我当成想搞大新闻的美国记者。"

"他总是看不起记者。"

"谁能想象这个人能写出《吉姆》这样抚慰人心的作品……"

"啊，《吉姆》，美和智慧的结晶。其实有这些品质的人，是他的父亲。吉姆最美好的一面，来自约翰·洛克伍德·吉卜林。下次，好好挑选时机。"

　　还会有下一次吗？我不禁怀疑。在我看来，我的着急、冲动和笨拙都是不成熟的表现。爱德华·福尔摩斯是我手里唯一的牌，只有他能为我提供关于这个异常复杂的人的使用指南。就看他愿不愿意大发慈悲，因为他并不欠我什么，他甚至不知道是出于何意，但他满怀信心，看上去很愿意做我的担保人。要不是我们年龄相差太多，我多希望能有这样一个童年好友。他完全符合我在教师办公室听到的关于朋友的定义——你可以在午夜给他打电话，让他来帮你搬运尸体，而且他不会问你任何问题。福尔摩斯一边听我反思自己的失败，一边听旁边两个男人谈话。当他们说起无尾礼服①的词源时，他被逗乐了，忍不住低声说：

　　"你们这边附庸风雅的人总喜欢用英语命名一些东西，可这些东西在英语里并不这么说……"

　　的确，法国人从十九世纪末就开始疯狂模仿英国人，有的人谨慎，有的人露骨。在日常生活的方方面面和部分学科里都能看到模仿的痕迹。受影响最深的当属知识分子、艺术家和富人，亲英主义扩大了他们和平民之间的鸿沟，因为普通民众天生对英国人反感。

――――――――

① 在法语里，"无尾礼服"是smoking，一个来自英语的单词，而在英语里，"无尾礼服"并非smoking，而是dinner suit、dinner jacket（英式英语）或者tuxedo（美式英语）。

第二天，我向祖母和盘托出自己的不幸遭遇，然后决定按照英国人的节奏安排一天的活动。天气适宜，碧空如洗，空气清新，我们去老城区转了一圈，和已经认识我们的商贩寒暄，他们有的甚至担心一年后才能再见到我们。这趟散步的时间有点短，于是我们决定步行去山谷里的卡斯泰尔村，出出汗，再到树荫下乘乘凉，虽然现在还没到夏天。祖母不怕寂静无声的广阔空间，更不害怕汹涌澎湃的卡迪河，我们可以并肩走很久。她挽着我的胳膊，其间我们不做任何交流，却不会有丝毫尴尬。她有沉默的天赋，掌握了多种语言的沉默秘诀。她更喜欢轻快的暗示，虽然这可能引起歧义甚至误解，这一点我也很欣赏。在我看来，清晰的语义不利于做梦。我们在老城区棋盘般的小巷间穿行，一直走到大修后的中世纪城堡。这一路，我都在思考福尔摩斯喝完第三杯地狱鸡尾酒后的肺腑之言，类似于《吉卜林使用指南》的东西。自吉卜林凭借一首诗成为我的文学星空中最闪亮的星，我就不敢奢望能得到这样的指南……

"不要跟他提佛蒙特州！他跟小舅子发生冲突后不得不离开那个地方。他们俩最后对簿公堂，对他来说，跟钱有关的纠纷就是一场噩梦，也是一次羞辱，因为他爱那个地方，爱他的房子。他总说，'在这个世界上，我只想生活在两个地方，孟买和布拉特布罗 ①。然而，这两个地方我都不可能去住了……'还要避免谈起塔罗兄弟②的《丁利，杰出的作家》，大家都知道，这部辛辣的讽刺作品的原型是他，虽然得了龚古尔奖，我怀疑他还是很讨厌这部作品……还有，不要忘了，他们夫妇俩对冒失唐突的行为深恶痛绝，和所有没有什么可隐瞒的人一样，他们看起来像在隐瞒国家机密，实际上他们只是想隐藏自己的私生活，至于是什么私生活，谁都不知道……"

　　我又看到了几个小时前对着福尔摩斯的自己，心想，该如何跟一个被人簇拥的大作家相处。吉卜林就是这样的大作家，而且大到难以想象的地步。他拥有极高的威望，他为人所熟知不仅是因为名气大，还因为他的作品在世界各地出版、翻译，被人们购买、阅读，读了又读，热烈讨论。他的读者成群结队地来听他演讲。当他搭乘的客轮或火车抵达目的地时，人们会在港口或车站等候他。但这能说明他受人爱戴吗？我不敢细想，因为我可能会想得入神。我害怕答案会让我难过。当我感到福尔摩斯握着我的手时，我才如梦初醒。由于太过惊讶，我

① 布拉特布罗，美国佛蒙特州的小镇，吉卜林妻子的娘家，吉卜林夫妇从1892年开始在那里生活，度过了四年平静的生活，生育了两个孩子，吉卜林在此期间创作了两卷本短篇小说集《丛林之书》。
② 塔罗兄弟，指热罗姆·塔罗（1874—1953）和让·塔罗（1877—1952），他们的代表作《丁利，杰出的作家》获得了1906年的龚古尔奖。

过了一会儿才把手抽回来。

"我觉得您搞错了……"

"别担心，您不是我喜欢的类型，"他笑着说，"虽然征服异性恋者会让我开心……您的鼻头下垂得不够，要是有那样的鼻子，您大概率会是个情感浓烈的人，不过，您不会懂的……"

这一天的行程继续，阳光明媚，气温微凉。去卡尼古山圣马丁本笃会修道院的路上有个休息站，我和祖母坐到唯一的空桌边，其他两张桌子被两群游客占了。我惊讶地发现，吉卜林就在其中一群游客中。他和佩皮尼昂－埃尔讷①地区主教于勒·德·卡萨拉德·杜·彭——一个加泰罗尼亚至上、只用加泰罗尼亚语布道的主教，还有罗伯茨勋爵以及一群女士坐在一起，其中个头很大、胖乎乎的那位是伟大战士的夫人。在她身旁，八十二岁的老战士显得更瘦削挺拔了。到这么高的地方来，她只能靠轿夫抬。

这次，我绝不会去打扰他的假期，只盼着福尔摩斯的突然出现、关键时刻的奇迹恩典或神明的干预。吉卜林目光灵活，不知疲倦，一直保持戒备。有什么可戒备的呢？他看到我的时候，立刻看出我观察他很久了。他

---

① 佩皮尼昂，法国南部东比利牛斯省省会，埃尔讷是佩皮尼昂下辖的镇。佩皮尼昂地处法国与西班牙的交界地，受加泰罗尼亚文化影响。

没有丝毫遗憾地离开了那场他并没有真正参与的谈话，走到我们这桌来。我担心最可怕的事要发生了。他会在祖母面前训斥我没有教养吗？那对我来说将是奇耻大辱。但他向她鞠躬致意，然后对我说：

"福尔摩斯跟我说了您的事。恐怕昨晚是场误会。让我们一起远足吧，边走边聊。我们要往上走，会非常消耗体力。夫人，如果您愿意在这段时间去我们那桌坐坐，我会把您引荐给我的妻子卡罗琳，还有诺拉（罗伯茨夫人），当然还有巴腾堡的亨利王妃殿下。这些年，她全身心投入一项非常重要的工作，那就是誊写编订她母亲维多利亚女王的日记。至于我们都参与其中的修道院的修缮工作，她也有所贡献，她捐了一个祷告台和一架德国风琴……"

如此安排妥当，我们就出发了。

吉卜林发觉我被吓呆了，便开始说话，让我放松下来。远处的群山让他想起深爱过的南非，他想拜倒在壮美的景致前，臣服于它们的魔力和伊甸园般的绚烂。他身体里的神奇小说家比他本人更早地被他创造的奇幻故事俘获。吉卜林无意成为卡尼古山的大王，只愿做他的臣民，他也满足于此。在给法国阿尔卑斯俱乐部[①]的奥

---

① 法国阿尔卑斯俱乐部，成立于1874年，致力于推广山地运动和促进人们对高山地区的了解。

里奥尔先生的信中，他用炙热的语言描绘了这里的风景。接着，他毫无征兆地谈起他欠德国诗人海因里希·海涅 [1] 的文学债，显然他能忍受的德国人只有海涅一个。然后他自问，也问我，为什么法国人特别喜欢他的散文，但对他的诗歌几乎毫不在意，他的诗歌也没有被译成法语。我向他解释，因为转换他的诗的意象和字词这个过程异常复杂，且困难重重。我本希望这段谈话能最终落到我要谈的事上，然而他误解了我的意思。

"这么说，您想写诗？"

"不，我并不想写诗。"

他有点吃惊，停下来看着我。他抬了抬浓密乌黑的眉毛，我知道他在等我的解释。

"我对您的一首诗特别感兴趣，《如果……》。我希望能更好地把握每个词背后的意义，因此想问您几个问题。我想把它译成法语，但最重要的是我不想扭曲您的意思。既不违背原意，也不能自行诠释。我对这首诗有种亲近感，但我觉得还是应该和它保持适当的距离。您允许我翻译这首诗吗？"

"您是翻译？"

"呃，不是。"

---

[1] 海因里希·海涅（1797—1856），德国抒情诗人和散文家，代表作有《诗歌集》《德国——一个冬天的童话》。

"作家？"

"也不是。"

"大学老师？"

"没有那么高的水平。"我有点难为情，仿佛这句话加重了我的难堪，"我是巴黎詹森中学的语文老师。我特别想让学生学习您这首伟大的诗篇，当然我也会拿给我的同事看。不过，从很多方面来看，现有的译本都不太令人满意，虽然您的短篇小说，皮埃尔·米勒的译本，还是很不错的，我在《时报》和《巴黎评论》上读过。我斗胆提议，大……"

"千万别叫我'大师'，像法国人称呼法国作家那样，这太奇怪了。"

"我想……"我继续尝试。

"您见过罗贝尔·杜米耶尔①吗？"

我在犹豫要不要说出内心的想法，因为我一时说不上来他的性格特点。

"没见过，不过我太了解他了，所以不想对他有更进一步的了解。"

看他的脸色，我意识到自己刚才的回答很笨拙，然而我控制不住。祖母常说，我们家的人有个特点——不

① 罗贝尔·杜米耶尔（1868—1915），法国诗人、专栏作家、翻译家、戏剧导演。

会因为压制自己的想法而把自己活活憋死。也许他会和英国驻法国的大使还有作家安德烈·谢弗里荣[1]打听我，后者是他非常敬重的文艺理论家、伟大的伊波利特·泰纳[2]的外甥。不过，这位非常了解英国文学的作家没有什么可以告诉他的，原因很简单，我没有社会存在感，我什么都不是。

罗贝尔·杜米耶尔身上有我讨厌的一切。他是文学门外汉，泛泛涉猎文学，是得到万千恩宠却几乎一事无成的公子哥。我想象得到，用法语联名发表一篇吉卜林的作品能带来多大好处。杜米耶尔子爵，招人喜欢的优雅贵族，在巴黎郊区贵族阶层颇受赞誉，又在巴黎社交圈崭露头角，毕业于法国圣西尔军校，退伍后投身文学艺术，好像他已经在脑子里想出了这些介绍文字，然而对我的介绍只有寥寥数语。我要是想在吉卜林面前诋毁他，只需提醒他，或者告诉他，此人经常在艺术剧院排演萧伯纳[3]的剧。要想一次性吐槽个痛快，我还可以说，他和奥斯卡·王尔德有来往，是马塞尔·普鲁斯特的朋

---

[1] 安德烈·谢弗里荣（1864—1957），法国作家、评论家，主要研究英国文学和东方文学。

[2] 伊波利特·泰纳（1823—1893），法国文艺理论家、史学家，历史文化学派的奠基者和领袖，代表作有《艺术哲学》《现代法国的起源：旧制度》。

[3] 萧伯纳（1856—1950），爱尔兰剧作家，1925年获诺贝尔文学奖。

友。普鲁斯特不太懂英语，杜米耶尔帮他翻译了约翰·拉斯金①的《亚眠的圣经》，据说还让他读了并且让他爱上了吉卜林的作品，甚至爱到以为自己就是毛格利②的地步！我本可以继续说说那个小圈子，还有在巴黎流传的罗贝尔·德·孟德斯奎③的辛辣二行诗："别把你的儿子和罗贝尔·杜米耶尔／留在没开灯的地儿"……我没这么说，因为这样太不光彩了。问题是，他和他的朋友路易·法布莱④是最早向法国读者介绍吉卜林的人，他们为《法兰西信使》杂志翻译了《丛林之书》，很快，这位英国作家在法国声名鹊起，被奉为"下一个拉封丹"，后来他们还出版了他的其他作品和约瑟夫·康拉德⑤的书，这一切都不可能被抹杀。我不知道他怎么看我对这个人的保留意见，因为他把话题转向了《吉姆》。

"这就是一部流浪汉小说，没有情节，像是外部强加给我的作品。"他评判自己的小说时没有一丝自满。

"您太谦虚了！"

① 约翰·拉斯金（1819—1900），英国作家、艺术家、艺术评论家。
② 毛格利，又译莫格里，吉卜林的《丛林之书》的主角，一个由狼群抚养大的印度男孩。
③ 罗贝尔·德·孟德斯奎（1855—1921），法国诗人、收藏家，被认为是《追忆似水年华》里男爵的原型。
④ 路易·法布莱（1862—1933），法国翻译家。
⑤ 约瑟夫·康拉德（1857—1924），出生于波兰的英国作家，擅长写海洋冒险小说，代表作有《黑暗的心》《吉姆老爷》。

"我父亲说：'如果你获得了美，只得到了美，没有别的东西，那你就得到了上帝创造的最佳作品。'多亏了这堂智慧课，我知道如何在幸福刚出现的时候就把它分辨出来，而不是在很久之后，还要因为错过而懊悔。您看，这是一份无价之宝。不过，朗贝尔先生，您什么都没记，对吧，这一点咱们是有共识的……"

"您看到笔和笔记本了吗？"我一边说，一边翻转手背给他看。

"我特别害怕采访。我这辈子接受的采访屈指可数，其中一次就给了您的同胞《费加罗报》的于勒·郁雷，可能您知道这个人，他给我留下了很好的印象。至少，他没有背叛我。"

我没有把话往坏处想，不过这番话听起来还是像一种警告。大家都知道，轻率会打破神话，更何况他还补了一句：

"别做笔记……甚至不要用脑子记！别忘了，我在印度做过记者，也知道怎么做记者。当然，福尔摩斯肯定跟您说过这些。"

然后，他可能放下了戒备，鉴于我只是个普通的高中老师，他开始和我分享每天困扰他的以及与韦尔内莱班这个温泉疗养宇宙毫无关系的问题。最近几年，他和家人每年都来这里疗养，因为苏黎世的名医艾希霍斯特教授建议他的妻子来这里治疗关节炎。

欧洲大国的权谋诡计令人捉摸不透。德国不断武装自己，和平主义却在英国生根发芽。不过最让他担心的是爱尔兰的未来，爱尔兰人很难接受赋予他们内部自治权但仍受英国王室保护的地方自治法，基尔代尔郡的库拉格刚刚发生叛乱，英国在那里驻有重兵。好在他一直关注的英法友谊势头良好。几天前，他接受商会主席朗贝尔·维奥莱特的邀请，在佩皮尼昂共进午餐。碧儿牌苦艾酒是维奥莱特的产业，这个酒的广告随处可见。他们商量为《英法协约》^①十周年建一座纪念碑。出于好奇，吉卜林还和他一起看了斗牛表演。

这里离他心爱的南非 —— 他最喜欢的另一个度假地开普敦 —— 太远了。考虑到路程，他一般会在那边住几个月。他说，在那儿，他看到了"创世记"开篇，一个正在创建的世界，一个从零开始的文明。太远了，和韦尔内莱班的距离太遥远了……

尽管软包门很厚实，我在房间里还是能听到第一批送早餐的推车碾过楼上木地板的声音。前天夜里，我睡

---

① 《英法协约》，指英国和法国在1904年4月8日签订的一系列协定，标志着两国停止关于争夺海外殖民地的冲突，开始合作应对新崛起的德意志帝国的威胁。

得很沉，但是时间不长，从我的气色应该就能看出来。我穿过连通房的隔门，进入祖母的房间，刚拉开窗帘，就发现昨天下了雪，积雪一直延伸到公园那边。这时，祖母以她特有的幽默打趣道：

"哎哟，我的路易脸色不好。我的宝贝孙子怕不是得了'吉卜林炎'①吧？"

"快告诉我，这不是什么令人羞耻的病，因为它的名字听起来怪怪的。"

"别害怕，解药都准备好了。"

她递给我几张给住店客人准备的信纸，信纸抬头已经改成"公园酒店及附属易卜拉欣帕夏公馆酒店"。这个改动，吉卜林应该会喜欢，一年前，他和妻子访问了埃及。我发现自己竟然本能地代入他的视角，想象他对生活琐碎细节的反应，想到这里，我觉得自己真是得了某种病。酒店经理特意在信纸上印了一篇他的文章，题目是《为什么韦尔内莱班会下雪》，英法双语。作者也不好抱怨，每年只出四期的地方小报《愉快的想法》都获得了他的转载许可。确实，韦尔内莱班的冬天属于英国人，到了夏天，英国人会把这座小城让给法国贵族和西班牙贵族。

---

① 原文"kiplingite"是祖母发明的合成词，由Kipling（吉卜林）和méningite（脑膜炎）组成。

　　这篇短文讲述了一个充满骑士、夏布利白葡萄酒和勃艮第红葡萄酒的传奇故事，也证明了他的想象力是无限的。我们从中了解到，为什么最近几个世纪以来，每年3月11日到22日这段时间，韦尔内莱班会下两场雪。他一定是在冬季花园坐了很久才写出这个故事的。不管怎么说，这个故事和笔耕不辍的作家写的所有故事都拥有同样的命运——发表在报纸上，受到读者的热烈欢迎，被翻译成不同语言，和其他故事结集成册，售出几万本，因为这个故事是他写的。《丛林之书》《勇敢的船长》《吉姆》《斯托基与同党》以及无数短篇小说和诗歌的作者似乎和读者达成了某种私人协议，1907年诺贝尔文学奖的获奖证书就像一张文凭，或者更厉害的东西，一份质保书，承诺他的"文学诗歌厂"出产的一切，批发的、半批发的、零售的、零配件都是佳作。我们无力解释这种一诞生就无法阻挡的现象。他在某些问题上立场很粗暴，只有英国人能理解，然而这并没有影响他的文学创作。福尔摩斯说吉卜林总在工作，对于像他这样的懒汉来说，这实在是令人气馁。我无意间听到他们的一次谈话，吉卜林对他说："我不知道还有什么比沉浸在工作中更具有麻醉效果。"对他来说，写作是生活必需品，而且不仅是物质层面的必需品。在韦尔内莱班观察了他近一周，我敢肯定，要是没写东西，他肯定会去杀人的。虚构作品对他来说是一种脱身之计，用别人的生活代替自己的生活，一种逃离沉闷的方式，他特有的宣泄暴力的方法。写作让他获得了相对的平衡。

祖母不是那种趴在窗前看卡尼古山的人，她向来胆大，爬山也不在话下。这天，由于她选择尽情享受温泉，这种机会在周日上午并不多见，我决定一个人去远足。这时，一位年轻侍者气喘吁吁地跑来追我，眉毛上还挂着卡芒贝尔奶酪。

"吉卜林先生请您去教堂门口等他。"

"哪个教堂？这里可有好几座教堂！"

"呃，我猜应该是英国圣公会教堂。"

是啊，我应该猜到是英国圣公会教堂，我一边想，一边递给他小费。在这个时不时变成英国城市的地方，这是基本常识。我从当地编年史中了解到，英国圣公会教堂是几年前开始修建的，土地是亨利·德·伯奈伯爵的，这位葡萄牙商人的投资遍布全球，韦尔内莱班的温泉浴场就是他建的。这座教堂得到了众多名流的资助，比如当时的外交部部长爱德华·格雷勋爵，当然还有罗伯茨勋爵和鲁德亚德·吉卜林。我当然想借机参观这座名为圣乔治的圣公会教堂，它一半盎格鲁诺曼底风格，一半新中世纪风格，奇特的混搭风格被人们津津乐道。不过，有仪式的时候，参观肯定不合适，加上我不懂圣公会的礼仪，甚至对神圣的圣餐礼都一无所知。

十一点左右，我到了圣殿街尽头，仪式已经进行了一个小时，我不用等太久。他终于出现在出口的人流中，眨了眨眼，仿佛被看不见的太阳晃了眼。

"这都是义务……"他向我解释，"例行公事，就像接下来要去泡澡按摩一样。您试过吗？躺在又热又臭的按摩床上，就像让人把胳膊和腿打断……恐怖至极！我宁愿脏一点，快乐一点。不过，这通折磨之后，第一个小时您会觉得浑身瘫软，然后，我必须说，您会感到周身畅快，这种感觉还不错。"

他一直在说话，说个不停，说他们在韦尔内莱班之后要去的地方，阿维尼翁、阿尔勒、格勒诺布尔、里昂、奥尔良，可他还是没有回应我最好奇的那个问题。趁着他喘口气的空当儿，我重提了"我的"诗：

"呃，《如果……》这首诗，您考虑得怎么样了？"我大着胆子，问了一句。

"怎么，您也想知道我的'创作精灵'是怎么回事？"

我的坚持惹他不高兴了。其实，我并不想让他承受审问的压力。对于诗歌，我们并不需要理解，而是丢掉自我意识，沉醉其中，然后其意自明。或者绕道而行，实现这个近乎疯狂的愿望——窥见诗人的技巧和对细节的绝妙处理。我注意到这两天他口袋里放着一卷贺拉斯[①]的《颂诗集》，独处的时候，他就会翻开来看。我会心一笑，谨慎地凭记忆背诵了几句：

为祖国献身，甜蜜而光荣。
逃兵会一直被死神追赶，
死神不会放过怯懦的青年，
会让他们双膝跪地，后背发凉。

我像不像急于求败的人？他应该把我当成书呆子了。反正，背诗没有给我加分。他完全没有被打动。现在不是时候，梦寐以求的时刻仍未出现，推迟了。这东西很玄乎，让人心乱如麻……巨大的沉默压着我。幸亏，他心里有了想法。

"您是老师，对吗？法语老师，对吧？您做过家庭教师或者类似的工作吗？"

"我读书的时候，做过一年。我辅导过弗朗西斯·伯蒂爵士家的几个孩子……"

"我们驻巴黎的大使？"

"我每周去两次他在福堡圣奥诺雷路的官邸。您认

[①] 贺拉斯（前65年—前8年），古罗马诗人、批评家、翻译家，代表作有《诗艺》《歌集》。

识他……"

他眼中闪现出对过去的怀念，人在这种时候的眼神都差不多。他陷入了沉思，脱离了当下世界，几秒钟后回过神来。他告诉我，他一直很怀念一个留着棕色络腮胡的法国人，这个人在巴黎公社失败后逃到英国。他在朴次茅斯上学时，这个法国人给他补过课。他的教学热情特别有感染力，让学生很快就对法语产生了兴趣。

"他的妻子费奥多罗娜夫人，您认识吗？"吉卜林夫人气喘吁吁地问我，她刚刚跟我们会合。"她是威灵顿公爵的侄孙女。不过，您应该没教过他们的儿子维尔？"她一脸怀疑。

"没有，那时候他已成年，住在伦敦，刚开始律师生涯。我是给他们家经常来巴黎的那几个孩子上课。"

"嗯……您愿意来英国住一个星期，给我们的儿子约翰补习法语吗？怎么说呢，他遇到了一些困难……"吉卜林说话的时候，目光低垂，"不过请您注意，我没有责备他的意思，我和他差不多，能用法语阅读，努努力，能用法语表达，至于用法语写作，那还是请主原谅我吧！"

我们走到网球场的围栏边，他们的女儿艾尔西正在和一个十八岁的女孩优雅地比赛。他一脸骄傲地看着女儿。他比其他人更好吗？还真不好说。不过可以肯定的是，他像换了个人。他看上去很高兴，面貌和我们第一次见面时完全不同。这几天我一直在观察他，他总是在动，感官保持警惕，身心从不休息，我明白了为什么他的对手说他总是在过激和歇斯底里之间摇摆。的确，听到自由党首相亨利·坎贝尔·班纳曼[1]在唐宁街10号去世的消息，他的反应是"欣喜"，这是他的原话。而且，我从来没听过他在观众面前发表的政治演说。爱德华·福尔摩斯提醒我，在那种时刻，我会看到他的另一面。我对此深信不疑，更何况我和其他法国读者一样，并没有见过他的另一面，只有故事大王的光辉形象跨过了英吉利海峡，来到了法国。

"啊，弗朗西斯爵士，机智、细腻、别具一格，外交官，真正的外交官，彻彻底底的外交官。一天，一个法国政客说了些关于《英法协议》的粗鲁话，他认为必须告知你们的总统法利埃先生[2]。总统安抚他说：'哎，可能就是打猎时的玩笑话。'大使回答：'可是我时时刻刻代表着英国，打猎的时候也不例外！'"

他哈哈大笑，然后转向我，伸出手，金丝边眼镜后面的蓝眼睛终于变得闪闪发光：

---

① 亨利·坎贝尔·班纳曼（1836—1908），英国政治家，1905年至1908年出任英国首相。

② 阿尔芒·法利埃（1841—1931），法国政治家，1906年至1913年任法国总统。

"我期待您和我儿子在惠灵顿见面！"

然后，他走向在俱乐部会所前玩球的孩子们。一看到他，孩子们就不玩抛接球了，他们拉着他的手，把他带到草地上。还有几个孩子赶过来。他肯定是讲故事的好手，孩子们才会像猎犬一样跟着他！他们年纪太小，不会对他提出反对意见，就像那些学生，一旦犯错，老师总是罚他们抄几十遍《如果……》。孩子们只对狼孩毛格利的冒险感兴趣。鲁德亚德·吉卜林，诺贝尔文学奖得主，把帽子往后推了推，盘腿坐下，这样就和孩子们差不多高了。他比任何时候都更异想天开，慢条斯理地用调整好的声音讲一个他写过的故事。身旁的孩子们听得入迷，一脸幸福。故事大王喜欢和听众分享，孩子们不用央求，他会主动为他们展开一个美妙的世界，让他们忘了身边的一切。

2

教　师

那天早上刚到学校，我就发现人们脸上挂着鄙夷的目光和嘲讽的微笑。一进前庭，我马上转身看有没有人在背后议论我。我差一点就要脱下外套，看是不是有人贴了条鱼在我背上[①]。毕竟，现在是四月，可愚人节过去已经有些日子了。

走到我上课的班级所在的二楼走廊，我就明白了。有人偷偷把传单似的东西贴在窗户上，上面有一首打油诗，我粗读了一遍：

> 如果你看着生活中的苦难被否认
>
> 还毫不退缩，承受最痛苦的考核，
>
> 或是突然间失去学生的全部信任，

[①] 在法国，在愚人节被作弄的人会被称为"四月的鱼"，因为人们会把剪成鱼形的纸片悄悄贴在他们背后。

没有分毫补偿，也不知所剩几何；

如果你能忍受自己的课无人欣赏，

有人在下面讲话，有人听了也不在意，

没教养，粗鲁地逃课①，打无准备之仗，

你忍受这一切，直至大考失利，

…………

那你将成为一名教师，我的朋友。

　　这首诗想搞笑一把，可能也想伤害我。不过，我的自尊心只是被轻微擦伤。我很遗憾作者没有为此投入更多的才华。何况这段文字被贴得到处都是，课桌上也扔了几份。同事们在走廊尽头小心翼翼地观察我的反应。我的学生没那么虚伪，我透过玻璃看，他们虽然乖乖地坐在自己的位子上，但都转身看着我，有人在嘲笑，有人在同情。只有我能打破这令人压抑的沉默，但我觉得不值得这么做。涌上心头的傲气本应让我撕下传单，但另一个人替我完成了。一只手伸到我背后，扯下传单，把它揉成了团。

　　"这所学校的幽默水准有所下降啊！"

　　那是弗朗索瓦·豪特的手。在詹森中学，我信任的老

① 原文"rudyardé"是打油诗的作者发明的合成词，由rude（粗鲁）和fuyard（逃跑的人）合成，与吉卜林的名字鲁德亚德（Rudyard）谐音。

师没有几个，他是其中一个。我经常和他聊天，坦诚友好地聊天，既可以探讨我们教授的学科，也可以讨论政局时事。

"你知道是谁吗？"我问他。他却带着同样的坚定，继续清理传单。

"可以肯定不是他们，不是孩子们。路易，好好想想，你能自己想出来……"

我终于推开了教室的门。学生连忙起身，这一次他们竟然保持立正姿势。我并没有这样要求过他们。今天和往常一样，不会有什么变化。如果他们喜欢我的课，那是因为我不时地调整计划，给他们惊喜。我背对他们，在窗边站着，盯着操场四周建筑物上的圆形雕饰。

"今天学哪位作家？"

我能感到他们先是觉得困惑，然后是觉得有趣，于是接受我的游戏。我的视野尽头升起一片手臂森林。我做了个手势，鼓励他们说出自己的想法。

"高乃依！……伏尔泰！……不，笛卡儿！……蒙田！……还是选雨果吧，老师……"

他们喜欢盘点我们国家的文学巨匠，报出学校主楼正面和角楼上半身雕像的名字。雨果是永恒的诱惑，作品众多，内容丰富，容得下各种反馈和不同方向的探索。而且，他就住在附近，是本地人。在生命的最后几年，他享受了罕见的特权 —— 收到很多读者来信，信封上只写着"巴黎市，住在他的街道，维克多·雨果先生收"。这本是一堂课的精彩开场。不过这一天，我有别的想法，我立刻在黑板上写下：

"夏多布里昂的《朗赛的一生》。"

分享自己喜欢的作品就要面临一种风险 —— 他人的冷漠。这种惩罚比恶意批评还可怕。学生们有点不安，倒不是作家选得有新意，而是作品，因为它的重要性完全无法和《墓畔回忆录》相比。我给了他们一些线索，这本无法归类、怪异、晦涩、混乱、神秘的书的背景，初看并不讨人喜欢，却十分引人入胜。这本书是听夏多布里昂忏悔的神甫委托他为创立特拉帕苦修院的朗赛写的传记。

"我给你们讲讲他的故事……他的决定性时刻可以用这样一幅难忘的画面来展现：1657 年，时年四十六岁的蒙巴松公爵夫人玛丽·达沃古尔去世了。她得的是麻疹还是猩红热，这不重要，我们也不关心是不是得砍下她的头颅才能把她装进棺材。重要的是，在这位绝世美人临终前照顾她的男人，三十一岁的修道院院长朗赛，默默地爱着她。爱人的病逝促使他觉醒，情绪激动的夜晚过后，他立刻改变了信仰。阿尔芒·让·勒·布特里耶·德·朗赛属于上流社会的修道院院长，举止优雅，谈吐不俗。从某种意义上说，他是世俗的修道院院长，享有教皇授予的产业用益权，从小就可以支配五座修道院的收益，直到他开始蜕变，寻求忏悔……"

他们在听我讲，有的甚至被迷住了。我继续用同样的语气，内心燃烧着火焰和激情，仿佛在介绍《丛林之书》似的，讲修道院院长如何成为教徒，放弃特权，改革修道院，在佩什地区重建特拉帕派，严格遵守熙笃会[①]的规范，继承隐修士的苦修精神……没有酒，没有肉，没有鱼，没有谈话，不与外界买卖物品。不过，他还要走很长的一段路才能清理思绪，让上帝占据他所有的空间。追随他的人不断前来。与此同时，在很远很远的地方，莫里哀和吕利[②]为宫中权贵提供娱乐。在他冷冰冰的笔记里，朗赛只从责任、服从和顺从的角度谈论上帝，不带个人情感，也没有激昂的情绪。我想让学生们明白这还只是第一步。

"你们还在听我讲吗？……很好。告别尘世，放弃这世上的东西，这算不了什么，可放弃被蒙巴松公爵夫人

---

① 熙笃会，又译西多会，天主教的隐修会，1098年诞生于法国东部的勃艮第。1664年，朗赛在佩什地区（古时的省名，现在属于法国西部的诺曼底地区）创立了熙笃会特拉帕修道院，制定了更严厉的规范，接受这些规范的修道士形成了前文提到的特拉帕派（la Trappe）。
② 吕利（1632—1687），法国作曲家、小提琴演奏家，曾任路易十四宫廷小提琴师及乐队队长。

浸染的梦和回忆，这就太苛刻了。他远离宫廷繁华，摆脱虚荣心的束缚，对于那些认为无法实现这种出世的人来说，他还是很有魅力的。《朗赛的一生》就是这样构思写成的，夏多布里昂把这当作一种责任和惩罚……有问题吗？好，杜尔夫尔……"

"他这本书获得成功了吗？"

"没有。书一出版，天主教徒就开始谴责，其他人则转身离他而去，圣伯夫[①]也不例外。这本书时间跨度很大，搞得读者晕头转向。实际上，书的价值直到最近才被人们重新发现。一切都变了，时下的品味并不重要，最重要的……是坚持。你们有一个星期的时间读这本书，注意思考他说的话，而不是他描述的内容。"

听到学生叹息，我便放宽期限，给他们两周时间，让他们真正爱上这本书。既然督学对我传承知识的能力和我的文学品味表示赞赏，我当然可以继续偏离公共教育部的教学计划。这是众所周知的事，但没有人责怪我。其实，我的问题在别的地方。

在教师餐厅，和其他同事坐在公共餐桌前，我真猜

---

① 圣伯夫（1804—1869），法国文学评论家。

不出那首打油诗的作者。大家都知道马拉美①和吉卜林是我的两大爱好，有人说是癖好、执念，这么说也没什么错。准确地说，我的两大爱好，一是给学生照亮笼罩在马拉美作品上的阴影，长期以来大家都说他的作品表意不清、晦涩难懂，带着某种神秘主义色彩。我并不是为了让他们看得更清楚，而是让他们看清阴影的厚度；也是为了尽可能贴切、准确、完美地翻译吉卜林的一首诗，也就是他的代表作《如果……》，让学生接受它，反复品味它，理解它，在完全没有误解的前提下引用它。仅仅因为这些，走廊里就传出流言蜚语，说只要有人攻击我的守护神，我就会变得偏狭、强硬，放弃批判精神。他们俩确实是我的守护神，这一点我并不否认。

只有1890年前后在詹森中学读过书的人才知道什么是学习的乐趣。那时，我也在这所学校，不过是坐在讲台下面，有幸上过马拉美先生的英语课。我很感激他，不仅因为他让我对这门语言有了深刻的认识和了解，使我能用那些大作家的语言阅读他们的作品，还因为我的人生选择也受到了他的影响。他的特殊魅力影响过我们，他谦虚甚至谦卑，我们有很多知识盲点，虽然他学识渊博，但对我们从不高高在上。这位诗人屈才在这里教书，

---

① 马拉美（1842—1898），法国象征主义诗人、散文家，代表作有《希罗狄亚德》《牧神的午后》等。

水平远超其他教师，成为行业模范。他的耳朵像萨蒂尔[①]
那样又长又尖，眼神清澈闪亮。和他的敏感性精神结合
的不是几何学精神[②]，而是真正的善良。这些特点足以让
人记住他。没有谁比他更懂如何用语言制造沉默。他从
未停止对语言的思考。这种思考支配了他的内心世界，
因为那就是诗的灵魂。他还说过这样的话："英语本身这
枝花""英语储存了整个民族的才华，同时也是对话的工
具"……啊，还有马拉美教授的惯用语，我们口耳相传。
提到才华横溢的乔治·艾略特[③]，他温柔地在"女作家"这
个单词上加重语气，引得我们大笑。他有点可怜，也许
是因为一再失望，没能在英语里找到他在法语里充分领
略到的精巧乐感。他发现主题课程缺少语言学，就写了
一篇文章，并附上了教学方法。从实用角度来看，这是
一篇真正的散文，也就是融合了观点和写作的文章。我
还记得他举的例子："Si votre soulier vous blesse, donnez-le
à votre valet / If your shoe pinches you, give it to your man."[④]

---

① 萨蒂尔，古希腊神话中的森林之神，半人半羊的怪兽。
② 法国数学家、物理学家、思想家帕斯卡尔（1623—1662）在《思想录》
中提出"几何学精神"（又译"数学思维"）和"敏感性精神"（又译
"直觉思维"）。
③ 乔治·艾略特（1819—1880），英国女作家，原名玛丽·安·伊万斯，19
世纪英语文学最有影响力的小说家之一，代表作有《亚当·比德》《弗
洛斯河上的磨坊》《米德尔马契》。
④ 前一句为法语，后一句为英语，翻译成中文都是"如果你的鞋磨脚，那
就把它交给你的仆人"。

他喜欢谚语和俗语，认为英国人的灵魂就藏在其中。那段时间，他经常带着《谚语手册》，里面有很多英国童谣，他选了一些，按体裁分类，然后拿给我们当练习。"真是不按常理出牌！"当时的校长这么说他，不过还是放任他这么做。离经叛道的名声竟然成了他的保护伞。

说马拉美为了养家糊口而教书，实在是轻描淡写。他很绝望，原本只是暂时性的工作居然成了终生职业。他几次要求加薪，工资没涨，却被授予法兰西教育勋章，这彻底把他逼疯了。他只想离开，摆脱沉重的任务，却呕心沥血地教书育人三十载。1893年前后，他才全身心地投入文学创作。我记得，为了让他享受退休权，公共教育部部长雷蒙·普恩加莱[1]不得不说他罹患神经衰弱。这完全有可能，教书确实把他弄得病恹恹的，而且我们亲眼见证过。从事自己不喜欢的职业，真是不幸。

那天在食堂，为了不让我谈起吉卜林，同事们把话题带向马拉美，他们的表现真让我惊讶。反正，不是马拉美，就是吉卜林。我真走运，额头上被贴了两个标签。当你身处职场，缺乏想象力的人只会给你贴标签，他们无法用别的方式来描述你。

"你觉得自己像你的老师吗？"有人用挖苦的语气

---

[1] 雷蒙·普恩加莱（1860—1934），又译雷蒙·彭加勒，法国政治家，多次任法国总理，1913年到1920年任法兰西第三共和国总统。

问我。

"为自己选个榜样，就该选一个能把你往上拉的，对吧？我敬佩他，但我和他不一样，我喜欢我的职业。对他来说，在高中教书太费时间了，对我来说却并非如此。他用诗衡量一切。要是你们想知道我和他的全部故事，我可以告诉你们，他从来没邀请我参加每周二在罗马街举办的沙龙。这也合情合理，因为我什么都不是，甚至不是处于成长期的年轻诗人。我只是个学生。"

"我也当过他的学生，比你早一年，"我的朋友弗朗索瓦刚落座就加入了谈话，"那时候，我听人说，他来詹森之前，在森斯中学、孔多塞中学，还有罗林初中都教过书，那里的校长和督学都觉得他很敷衍。他确实在教书，也就是说花时间给学生上课，但没能让自己成为学生的精神导师。大家指责他的心思在别的地方，这也是实情，他在课堂上给学生布置很多书写作业，人们怀疑他这是为了给自己一点时间搞诗词创作。"

"这种创作，大家肯定不喜欢……特别是他的诗，辞藻夸张，语言晦涩，表意混乱！"一个声音说。

"有可能，"我承认他说的话有一定道理，"不过，这不会改变任何东西。我还是感谢他……他不仅教了我英语，还教会了我一些人生道理。"

"哦，举个例子？"

"给所有处于形成期的思想留出一些孵化的时间。"

结果，整桌人都笑了。也许是因为我说话的时候太严肃了。其实不然，只是他们……

"翻译马拉美的诗，意味着什么？"

"培养耐心。"

我正准备提醒他们，德雷福斯事件[①]最高潮的时候，人们指责他的诗和犹太人一样导致了分裂！怎么可以不团结一心呢？幸好铃声结束了我们的讨论。大家归整椅子，准备离开，各种声音混在一起。这时，一个坐得远一些的同事绕到我面前，显然他一直在听我们谈话，他轻蔑地噘着嘴，扔给我一句话：

"你的马拉美有《乌鸦》[②]，你呢，你的乌鸦在哪儿？哦，对，《如果……》……不起眼的《如果……》。朋友，你的运气不好，没遇到你的爱伦·坡……"

对他，我不抱任何期待。从我入职这所学校时起，我们就相互嫌弃，这就像本能反应，光看外表、握个手或闻到彼此的气味都会觉得厌恶。可我们必须在这个大

---

① 德雷福斯事件，19世纪末发生在法国的一起政治与社会运动事件。1894年，德雷福斯被诬陷犯有叛国罪，被革职并处终身流放，法国右翼势力乘机掀起反犹浪潮。此案不久后便真相大白，但法国政府不肯承认错误，经过左拉等进步人士的反复斗争，直至1906年德雷福斯才被改判无罪。

② 马拉美翻译过美国作家爱伦·坡（1809—1849）的诗歌《乌鸦》。

家庭里共处，参加教学会议，出席班务会。不管我怎么避开他，他总记得我，挡着我的路。弗朗索瓦在走廊上帮我摘掉纸条时暗示的人就是他。只有他干得出这种事。他刚才扔给我的俏皮话也是这种风格，机智又恶毒。格雷厄姆·理查德森是英国人，还是英语老师，这在很大程度上可以解释前面那些问题了。

下一堂课两小时后才开始。雨下个不停，我打算去教工休息室看书，顺便擦干衣服。他就在那儿，如影随形的敌人，像是在等我。看到他懒洋洋地指了指对面的空座，像是邀请我坐过去，我的脑海里立刻浮现出一个词——挖苦。我一直想找个词来形容他，这成了我的执念，就像一首不知名的歌的副歌或者不知从哪儿听到的小曲，总在脑子里打转。对，他总是爱挖苦别人，带着挖苦本身的冷酷、邪恶。不仅是他的冷笑，他整个人都散发出挖苦人的气息，尤其是他半睁着眼、眼神慵懒的时候，让他的眼睛看起来像恶魔般邪恶。其他椅子都空着，我还是坐到了他对面，好奇心战胜了厌恶感。我甚至没指望说服他。有什么用呢？吉卜林属于很罕见的一类作家，很多人在阅读他的作品前就听过他的作品。当我们还不会阅读的时候，别人就把他的作品念给我们听了。几百万读者还没拿起他的书，想象世界里就充满了他的童话故事。这是多么崇高的地位啊！

"理查德森，您有什么问题？"

"亲爱的同事，我没有问题。[1]只是你和你的吉卜林让我觉得好笑。这就是你们法国人的反应。《如果……》这首诗，如果真的去读的话，如果列出父亲要求儿子做到的事，我的天！这个清单也太夸张了，不是吗？朗贝尔，说真的，你父亲没这样要求过你吧？"

"您还是把诗放下吧，忘了它。"我坚持用"您"来称呼他，不陪他装熟。

"如果一个儿子能完成吉卜林这样一个父亲的所有要求，那他不是人，是神。还不如对他说，自己永远不会成为男子汉！读这首诗的人，要不成为英雄，要不就会因为做不到而自杀。"

"那更好！说明这首诗的内在力量强大，能把读者叫醒，还把他们搅得心神不宁。作者太有先见之明了！"

"就因为他公开批评了德国？"

"多么了不起的诗人。"

"这是要把他捧成先知！"

"诗人和先知并不矛盾。"

我们的交锋越来越激烈，我一度觉得，吉卜林最不招他喜欢的就是公开仇视德国的态度，吉卜林自己也承

---

① 此句原文为英语。

认甚至公开标榜自己仇视德国。随着理查德森的立场逐渐清晰，我发现，他对吉卜林的敌意是全面的，写作、政治、作家本身，他都讨厌。无药可救。

跟他一样教英语的法国同事加入了我们的谈话，因为我们的密谈越来越不私密了。

"跟学生和学者说话应该同样严谨，用同样的语气，又有何不可？"

"吉卜林通过文学和诗歌来追求真相，这让我很着迷。"我坚持自己的观点。

"什么真相，我的天，什么该死的真相？"

"生活的真相。吉卜林没把文学当成宗教，他和那些拼命完成圣职的宗教狂热分子不一样，他并没有用自己的职责和地位来造神。"

"文学的认知功能，"一位哲学教师加入了谈话，"要是作家不和语言保持特殊关系，他就无法获得高级的认知，也就是真相。作家是诗人的话，更是如此……"

突然，整个教工休息室像是被"我的"诗点燃了。这正是我想要的效果。于是，我把辩论引向另一件折磨我的事——翻译。翻译这首诗让我寝食难安，因为我怕违背诗的原意。在英国，这首诗很快就被贴在教室的墙上。一般是四小节，包含两组交叉韵的四行连句，也就是经典的八句诗，英国得不能再英国的抑扬格五音步。可是，每个单词包含了什么样的寓意？在法语里该如何表达？要知道诗的节奏也是基于固定句首"如果你能……"的不断重复。翻译不是我的职业，也不是我的消遣，更不是我的爱好。但是对吉卜林，特别是对他的诗的钦佩之情驱使我去翻译这首诗。我的心像是燃烧着一团无法扑灭的火。如果马拉美先生没有按照他的方式训练我的英语，从某种意义上说，他教我英语并非自愿，那我学习英语的唯一目的就是把《如果……》呈送给法国年轻人，不仅是诗的内容，还要还英语一个公道，证明英语在某些方面比法语博大精深，词汇自不必说，还有这首诗体现的泛音、声调、重音、节奏。我对他创作这首诗时的情境一无所知。我还不了解这首诗的无声背景。他创作这首诗时是轻松愉快的，还是经历了熟悉而又难以形容的恩典？天晓得一部佳作是不是作者在哈欠连天，不停看手表的时候构思出来的。

要不是因为和这首诗有相似的问题，我不可能和它相遇。人常说，突然而至的东西总是让人难以捉摸。我不甘心。没有任何东西、任何人能让我放弃。不过，除了授权，我还需要得到他的帮助，请他帮我厘清他语言中夹杂的方言、新词、古语、隐秘的引语、外来语，这些词句灌溉了他的诗歌，为他的诗注入了能量，却也让诗的语言复杂得令人头晕。这不是字词理解的问题，而是听觉敏锐度的问题，听觉足够灵敏的人才能听到吉卜林诗中潜藏的音乐，听到已经转化成文学作品的心声。我渴望听到诗歌底下的音乐，歌词下的乐曲，因为对英国人来说，诗人是部落的歌者。有时，走在去学校的路上，我会惊讶地发现自己在哼唱《如果……》，越往前走，我越想知道自己会怎样走火入魔。

最后，同事们都认为这首诗非常容易引起共鸣，能触及特别多的人，因为吉卜林走出了自己的小世界，让别人进入了这首诗。然而，他们的谈话可能很快就会陷入迂腐的套路中，因为每个人都在卖弄学问。有人说，这首诗是对罗伯特·勃朗宁①的诗《后记》的回应，从节奏到主题都是；还有人说，比起莎士比亚十四行诗的第116首，更应该从音乐厅②的剧目中寻找吉卜林的灵感来源，因为人们推测他更了解、更懂得欣赏音乐厅里的作品。我的记忆里也点缀着名人名言，但这并不是我喜欢这首诗的原因，就好像它先是打扫了我的记忆库，再在

---

① 罗伯特·勃朗宁（1812—1889），英国诗人、剧作家，代表作有《戏剧抒情诗》《指环与书》和诗剧《巴拉塞尔士》。

② 音乐厅的原文为英语"music-hall"。陈兵在《鲁德亚德·吉卜林研究》（2013年，北京大学出版社）中介绍了音乐厅对吉卜林创作的影响："音乐厅娱乐19世纪90年代盛行于伦敦，是普通大众的娱乐场所，其音乐没有宗教音乐的严肃和说教，而是轻松愉快，富于轻快的节奏和悠扬的旋律，乐感极强。年轻的吉卜林喜欢光顾这些地方，受音乐厅音乐的影响，吉卜林的诗歌也富于节奏和乐感，深受读者的喜爱。"

里面安顿下来。必须承认，除了诗的形式、韵律、包含的信息和引发联想的能力，它的成效也给我留下了深刻的印象。成效并不是指它在刊发四年后就在全世界获得了成功。我们的马拉美大师教导我们，成功常常建立在误解之上，它有很庸俗的一面，会腐蚀人的思想。我并不在乎它是否流行，真正让我惊讶的是它引发的共鸣，这才是真正的神奇之处。我在自己的学生和其他学生那里就见证过。据我所知，没有任何一首诗对年轻人的思想产生过如此大的影响，更不用说对他们的父母的触动。这首诗可以在最关键的时刻，指导一个人的人生。当然，围坐桌旁的老师提到了拜伦、王尔德、兰波……啊，亲爱的奥斯卡·王尔德……吉卜林特别鄙视他，他在诗歌《在异教徒的土地上》和小说《消逝的光芒》里都表达了对他的鄙视，王尔德那伙人也看不上吉卜林，但他们写的东西没有一篇有这么高的流传度。吉卜林扩大了移情的适用范围，用远离日常生活的情景和人物打动了我们。《如果……》是对父亲说的，也是对儿子说的。任何一个男人都是某个人的儿子或者某个人的父亲？格雷厄姆·理查德森站出来表示反对。他的无动于衷只能用意识形态方面的原因来解释。有人说，我们最大的敌人是那些和我们有共同关注的人。我跟他绝对不会关注同样的问题。可是看着他操纵同事，我在想他到底是不是一具空壳，必须用别人的目光来填满。

"你的吉卜林，他的作品里没有爱，没有情，没有性。想在里面找个女人，肯定会一无所获。他创作的世界里只有动物和机器。爱说教，浮夸，美学品味极差。"

"莎士比亚的戏剧里也没有亲吻。"我回了一句。

"我倒希望他在心理上探索得更深一些，就算这会牺牲情景描写。"另一位英国圣公会成员补充道，他的语气没那么激进，更容易让人产生共鸣。"就让他去探索最前沿的事物吧，因为'世人之友'吉姆①，呃……算了，去追随二十世纪最伟大的斯多葛主义②者吧！"

"为什么你执意要找到这首诗最理想的译本？"一位拉丁语教师问我，"这样追求完美，实在令人不安，甚至有点神经质，这就像一个绝对无法实现的理想，耗费多年心血，最后徒劳无功。你读过吉卜林翻译的贺拉斯的《颂诗集》吧？"

我料到他会提起这个。说实话，我一直在等，因为

---

① 吉姆是吉卜林的代表作《吉姆》里的主人公，由于父母早逝，孤儿吉姆很小就开始靠跑腿、干杂活养活自己，他机智活泼，被称为"世人之友"。他和执意要去寻找传说中可以治病洗罪、摆脱轮回的"箭河"的喇嘛成了朋友，并追随他一起寻找"箭河"。

② 斯多葛主义，创立于公元前3世纪的古希腊哲学流派。斯多葛学派把哲学主要定义为操练德行。他们相信美德是幸福的根源，美德出于克制和理性，以及对别人的公平公正。拥有美德的人可以超越命运的不幸，得到持久的幸福和真正的自由。在《如果……》一诗和吉卜林身上都能看到斯多葛主义的影响。

这个类比太诱人了。

"他对古代不熟悉，"他继续往下说，"罗马人的宗教仪式和希腊诗歌的影射让他很困惑，在他的翻译里能看得出来，能感受得到。一些细微差别，贺拉斯语言的复杂性和讽刺性，他并没有搞清楚，可你觉得他会因此夜不能寐吗？"

"我会。有时候，到了深夜，我还在寻找合适的词。总之，这都不是问题，因为吉卜林对我来说，首先是伟大的诗人，然后是最优秀的英语中短篇小说家。至于《如果……》……"

"好，好，我们知道。"理查德森打断我的话，"问题是，你们法国人不知道吉卜林的另一面，他是个种族主义者、帝国主义者、沙文主义者。在这儿，他只是个讨人喜欢的亲法人士，总是对法国和法国人赞不绝口。"

"确实，他熟悉法国的一切。那又怎么样？在《如果……》这首诗里，他特别克制……"

"同时，又特别夸张，可你们视而不见！吉卜林和法国人真是一对奇怪的伴侣，互相爱慕，因为他们对爱人的真实性格都抱有幻想。穿过英吉利海峡，到对面去听听他是怎么说话的吧……"

我怀疑他要一边做夸张的动作，一边抛出论点，就像扑克牌玩家甩出手中致命的牌。怎样才能让他明白吉卜林写作时是敞开心扉的？他在公开场合表达观点时也是这样，毫无戒心，即使袒露观点会影响事业，他也不在意。

"那天，他在坦布里奇韦尔斯①发表演说，反对爱尔兰自治，您在现场吗？完全是个失控的跳梁小丑。读读报纸上的演说纪要，连保守党都对他的粗暴感到震惊。加上很多的'如果'……我们就会对他产生另一种印象……"

"我们不能用诗歌以外的东西来评判一个诗人。他的诗的伟大之处，我要维护下去。"

"你这是要把吉卜林和马拉美结合起来，这样一来，读者根本无法读懂这首诗！"房间深处传来一个嘲讽的声音。"总之，要是他不是为儿子，而是为女儿写这首诗，那就只有一句：'如果你知道打扮，你将成为一个女人，我的女儿。'"

辩论没有像往常那样走向激化，而是失去了水准。尤其是我们从椅子上站起来准备离开的时候，一直窝在沙发里的那位从我面前经过，突然扔给我一句："好了，朗贝尔，没必要好高骛远，我们就是地位低微的老师……"这话让我愣住了。他们当中有的人，你越听他们说话，越觉得人可以一辈子教书，却什么也学不到。

教工休息室外，天空阴沉依旧。雨势已经减弱。为

①坦布里奇韦尔斯，英国西肯特郡的城市，位于伦敦东南约64公里。

了避开水坑，路人艰难地蜿蜒前行。他们尽力避开水坑，学童却冒着连累他们的风险，双脚并拢地往水坑里跳。

在学校上完最后一节课，我急忙回家，回到另一个巴黎。走小路的话，有条捷径连着学校侧楼尽头的小教堂，小教堂连着德尚街，十六区的昏黑小巷，从各方面来看，都和我住的街区完全相反。

玛黑区[①]当时是俄罗斯和波兰移民在巴黎的聚居点。说市政府对这里的关心比不上对富人区的关照，实在是过于轻描淡写。这里的卫生状况很差，巷道狭窄，到处是垃圾，主干道像是被遗弃了，整个街区散发着流放、苦难和孤独混在一起的味道，熏得人喉咙难受，眼睛都睁不开。在旧时贵族府邸的内院，工匠建起了作坊。我和妻子没什么钱，结婚后一直住在这里。要适应这个号称别致、充满民俗风情的地方，需要一定的想象力。话虽如此，这里也比圣梅里区[②]脏兮兮的岛状住宅楼强。我们喜欢位于首都中心的这个小村子，因为这里是我们的家，在我们能换到更好的住处前，这已经足够了。而且只有住在这儿，我们才能早晚享受在克里米亚椴树和

---

① 玛黑区，横跨巴黎的第三区和第四区，是传统的布尔乔亚区域。
② 圣梅里区和玛黑区毗邻，属于巴黎的第四区。

七叶树之间穿过路易十三广场花园[①] 的快乐。

索菲亚已经到家了，楼梯间回荡着她的练曲声。虽然这只是练习，但它和站在把杆前的芭蕾舞者一样令人心动。台阶和音阶形成了有趣的对应。邻居对此有所抱怨，我们礼貌地表示不会改变，他们就放弃了。事实上，公寓里的住户或多或少都算是音乐爱好者，不管是欣赏音乐，还是忍受她断断续续的练习，这都是不可避免的。四楼的德利埃夫妇和二楼的梅格雷医生就是音乐爱好者，我们被夹在中间，他们理解歌剧演员必须练声。向他们礼节性问好时，我总会问问他们家的近况。

我是她的第一个观众，也是最热情的支持者。我们相识于喜歌剧院的一场首演，当时她和我一样都是独自一人去的。我永远不会忘记那天，1911 年 12 月 15 日。

我们座位恰巧相邻。那天上演的是阿尔贝里克·马尼亚尔[②] 的《贝蕾妮丝》[③]。她是为数不多几个带着乐谱看戏的观众，这引起了我的好奇。看来这个女孩会把情感转化成音符。毕竟有人说这部剧的音乐性比戏剧性强。作

[①] 路易十三广场花园，位于巴黎第四区孚日广场中央，广场中心矗立着法国国王路易十三的雕像。

[②] 阿尔贝里克·马尼亚尔（1865—1914），法国作曲家，一战初期，他因拒绝向德国侵略者交出自家庄园而遇害。

[③] 《贝蕾妮丝》，原为拉辛创作的一部五幕悲剧，取材于古罗马皇帝提图斯与犹太公主贝蕾妮丝的故事。

曲家本人不也说这部作品是"瓦格纳式"的吗？演出时，我看了几次我的芳邻，她并没有察觉。她被音乐悲剧吸引了，俘获了，然而唱段里的歌词并没有什么故事性。她似乎在心里默默体验贝蕾妮丝这个音域宽阔又很难演绎的角色，因为演员在台上的演出时间超过了一个半小时，贝蕾妮丝就像另一个她，她们拥有同样的高傲气质、克己意识、牺牲精神、伟大灵魂，这不仅是移情，而是一种奇特的认同。为了方便女演员演出，作曲家把角色的年纪改小了，她看上去远没有五十岁，也就是角色的历史年龄，但她的面容并不如我的邻座那么年轻，身段也不如她优雅。很久以后，回想起当时的情景，我都不知道"她"究竟是指谁，是舞台上的女高音演员玛格丽特·梅伦蒂，还是坐在我右手边、当时还不认识的女观众，我很想说"她们"。越观察，我越觉得她们中的一个敏感和另一个的性感在相互映照。她的观剧态度深深触动了我。这一幕就发生在我身边，立刻在我身上引起了难以掩饰的震动。

我出现在剧场是因为好奇，想看看作曲家兼歌剧编剧是怎么改编我钟爱的拉辛的作品的；她出现在那里显然有更深层的原因。到了第三幕也就是最后一幕的告别二重唱，她合上乐谱，动了动嘴唇，仿佛对女歌唱家演的角色了然于心。角色的情感力量从舞台转移到了第二十一排。最后，舞台上只剩下绝望的贝蕾妮丝，我看到一行无声的眼泪顺着她的脸颊流下来，她的眼睛变成半透明的，像一颗边缘模糊的小星星。我赶紧把手帕递给她，她抓住手帕，眼睛却一直盯着女主角。她太耀眼了。真正的犹太公主贝蕾妮丝就在我身旁，我简直不敢相信。

离场时，她爽快地接受了我的邀请，去最近的餐厅一起用餐。餐厅就在通向布瓦尔迪厄广场的街上。以前餐厅的名字是"博卡第"，现在变成了"珍妮特的婚礼"，这是在向维克多·马塞的歌剧致敬。五十多年前，这部剧是喜歌剧院的经典。餐厅的墙布和剧场的帷幕一样，都是红丝绒质地的，让人觉得还处于剧场的氛围中。刚吃完前菜肉冻，我们就开始聊《贝蕾妮丝》。

"在剧院出口，我无意间听到雷纳尔多·哈恩①对陪他来的人说，演出还不错，但是旋律枯燥。您很快就会在他的专栏里读到的……"

"不好意思，我看别家的报纸，音乐评论也一样。"我对她说，"不过，我早就注意到他了，他就坐在前面几排。他和您一样，腿上都摊着一份乐谱，跟着乐谱看戏。我在想，阿尔贝里克·马尼亚尔是不是专门为音乐家创作

---

① 雷纳尔多·哈恩（1874—1947），出生于委内瑞拉的法国作曲家、音乐评论家。

的音乐家。"

"您别信这些，那只是因为他的音乐张力对歌手的要求很高。"

"那位女高音，您觉得她怎么样？"

"音色很纯，音域很广，高音部分热情激昂，也很圆润。"

"您也是……"

吃完费南雪酱汁菲力牛排，在1909年拉图酒庄红酒的帮助下，我们开始讲各自的生活，一直讲到餐馆关门。她说得多一些，微醺的状态并没有影响她的高贵气质和极具东方色彩的庄重感。回忆过去的时候，她经常以舞者的手势比画着。

在莫斯科的童年，戏剧导演父亲对她的影响，在后台度过的青春，每晚来家里做客的艺术家，很早就被关进音乐学院的牢笼，把音乐当成苦修，女中音祖母被迫放弃事业倍感受挫，在她十四岁还没有开始唱歌时，祖母就发现她嗓音浑厚，颤音独特，音域宽广，高音舒展，音色特别。她的嗓音十分罕见，但是太有特色了，无法融入合唱，后来通过学习，她掌握了足够完美的技巧，能够在远处歌唱。还有她一直没说却十分明显的个人特点——意志力、批判精神、强烈的独立意识。她就是"我的"女中音，我敢说，我们是在恩赐的时刻相遇的，后面的事和感情的发展十分顺利。我送她回家，边走边聊。走到塞纳河的一座桥上，她似乎被石头的魅力惊呆了，只有外国人才会对巴黎的石头建筑有这么大的反应。

《贝蕾妮丝》只演了九场就从喜歌剧院的海报栏被撤下了。评论家宣布了它的失败，其实他们就是失败的原因。在我的记忆中，它仍然是一部成功的作品，因为几个月后，我和索菲亚结婚了。我们如此不同，所以相互独立，但也足够相似，可以合二为一。

她听见我关门后把钥匙放入门厅的陶制烟灰缸的声音，就立刻停止练习，过来拥抱我。她的直觉让我惊讶，简直就像动物本能。有时，我甚至觉得她能提前感应到我的归来，只要我走到弗朗布尔乔亚街的街口，她仿佛就能听到我在推开厚重的大门前，从那个街口到孚日广场 21 号这十几米的脚步声。我们刚坐下，她就跟我聊天，搞得我以为在和她继续几个小时前她和别人的谈话。又是关于歌剧的，关于观众如何不理解她唱的东西，特别是头腔共鸣①。这种时候，我需要做的就是不逃跑，不哭泣，不背对着她，反正就是要不温不火，以她习惯的温柔做一些回应。她才是艺术家，可人们却认为我是我们俩当中感情强烈的那一个。而且，她还会把我的热情激

---

① 头腔共鸣，一种声乐发声的方法，主要在唱高音时使用。

动归咎于我这个人太戏剧化。

"那些学生今天没对我的宝贝太苛刻吧？"

她总是用这个不一定需要回答的问句告诉自己，现在该做别的事了，放下音乐，开始晚上的生活，了解我白天的烦心事。通常是同一类烦心事，只是细节略有不同。

"其实，我跟小孩吵得少，跟大人吵得多。"

我跟她细说了白天的经历，她立刻指出罪魁祸首：

"理查德森，又是他！他就不能放过你吗？……话说回来，要是你跟他们谈论你的两位枕边诗人就像你跟我谈论他们一样频繁，而且总说同一首诗，那我还能理解……不过，你为什么要那么维护他？马拉美，他造就了你。可吉卜林呢？他什么也没做。"

"我要感谢他教会我先叙述再分析。"

"用一首诗教会你的？"

"特别是在一首诗里。荷马之后，没有诗人有这种水平了。"

"我明白了……吃饭吧！"

晚餐一开始的气氛还是很好的。我们都忙了一天，回到家，聚在一起，很欣慰，也很幸福，彼此心意相通。可后来，气氛变糟了。我们很少争吵，我父亲常常是起因。索菲亚担心我靠近他，准确地说是拉近他和我们的距离，因为他有多瞧不起她，她就有多讨厌他，从第一次正式见面时起就是这样。他们都热爱音乐，共同爱好原本能拉近他们的距离。我父亲在国立音乐学院和司康音乐学院①教音乐史。他没能在索邦大学继承罗曼·罗兰的教席，因为他不符合条件，有人批评他的教学偏向音乐文学，对音乐学的关注不够。这让他变得牢骚满腹，嫉妒心强，尖酸刻薄。这是别人告诉我的。刚认识索菲亚，他就忍不住在家庭午餐会上狠狠嘲讽那些自称能像"我们"一样细腻诠释法国音乐的"外国人"。他没给我的妻子留任何辩解的机会。不过，破坏今天晚餐气氛的人不是他。

那天晚上，当索菲亚告诉我下一场独唱音乐会的日期时，我惊讶得说不出话来。我知道她特别看重这场音乐会，那可是在加沃音乐厅演唱比才②、福列③、拉威尔④的作品，而且她还邀请了在柏林教过她的教授，她经常跟我提起他。这是最糟的演出日期，至少对我来说，因为那一周，我要去英国辅导吉卜林的儿子约翰，帮他在考试前提高法语水平。我无法推辞。首先，票已经买好

① 法国司康音乐学院，创立于 1894 年的私立音乐学院。
② 乔治·比才（1838—1875），法国作曲家，歌剧《卡门》的作者。
③ 加布里埃尔·福列（1845—1924），法国作曲家，主要创作艺术歌曲。
④ 莫里斯·拉威尔（1875—1937），法国作曲家，印象派作曲家的杰出代表。

了，在北方铁路公司订的巴黎到加来①的车票，然后是到多佛②的船票，我要搭乘几年前投入使用的第一艘用螺旋桨和涡轮驱动的"女王号"邮轮跨越英吉利海峡，还有在东南和查塔姆铁路公司订的多佛到伦敦的车票。其次，学校好不容易批准了我的请假，因个人和家庭原因的停薪假。我默默苦等，终于一切都安排好了。再者，这是为了吉卜林……

"永远是他……"

她像平时那样轻声细语，可她那么失望，那么难过，以至于无法抬头看我的眼睛。她内心一定很崩溃，就像放弃了白羊座的性格。有时她拿这个做借口，解释自己为什么毫不退让。她无可奈何，脸上毫无表情，这说明她不会战斗到天亮。

"我在想……"她眼睛盯着地毯，好像在琢磨上面的椭圆形花纹。

"什么？"

"等以后有了孩子，他是不是还会排在我们孩子前面？"

---

① 加来，法国北部重要的港口城市，与英国隔海相望。
② 多佛，英国港口城市，与法国加来直线距离只有30多公里。

3

约 翰

伯克郡的风景从窗外掠过。火车偶尔震动得厉害，让人误以为在看一场电影。画面不时跳一下，像一年前我们在科兰古街高蒙电影院看的电影，路易·费雅德[1]的警匪片《方托马斯》。我希望看到的大片白桦林也和电影里的场景一样神秘，就差提示行动内容的卡片和近在咫尺的温莎城堡了。我想起吉卜林描写风景的段落，他的笔触如此纯粹、精确、锐利、细腻，以至于读者以为这是作家隔着看不见的窗户看到的风景。火车开动时，阿兰·富尼埃[2]的《大莫纳》就放在我的腿上，一直没打开。这本佳作与上一届龚古尔奖失之交臂。我沉浸在思绪中，

---

[1] 路易·费雅德（1873—1925），法国电影导演。《方托马斯》（Fantômas）是他执导的系列无声影片，讲述大盗方托马斯的故事。

[2] 阿兰·富尼埃（1886—1914），法国作家，他于1912年在《新法兰西杂志》连载的小说《大莫纳》，受到文坛好评，获龚古尔奖提名。他1914年8月入伍，参加第一次世界大战，一个月后阵亡，遗体直到1991年才被找到。

连路标都不能凝神看清。吉卜林的一句话反复出现在我的脑海里："人生的前六年决定了一生的命运。"还有另一个版本："给我一个孩童生命的最初六年，其余的你们都可以拿走。"这是在他的笔下读到的，还是从他嘴里听说的，都不重要，反正它萦绕着我。可是据我所知，也就是福尔摩斯告诉我的信息，约翰的童年过得一帆风顺，没有被半片阴云笼罩，如果吉卜林家的这位朋友能洞悉内心和灵魂的话。也许吉卜林跟我谈论他儿子的个性时，是在说他自己。他深信人生最初的几年极其重要，性格很早就会定型，人的性情一部分是遗传的，但主要还是后天在应对挑战时形成的。这种理念对我来说并不陌生，法兰西共和国的中学把它奉为罗耀拉①和耶稣会教育的遗产。我很乐意把它延伸到幼儿时期。某位作家总结了我的感受——"到二十岁，人生的书就印完了。"②但我一时想不起作家的名字。

换句话说，房子的结构和框架都搭好了，只剩装修、装饰和加固，得用一生的时间慢慢完成，然而，最重要的部分已经无法改变。车到克罗索恩③站时，我已经完全

---

① 罗耀拉（1491—1556），又译洛约拉，西班牙贵族，天主教耶稣会创始人。为维护天主教的地位，耶稣会非常看中教育。
② 这句话出自法国作家都德的《最后一课》，完整版本是"到十五岁，最迟二十岁，人生的书就印完了"。
③ 克罗索恩，英国伯克郡的小镇。

认同了这个观点。

此时是 1914 年 4 月，约翰·吉卜林十七岁。在这个年纪，有的人已经开始定型，有的人还在找寻自我。不知道对他来说，一切是不是早已注定，但我知道他父亲已经替他决定了游戏的性质和他的出路。掷骰子的是父亲，不是儿子。我刚在威灵顿酒店①放下行李，就肯定了这一点。

约翰·吉卜林告诉威灵顿公学，我是他的教父。他获得了学校的许可，来车站接我。当时正好是下午茶时间。从谈话一开始轻松自然的状态来看，我们很快就对对方产生了好感。我比他大将近十岁，代沟的产生需要更大的年龄差，显然，我和他都不希望这样。男孩很瘦，甚至可以说是瘦弱，他身高一米六七，就像石缝里的紫罗兰，找到了生长的方法，可后来又停止了生长。他五官精致，可整张脸没有什么特点，只有框架眼镜让他产生了些许魅力。他身上散发出的亲和力预示着在共同的未来，我们可能会产生兄弟般的情谊，而不是友谊。他从一开始就没有掩饰自己本来的样子。在这一个小时里，我们什么话题都聊，除了文学和法语。所有话题，换句话说，他的两大嗜好：首先是摩托车，他自己的摩托车，他父亲送了他一辆以双缸扁平发动机闻名的道格拉斯，

①　威灵顿酒店和约翰就读的威灵顿公学都是以英国陆军将领威灵顿公爵（1769—1852）的名字命名的。

对现代机器的喜爱可能是父子俩唯一的共同点；然后是运动，尽管他的身材并不魁梧，可能正因为如此，他凭借坚韧的意志在冰球、足球（"按我父亲的说法，足球是卑鄙的游戏！"他笑着说。），还有橄榄球方面表现突出。他甚至还在皮尔逊宿舍的跑步比赛上赢得了"青年杯"，这个消息，他只在写给父母的信的末尾一笔带过。

"这不值得大书特书，不过，家里的一位朋友后来告诉了我父亲得知消息时的反应，因为那天父亲给这位朋友写了信。"说着，约翰闭目片刻，以找到准确的语言来复述："'我又坐到桌旁，点上一支烟，内心欣喜不已。等你有了儿子，你就会知道，儿子取得成功时父亲的心情。'……难以置信，不是吗，父亲的骄傲该如何安放？"

并非如此，因为他父亲年轻时在印度学马球和网球时遇到了不少困难。约翰一直想让我弄明白板球的规则和精巧之处，尽管我愿意去了解，但这远超我的理解范围，于是我向他保证，会以同样的热情教他网球，我在巴黎一直勤加练习。协和广场上历史悠久的两个网球场关闭后，巴黎最新的网球场最近在劳里斯顿街开张。不用去法国，我带他在附近的巴斯①或者布里斯托尔②，打一局被他的同胞引入岛国并被称为"皇家网球"或者"真

---

① 巴斯，位于英格兰埃文郡东部，是英国唯一被列入世界文化遗产的城市。
② 布里斯托尔，英国西南地区的重要城市之一，西临爱尔兰海。

正的网球"的运动，这项运动的引进还得感谢法国大革命之后的逃亡贵族。

"您知道'tennis'①这个词的由来吗？"我问他，想激起他对词源学的好奇。"以前，球手发球的时候，会朝对手喊完'tenez！'②后再挥拍。可是英国人只能发出类似于'tenezzz'的音。后来，网球的规则简化了，英国人也把这个词的发音简化成了'tennis'，就是这样的。"

这则逸事引起了他的兴趣，不过还需要更多这样的例子，才能引导他认真学法语，完成他父亲对我的要求，就像以前他父亲的秘书多萝西娅·庞顿夫人尝试教他数学那样。事实上，我很快意识到，学习这件事，无论是笼统意义上的学习，还是特指某方面的学习，约翰都抱持无所谓的态度，这是一种难以压制的冷漠。和他相处的几天很愉快，因为他不是那种愿意引发冲突的性格。他更愿意避免冲突。在斯坦福德中学读书的时候，老师就曾批评他一遇到困难就退缩。显然，他心意已决，从威灵顿公学毕业后就不再深造。他不具备入读剑桥或者牛津的资格。他不是这块料，他自己也清楚。就算他的传奇姓氏能让他得到入学考试的机会，那也不够，得被录取才行。威灵顿公学有运动场，有小教堂，有约翰住的

_____

① 在英语和法语中，网球都叫"tennis"。
② 在法语中，"tenez"是"接住""接球"的意思。

皮尔逊宿舍，有图书馆，里面展示着纳尔逊将军的遗物，其中包括他在特拉法尔加穿的大衣。这里就是缩小版的牛津大学，这正是吉卜林考察学校时感到满意的地方，再加上学校是为了照顾军官孤儿设立的，浓厚的军事传统太合他的胃口了。在他看来，一切都很完美，直到他看见每栋房子大门上的格言——英雄的儿子①！

不管他有没有意识到，他再次把约翰置于他盛名的光环之下。大多数英国人把吉卜林视为"文学英雄"，他没有参加过任何战争，虽然他歌颂战争，但他只在射击场扛过枪，成绩也还不错。

他是个好父亲，爱自己的孩子，关心他们，这毋庸置疑。他爱自己的独子，这也是毋庸置疑的，尽管他对儿子有点失望。他们的关系，比英国人通常允许的冷酷克制要温柔一些，从他们通信的热情就可以看出来。只是父亲太希望儿子身上"吉卜林"的成分多一些，"约翰"的成分少一些。他很难掩饰自己的幻灭感。

他名叫约翰，很普通的名字，几乎和其他人一样普通。他本人也和其他人差不多。然而，要成为他的父亲的儿子，这太难了！这句话，我是替他说的。我也不例外，做个好儿子，是每个人都会面临的挑战。而我，就像失去了父亲。

---

① 此处原文是拉丁语，"Filii heroum"。

他父亲名叫鲁德亚德，几乎不会和任何人重名，因为他的父母是在斯塔福德郡的鲁德亚德湖相遇的。

之前，约翰在萨塞克斯郡东部罗廷迪恩镇圣奥宾斯学校寄宿时，过得很开心，成绩也提高了。这所学校有八十四名学生，他和其他十二名学生升到了甲班，一个自视为精英的团体。有了这种身份，他可以享受特权：送信或者在食堂里敞开吃蔬菜，其他人只能得到限量供应的食物，无法自由选择……后来，事情开始朝不好的方向发展。他对拉丁语和英语表现出兴趣，他的父亲感到困惑。当他决定放弃希腊语，改学德语时，父亲劝他别这么做，并对他解释说，他可以在陪他去恩格尔贝格①度假时练习德语，但学会希腊语是成为优秀男性的必备条件。

"那才是开启大智慧、参透人生的钥匙！"

这句话，父亲在写给他的信中强调了无数次……

的确，在这件事上，吉卜林无可指摘。任何出身良好的英国人都认为，寄宿学校是一种必要的残酷流放，他用信件轰炸儿子，长短不一，取决于他写信时是在家里还是在外面旅行。他和凯莉身处远方的时候，他的信就像文学作品一样生动，充满描述性的文字，构思巧妙，色彩丰富，就像把新近发生的事写进了短篇小说。即使在家中，他也用丰富的细节讲述贝特曼庄园的日常，西

① 恩格尔贝格，著名的度假胜地，位于瑞士上瓦尔登州。

斯姨妈和斯坦姨夫的几次来访，6月4日的雨以及为什么这一天一直在下雨，下雨对伊顿公学的壮美草坪上举行的板球比赛的影响，与盖伊爵士和坎贝尔夫人的聊天……他就是控制不住，总是讲个不停。他还是跑题大王，至少他给人的印象就是如此。事实上，他放在括号里的内容和其他内容一样，都是必不可少的。

"他给我寄了多少封自称没什么新消息的长信！这还没算上那些充满汽油味的信！"

"汽油味？"

"在那些信里，他只说汽车！"

他在信里很喜欢用"我的老伙计"这种战友间的称呼。然而，信的结尾却总是带着浓浓父爱的落款："爱你的爸爸""带着我全部的爱""你的老父亲"……约翰跟我列举的时候，极其自然，带着些许骄傲，有时会嘲笑这些用语，也没有掩饰其中让他感到沉闷甚至压抑的东西。

"我是家里唯一的男孩，所有的希望都寄托在我身上，自从……约瑟芬……"他的语气越来越弱，思绪飘到了别的地方。

他很快振作起来，我也没再追问。

他父亲从不吝惜给他建议，不管是学习方面还是其他方面的，还会表达自己对他通过考试的信心。他比较担心的是男孩们老凑在一起，在性意识觉醒时受到不良影响。

"啊，父亲的建议！"约翰叹了口气，保持微笑。"'管好你的嘴！不要随便批评别人！小心有的人身上有兽性！虽然他们有运动天赋，但不要不加分辨地接受所有形式的友谊，你可能会因此失去体面！离放荡堕落的人远一点！……'"

他没有意识到，自己从一开始就在用过去式谈论这一切，仿佛那个时期已经翻了篇。我们尽可能用法语交谈，大多是在餐桌边或在乡间长途散步的时候，朝桑德赫斯特、皇家军事学院和布拉克内尔森林的方向走。我觉得内疚，因为没有完成任务，但我有可能完成任务吗？约翰是个性情刚毅的好孩子，虽然缺乏想象力，但也有不少优点，他既幽默又善良，虽然确实不是读书的料。问题是，我虽然看不出他想做什么，但看得出吉卜林为他做好的规划 —— 参军。他自己未能如愿，因此早早就打算让儿子替他实现职业理想。这样一来，吉卜林的姓氏总算能在军中闪耀。之前我还有一丝疑问，和约翰的谈话证实了我的想法：在吉卜林心中，军队集中体现了一些优良品质，这些品质也应该成为整个民族和大英帝国的品质 —— 条理、秩序、纪律、义务、责任。他想不出还有比这更好的先进社会的运转方式。这甚至不再只是一个政治方案，而是一种生活理想。这位从内部洞悉帝国运作的作家痛恨"特派议员"，那是一群只会走过场的人。

　　显然，威灵顿公学是没有其他选择时的最佳选项。舰队司令约翰·阿巴斯诺特·费舍尔[1]爵士曾提议推荐约翰去一所不错的士官学校，看完成绩单后，他没再坚持。吉卜林也没坚持，他已经死了这条心。从少年时代起，他就把皇家海军置于其他军种之上，他曾在比德福附近的韦斯特沃德霍镇[2]生活，那里是训练海军子弟的地方。对于他这样热爱海上生活、天生偏爱海洋神话的人来说，看着儿子加入陆军而不是女王陛下的海军是一种降级屈辱。然而，他的老式实用主义又一次占了上风，在所有事情上，他都是如此。

　　在威灵顿公学，约翰的成绩也不算优异，不过他的舍监约翰·亚德利·皮尔逊是个有教养的人，奉行古典主义，但这并不妨碍他引导学生关注现代性，这对约翰产生了积极影响。但这还不足以把约翰送进海军，而且约翰经常缺课，海军的目标就更遥不可及了。吉卜林的旧梦渐渐破灭。空军，因为同样的原因，也根本不用考虑。

---

[1] 约翰·阿巴斯诺特·费舍尔（1841—1920），英国海军将领，英国皇家海军历史上最杰出的改革家和行政长官之一。
[2] 韦斯特沃德霍镇，位于英格兰西南的德文郡比德福市，小镇得名于英国作家查理·金斯莱（1819—1875）的同名小说《向西方！》（Westward Ho!）。吉卜林在那里的联合服务学院（相当于中学）学习了四年。

只剩陆军这个选项了。我想，这次失败后，他就不会再自欺欺人，觉得儿子比表面看上去更优秀。然而，除了军队，他并没有为约翰考虑其他前途。

你将成为一个男子汉，我的儿子……

在威灵顿的会面之前，我没想到约翰会把我带回《如果……》，那首更像是属于我而不是属于他的诗。在学校里，老师问他有没有读过他父亲的书，他回答没有。别人不相信，虽然经常有人提这个问题。答案总是没有。与其说是坚决不读，不如说是不在乎。尽管别人经常劝他扩展思维的广度，但男孩杂志《队长》依然是他的最爱，上面的连载小说，比如伍德豪斯①以想象中的学校为背景创作的短篇小说《圣奥斯丁的故事》读起来还是蛮愉快的。

"我没读过父亲的书，而且很难理解他的写作。我花了很长一段时间才发现他是个公众人物……"他和我在一次谈话时坦白，随后陷入沉思，让思维暂停片刻，两眼放空，又补充道："有一天，他开车送我来威灵顿公学，问我在这所学校读书开不开心，我没忍住，脱口而出，'感谢上帝，至少在那里，我不会听到大家谈论《退场诗》'……"

---

① 伍德豪斯（1881—1975），英国幽默小说家，作品广为流传，受到无数
　读者欢迎。

　　我不禁自问，坦诚是不是这个男孩最大的特点。并非如此，这完全是另一码事，更像是一种想用不同的方式建立自我的欲望，然而缺少手段，没能成功。他缺乏个性，冲动被抑制了。然而，释放冲动并不需要很强的个性。通过一件事让他从姓氏中解脱出来是不可能的，但至少能让他卸下这种负担。只承担作为白人男青年的负担。过了青春期，他就意识到自己活在另一个名字后面，父亲的名字，这既是恩赐，也是诅咒。这份遗产很沉重，尤其是当儿子必须在父亲还在世的时候就背负它。对于从小被崇高理想熏陶的孩子来说，这份遗产就更加沉重了。父亲为儿子设定了如此高的标杆，只有个性特别强的人才能违背父命，不去实现既定的优秀目标。个性没那么强的人会觉得这道命令更像是难以承受的重担，而不是想要超越的目标。还好，约翰知道自己的极限。吉卜林也没有向他灌输过那种要命的想法——每个人都有成为天才的潜质，只是这种潜质被束缚了。

　　约翰就是约翰，仅此而已。

　　越了解他，我对他越有一种真实且发乎本能的好感。也许他和他父亲的微妙关系呼应了我和我父亲的交流困难。我不得不这样解释我和他之间的亲近感。

　　看着他渐渐远离威灵顿公学，我越来越被诗歌《海堤》困扰，尤其是这一句——"也许我们已经杀死了自

己的儿子！"这首诗创作于 1902 年，次年被收入诗集
《五国》。在这个时候，1914 年 4 月底，我怎能不被这句
诗困扰？此前，我总是称赞吉卜林像先知一样预言未来。
他感受到大战爆发前的邪风，比任何人的感受都强烈。
他披上卡桑德拉①的外衣，不在乎人们说他仇视德国。他
在很多问题上都表现得很顽固，尤其是在这个问题上。
战前，他身上仍然没有阅历丰富的人的那种温和宽厚，
一种随着年龄增长而呈现出来的气质。

"也许我们已经杀死了自己的儿子！"……现在就把
它当作死亡警告是不是为时过早？还没到二十岁的人不
会去想人终有一死。

约翰没有继承父亲的才华，却继承了遗传缺陷——
重度近视。两人都不得不戴眼镜，否则什么都看不见。
吉卜林念书的时候，学校里只有他戴眼镜，所以得了个
绰号"舷窗"。他在作品中也没有回避视力缺陷最初带给
他的冲击。我和约翰自然而然地谈到他的父亲，于是我
试探性地问他，理解他父亲的密码是什么。

"跟所有人一样，他的童年。您猜到了什么？只不
过，他是从光明走向黑暗，却不明白为什么会这样。试
想一下，一个出生在印度这个神奇国度的孩子，和爱他

---

① 卡桑德拉，古希腊神话中有预言能力的特洛伊公主。

的父母和妹妹幸福地生活在一起，六岁的时候被带离天堂，被粗暴地送到一对陌生夫妇的家里寄养，他们为那些父母住在殖民地的孩子提供食宿。这家人姓霍洛威，住在汉普郡的朴次茅斯。男主人是退役舰长，在一次捕鲸行动中弄瘸了腿，有点像亚哈船长[①]，他很友善。他的妻子和几个儿子则是冷酷的变态。他们一直问东问西，还捉弄他，他就是在那儿学会了撒谎、编故事。这段痛苦的生活持续了六年。那么多个日日夜夜，他在想为什么父母把他们遗弃在英国。他觉得自己无缘无故被父母抛弃了。这个地方永远刻进了他的记忆，就像……"

"《荒凉屋》？"

"看来您已经读过了。这个词很能说明问题，不是吗？"

"您也在他的作品里读到了，不是吗？"

"我跟您说过，我没读过他的作品，事实就是这样的，您不必尝试寻找原因。但我经常听人谈论他的作品，最后就像自己读过一样。"

福尔摩斯在韦尔内莱班告诉过我，鲁德亚德小时候遭受了非人待遇，导致他深陷抑郁。这种病已经严重到需要从伦敦请专科医生来为他检查的地步。这位医生却诊断出更为凶险的一种病症 —— 近乎失明，于是赶紧让

---

① 亚哈船长，美国小说家赫尔曼·麦尔维尔（1819—1891）的代表作《白鲸》中的主人公。

他配戴眼镜。如果说父亲的童年曾充满泪水，儿子的童年则完全不同。

给约翰看病的是另一位来自伦敦的专科医生，阿诺德·劳森，他宣布约翰的眼睛进入紧急状态。过了这么多年，情况也没有好转。一天早上，父亲让他穿戴整齐，12点45分，他会准时来接他，去奥尔德肖特①体检。结论很明确，他的近视超出了普通范围。无可挑剔的穿着打扮没有任何帮助。

他左右眼的视力都是6/36②。不戴眼镜的话，从视力测试的第二行起，就看不清了。尽管如此，小伙子还是想参军。一个绝不会反抗权威，少年和青年时期都浸泡在爱国主义的羊水里，渴望让父亲为跑步比赛夺冠之外的事为自己感到骄傲的男孩，怎么可能有别的想法？在这种情况下，和平主义的警报都不会对他有任何触动。他父亲用一句谚语概括了这种心态——天气好的时候，要什么大衣！

"其实，参军的事情，我考虑了一年。"他向我坦承。

这时，我本想问他真正的动机是什么。是为了向自己证明什么，还是找到了志向？是想给父亲一个骄傲的

---

① 奥尔德肖特，英格兰东南部汉普郡的军事重镇。
② 根据国际标准视力表，6/36表示视力极弱，指正常视力站36米远可以看清的东西，患者需要站6米远才能看清。

理由，还是不想再逃避压力，哪怕是很小的压力？或许是这些因素叠加的结果？

"我很快就跟父亲说了参军的打算。两天后，他在一个仪式还是晚宴上见到了陆军部的一位高官。那个人向他保证会写信给直接负责人，让我优先获得体检资格，提前准备。父亲觉得这个主意不错。他还极力推荐我戴夹鼻眼镜，而不是框架眼镜，为了让我看起来更出众，还希望能因此改善我的视力。不过，父亲已经开始担心后面的手续，在那个阶段，必须有一个人的推荐信，虽然校长皮尔逊先生为我写了一封，他觉得还是不够。"

"当时，您打算报考哪个地方？"

"离这儿很近，就是培养士官的那个学校。"

"桑赫斯特皇家军事学院，真的吗？"

见我很吃惊，他垂下眼，有些尴尬，我的耿直让他意识到自己的不足。我没有道歉，以免进一步伤害他。有多少男孩被告知，军队会把他锻炼成男子汉？我不是军国主义者，但我同意这个观点。看军乐演出时，我能体会到一种不可抗拒的震荡，在心中久久不能散去。祖母常常用言语攻击我，说这不过是些"短矛"，她建议我用"军乐队长的里氏震级"评估情绪地震的强度。当她得知我对军乐已经迷恋到要去音乐厅正儿八经地欣赏施特劳斯的《拉德斯基进行曲》，而不满足于在卢森堡公园的乐队台随便听听时，她对我的讽刺就更多了。

所有这些，约翰都无所谓。他参军只是为了成为军人，因为姓吉卜林就必须当兵，其他职业是不在考虑范围内的。可是，人总得现实一点，那可是桑赫斯特皇家军事学院！他没有那个水平，也没有那个体格。虽然他参加体育运动，但体质很弱，视力又差。几个月前，他父亲带他去看友人推荐的专家——皇家外科医学院院长约翰·布兰德·萨顿爵士。他诊断约翰患有甲状腺肿大，建议他冬天别去瑞士，而要去威灵顿的疗养院治疗甲状腺肿大。尽管如此，约翰也无法让自己变得毫无野心，像漂浮的木头一样等着在某片海滩搁浅。他必须证明自己，却因此饱受折磨。不是所有发现自己的袜子上有破洞的孩子都会觉得自己是雾都孤儿。约翰永远找不到适合他的生活吗？其实，他只是没遇到让他看清自己的事情，那个他并不熟悉的自己。

这几天里，我并没有让他的法语水平提高多少，但他却给了我很多的启发，让我更了解吉卜林一家。他被告知要去伯恩茅斯拜访一位名叫李·埃文斯的先生，我们不得不告别。那位先生要教他如何应对征兵士官设下的各种陷阱。不管别人怎么说，吉卜林一直相信这种考前辅导。在约翰的记忆里，一直藏着父亲两年前在一封信中的反思："除非有一天，你成了一个男孩的父亲，不然你不会知道父母在为儿子的成功感到自豪时会变得多不得体。"告诉我这句话时，想到自己要这样奔向未来，他掩饰不住自己的情绪。

可问题是，父亲已经替儿子做了决定。

为了不破坏他的希望，我忍到最后也没告诉他，在所有军事训练课上，《如果……》都会被贴出来，而且每堂课的口号都是诗的最后一句。

你将成为一个男子汉，我的儿子……一遍又一遍地重复，令人厌烦。

回到酒店，有两封信等着我。一封是祖母写的，亲爱的欧仁妮担心我的健康，担心她生造出来的"吉卜林炎"发作了。我差点要在回信中告诉她，读了无数遍《如果……》和其他几首预言性的诗以后，我有点喘不上气来，连走路都摇摇晃晃的，我体会到了登山运动员透过薄雾看见喜马拉雅山的山脊和顶峰时的沉醉。不过，我没有这么写，我只说我在治疗，请她放心。另一封信来自吉卜林本人。

"亲爱的朗贝尔，既然您在附近，请来我们贝特曼庄园住几天。您会看到，是这栋房子造就了约翰。我们期待您的到来。吉卜林。"

4

不可避免的哈米吉多顿①之旅

伯沃什是规划过的村庄，从远处看，不会被误认为是一片星云。我有机会去那里，看看吉卜林是在什么样的天空和云彩下写作的。我还可以在黎明时分闻闻他生活的土地的味道，在星期天聆听他牧师的声音，在教堂旧钟发出沉闷的响声时激动一阵。我费了很大劲才找到代我上这几天课的同事，以前我帮过他大忙。

刚到这里，我就理解了人们为什么会喜欢上这个迷人、宁静、远离城市喧嚣的地方。和这里比起来，威灵顿就像是纽约。在萨塞克斯郡的这个偏僻角落，人会觉得安心，不会被乌烟瘴气的世界污染，在北非殖民地待过的法国人到了这里，肯定会说这里是乡下。我背

---

① 哈米吉多顿，《圣经·启示录》中世界末日之时列国混战的最终战场，在法语中，这个词常被用于指代"世界末日""伤亡惨重的战役""毁灭世界的灾难"。

对着圣巴尔多禄茂①教堂，沿村子的主路走，两侧有七间酒馆，像七座骄傲的小教堂，信仰都很不一致（"喷火""牧羊人尼姆""印度淡啤酒"……），象征宗教团结的主路尽头是一条林荫小道，沿着小道走可以欣赏贝特曼庄园的外景，我这才知道为什么吉卜林夫妇当初会爱上这里。

他们在庄园门口等我，还有他们的女儿，十八岁的艾尔西。他们一脸惊讶，我居然没有搭车过来，看着我风尘仆仆地走来，他们觉得好笑。我两手空空地朝他走去。

"连行李都没有吗？"他惊讶地问。

"我顺路把行李放在玫瑰皇冠酒店了，我在那里订了间房。"我解释道，但没细说。我只看了一眼那个活泼可爱的女服务员，就知道她和那里的常客有某种默契，其中几位还滥用了她的好脾气。

"1902年，为了等租户搬走，房主愿意卖房子，我们等了整整一年。那时候，我们住在熊旅馆……这可不行！您的房间已经准备好了，您得和我们一起住几天。我完成了校对工作，也没有皇家地理学会的讲座要准备，也不需要去布莱顿的牙医那儿拔牙了，这周没什么客人

① 巴尔多禄茂，又译巴多罗买，耶稣的十二门徒之一。

会来。斯坦刚走，您认识他吗？"

"斯坦？"

"我表弟斯坦利·鲍德温①。他经常来，我们关系很好。几年前，他当选了下议院的议员。鉴于保守党的状况，他做得已经很好了……您喜欢托马斯·哈代②的小说吗？他时常来找我们聊天……好吧，我派人去取您的行李，我们这就去散步。您不会觉得自己可以逃过主人带领的参观吧！"

我微微点头，让人误以为我读过《远离尘嚣》《德伯家的苔丝》《无名的裘德》。这些书名对我很有吸引力，但我没读过。这完全是出于现实的考虑：我虽然读英语作家的原著，但没有那么多预算去里沃利街的加利尼亚尼英语书店挥霍。那里的店员很殷勤，吉卜林的新书一出版，他们就会给我寄封短信，还帮我留着书，加上《法兰西信使》这类期刊上定期刊登的短篇小说，这些对我来说已经足够。买书还是要谨慎，吉卜林的出版商很有商业头脑，会编纂新书，就是把他在别的书里发表过的文章重新排序，结集成册，再起个新的书名。对我来说，托马斯·哈代和别的作家的书可以等一等再买，

---

① 斯坦利·鲍德温（1867—1947），英国保守党政治家，曾三次出任首相，吉卜林的母亲和鲍德温的母亲是亲姐妹。
② 托马斯·哈代（1840—1928），英国诗人、小说家，代表作有《德伯家的苔丝》《还乡》。

吉卜林的书不可以。我知道他从不公开评论其他作家的作品，对他来说，这关乎荣誉和体面，所以我不会问他对《远离尘嚣》《德伯家的苔丝》《无名的裘德》的真实看法。尽管他对我表现出信任，但可能还是会担心我把他的私人意见告诉别人。这真可惜，因为据福尔摩斯说，他的意见很中肯。总之，大家都认为，亨利·詹姆斯①在吉卜林初出茅庐时对他的欣赏不过是前辈对新人的入行认可。他在文学圈有些朋友，但他更愿意和冒险家结伴同行。他把每本书都变成了一场冒险，不是吗？

他是伦敦几家门槛很高的俱乐部的会员。那些地方对他来说有一个好处——禁止女性进入，他的妻子也不例外。比如"文学俱乐部"，也被称为"俱乐部"，这名字起得好像伦敦只有这一家俱乐部似的。②在他之前，塞缪尔·约翰逊③、詹姆斯·鲍斯韦尔④和奥利弗·哥德史密斯⑤等著名作家都是这家俱乐部的会员。然而，他永远不属于任何圈子，无论是文化圈、政治圈，还是其他圈子。

① 亨利·詹姆斯（1843—1916），英籍美裔作家、文学批评家，代表作有《一个美国人》《鸽翼》《金碗》等。
② 这家俱乐部1764年创立于伦敦，英文名是Literacy Club或者The Club。
③ 塞缪尔·约翰逊（1709—1784），英国作家、文学评论家、诗人。
④ 詹姆斯·鲍斯韦尔（1740—1795），英国传记作家，被誉为现代传记文学的开创者。
⑤ 奥利弗·哥德史密斯（1728—1774），英国剧作家。

他太有个性了，唯恐失去独立性。他属于无党派人士的大家庭。要知道，他最在乎作家的自由，对这种自由的限制，他一律拒绝。因此，他拒绝接替伟大的丁尼生①成为"桂冠诗人"，虽然那是维多利亚女王亲授的殊荣。他还拒绝了贵族头衔。他似乎在竭力逃避时代的压迫，无论是荣誉、勋章还是其他荣誉带来的虚荣。他一定是在福楼拜的书里读过这句话 ——"荣誉败坏名声"。

吉卜林整个人充满了矛盾。他热爱旧秩序，又很反叛，因为他的反叛就是为了巩固旧秩序。衰弱的国家、脆弱的平衡、不稳定的社会结构，这些问题长期困扰着他。随着时间的推移、事件的发展，这些问题变成了折磨和焦虑。实际上，他有点自命不凡。在这里，自命不凡不是指他缺乏高贵的品质，而是自我封闭。旁人觉得他粗俗无礼，他对此并不在乎，事实上，他和许多英国人一样，对自己言行造成的影响无动于衷。

他带我大步穿过田野，进入他喜爱的、没有过多人工修剪痕迹的大自然，没有人打扰树木的生长，也没有人让河流改道、分流，仿佛只有乡村才能让人回归本性。他在这个地方靠岸停泊了十二载，这里的风景已经变成了他的风景，每个角落都能勾起他的回忆。不过，他总

---

① 阿尔弗雷德·丁尼生（1809—1892），英国维多利亚时代最受欢迎、最具特色的诗人之一。

会用全新的目光来审视这片风景，他的新奇想法就是证明。他买下房子时大约获得了 33 英亩，也就是十几公顷土地。搬进来以后，庄园面积不断扩大，因为他想把那些被他日益增长的名气吸引来的好奇人士和不速之客挡在外面。于是，庄园的一侧朝伊斯沃、巴恩方向延伸，另一侧朝杜德维尔农场延伸。我还没问，他就非常自然地告诉我，整个庄园花了他 9300 英镑，当时他的年收入是 5000 英镑，而一个秘书的平均年薪只有 80 英镑。我知道他很有钱，尽管他并不显摆，但他的生活处处彰显了财富。他太有钱了，倒不是因为妻子家底殷实，而是因为他的作品太成功了。我没想到，在二十世纪初，才 36 岁的他竟如此富有。因此，他有底气拒绝大约 19 首诗的酬劳，其中包括著名的《退场诗》，他说自己把这首诗"给了"《泰晤士报》。

"我有一条河，您知道吗？一条真正的河，标在地图上的，属于我的河。杜德维尔河，还有河边的磨坊，您看到了吗？就在那儿！这是我的恒河，我的亚马孙河，我的密西西比河。"他一边说，一边指着卵石河床上的小溪。这就是他的河。

在对他的萨塞克斯郡做了全景观察后，我有一种奇特的感受……其他人可能会就此推断出，他并非谦逊之人。我不这么认为。站在被风抚摸的高高的草丛中，我并不觉得自己身处世界的尽头或边缘，只觉得不知自己身在何方。庄园外的世界，比如伦敦，就像动荡的社会，永不停工的工地；贝特曼庄园则像宁静的海，吉卜林似乎是这片海中唯一的不安分元素，双手被一种说不上来的内力控制，如果不做点什么，就会不安分地晃着。人们不禁要问，他是怎样安静下来做自己偶尔吹嘘的两件事——种菜和钓鱼的。说一个人很复杂等于什么也没说，因为必须先理解这种复杂性。不管怎么说，贝特曼庄园对他来说就是理想中的英国——诗歌般的田园、平衡稳定的邻里关系、和谐的景致，是这三者的集合。

在这里，自然是有秩序的。

我们走了一段时间，每走一步，脚下的松针叶都会被踩得噼啪作响。突然，吉卜林中断了我们在树荫下的散步，站在我面前，扶住我的肩膀，直截了当地问我：

"哎，您觉得我儿子约翰怎么样？"

"呃，法语方面有些进步……"

"您觉得他的思想状态怎么样？"

"军队。他想参军，这一点毋庸置疑。"

突然，一阵轻风把两片刚从树上掉落的叶子吹到他的粗呢外套上，他看都没看，反手一挥，把它们扫落，然后垂下头，摘下精致的金边眼镜，露出美丽的蓝色眼睛，在我面前用力挥舞眼镜。他很愤怒，手在颤抖，但又在压制心中的怒火，所以嘴唇都扭曲了。

"戴着这个，他们会要他？"

一点小事就能点燃他的暴脾气，让他怒气冲天。看来，他歇斯底里的名声确实不假。政治可以轻易让他变得怒不可遏，德国的好战、爱尔兰的分裂、改革的精神……似乎只有写作才能给他带来安宁。

易怒是从母亲那边继承来的，他说，母亲是"百分之百的凯尔特人和百分之七十五的火暴脾气"！我完全相信。他的激烈情绪只会让自己误入歧途。诗人属于那种会在心里揣摩打雷是不是上天在对他说话的人。

"我一定是被政治加尔文主义控制了。"他脱口而出。

然而，愤怒并不是支撑上述观点的论据。

他的狗冲我们汪汪叫，拉着我们继续往前走，完全不考虑我们的意见。这只名叫"麦克"的苏格兰梗犬个性很强。在它和吉卜林在印度养的公牛犬"嗡嗡"之间，吉卜林还养过好几条狗。谈到狗，吉卜林会哽咽，他非常喜欢它们。和它们在一起的时候，他表现得很不一样，他会把动物算进生命共同体里，这种情感是从亚里士多德老先生那里继承下来的，在中世纪很常见。

说到他的车，他也会动情。车，他经常换；狗，他会一直留着，直到遗体告别的那天。来贝特曼庄园的路上，我经过他的车库，发现在他心中，汽车就是劳斯莱斯的代名词。他从世纪之初就开始买车，第一辆是单缸雏形车，后来换了一辆蒸汽汽车，之后买了一辆老出问题的兰彻斯特车，这车的性能和脾气甚至连设计师弗雷德里克·威廉·兰彻斯特①都摸不着头脑，然后是一辆戴姆勒汽车。既然开始转向极致享受型的汽车，他毫无意外地发现了劳斯莱斯，然后就再也没有用过其他牌子的车，因为他觉得劳斯莱斯是最好的。他对机器很着迷，自豪地带我参观了贯穿庄园的水轮机，那是他自己找人安装的，用来发电！他对速度也很着迷，但他觉得只能在劳斯莱斯上体验到速度，而且必须是最新车型。劳斯莱斯为自己有这样一位声名显赫的忠实客户骄傲。当然，这位客人也很特别，因为他从不自己开车，他把方向盘交给司机，很多司机来贝特曼庄园工作过，他们大多是车商推荐的，都是"劳斯莱斯车最好的司机"。可是，车商没有去了解客户的性格，这是至关重要的，因为客户经常要求司机从萨塞克斯郡的伯沃什开到法国的尽头。见我在车库停下脚步，看工人擦一辆在车库里睡觉但保险杠已经闪闪发亮的车，他忍不住丢下一句粗俗得令我吃惊的评论。

"汽车就像女人的心理，里面一旦出了点问题，就不

—————
① 弗雷德里克·威廉·兰彻斯特(1868—1946)，英国工程师、流体力学家，英国汽车业和航空业的先驱。

能正常运转了！"

他对机器的喜爱也体现在语言上，有时甚至故意让语意变得模糊不清，因为使用了技术类词汇，如鲸炮绳、捣棒。说到树木，他也让我感到惊讶，因为我对植物词汇一窍不通，比如柳杉属。

对于萨塞克斯郡的大地主们来说，贝特曼庄园的吉卜林并不是同类，尽管他也有一个大庄园。他不是名门望族，虽然他的两个叔叔是男爵，可他们是艺术家，所以也不算。因为对汽车的品味、奇怪的装束、对穿着的不上心，他看起来不像拥有农场的绅士，而更像是司机。他对此毫不在意，也不做任何努力让他们接纳自己。他不是那种向大人物借光的人。他和孟德斯鸠的观点很像，都认为贵族政治是一种虚伪的价值观，唯一的优点就是运行起来比较有效率。他有点喜欢挑衅别人、逗弄傻子或者他认为的傻子，并且乐此不疲。

他的汽车就像他的狗，唯一的不同就是他不会冲它们吹口哨。此外，他也给汽车起名，而且只用名字称呼这些车，我是在他对我说"如果要去埃钦厄姆①，可以让'简卡克布雷德'送我"时意识到的。他当时用的那辆劳斯莱斯叫"简卡克布雷德"，那是臭名昭著的伦敦酒鬼的

---

① 埃钦厄姆和贝特曼庄园所在的伯沃什都属于英格兰的东萨塞克斯郡。

名字，那个人因为酗酒和行为不端被法院处罚过 281 次。

1634。这四个数字值得用彩旗装饰。房子的建成年份被刻在大门处的石头上，这样才能人尽皆知。其实完全没有必要，因为这栋充满巧思的房子的每一面墙都散发着古老的韵味。吉卜林就是庄园的灵魂和框架。房子很大，但比例协调，而且非常舒适，吉卜林的表哥波因特是建筑师，他后来还为房子加装了电灯、浴室和卫浴。房子精致而不张扬，所有墙面都有橡木墙裙，还包了带立体浮雕的金色皮革。无论目光落到这栋充满回忆的房子的哪个地方，我对历史的浓厚兴趣都可以得到满足：饰有纹章的西班牙扶手椅移动起来完全没有声音，漂亮的十四世纪餐具柜，随处可见的小玩意儿，从印度挖来的宝贝，铜制神像，小玉佛，等等。不过，我对旧物件的喜爱经常被祖母挖苦、泼冷水。

我到的那天晚上，吉卜林背对着我，蹲在壁炉边，身子前倾，脚边放着满满一筐稿纸。显然，他在烧个人文书，里面可能有一些信件、草稿，甚至手稿。我无声的噘嘴应该抵得过千言万语，他略微转头看了我一眼，满不在乎地说：

“您觉得很震惊？”

“没有。只是……”

"三年前父亲去世的时候，我继承了很多家族文件，其中就有我小时候的信，我在烧这些信。"

"这可能是文学史上的遗憾……"

"您竟然这么想！我不希望自己死后还要被人嘲笑。顺便问一句，我正好想到了，"他的声音变得严肃起来，他转过身问我，"您不是在写我的传记吧？"

"我没有这个计划。"

"您第一次和我说话的时候，在韦尔内莱班的公园酒店的主楼梯下面，我误以为您是美国记者。后来，吃饭的时候，我有了另一个顾虑，我对自己说，可能更糟，您也许是传记作家。我可以肯定地告诉您，我特别讨厌这个职业。"

"请您放心，这不是我出现在这里的原因。"

"传记艺术，有人说，那不过是一种高级的同类相食！给作家写传记的人都是入殓师！作家的人生就是他的作品，没有别的。我有时也读传记，不过，仅限于崇敬祖先的传记。添油加醋的部分，我是不读的。所以，我经常烧毁我的文件，凯莉也经常帮我一起烧。"

他的妻子和他一起焚烧书信，我一点儿也不惊讶。她还管理他的信件，虽然处理方式并不总是让他满意。凯莉生活在大人物的阴影下，一如她生活在他的光芒中，每次出行，她都陪伴左右。这是一个真正的清教徒主妇，比他大两岁，喜欢发号施令，专横独裁，占有欲强，有点歇斯底里，身体笨重，各类风湿病缠身，还被糖尿病、抑郁症等困扰。吉卜林遇见她时，父亲做了终极判断——凯莉·巴莱斯特就像娇生惯养的正派男人。菲利普·伯恩·琼斯①为她画的肖像高高挂在某个房间的墙上，如实反映了她的统治地位。画中的她拿着一串钥匙，因为她是主宰锁具的大师，她丈夫则是主宰时间的大师。要接近他，就必须先经过她。至少在贝特曼庄园是这样的，这一点，我还是有发言权的。在韦尔内莱班的时候，她无法干涉他去见谁。福尔摩斯再次让我获悉内情——这对夫妇在丈夫的唆使下做这么多旅行，是因为妻子只在家里执政，出门在外，不论是去巴斯还是开普敦②，丈夫自然而然地开始担任领导，几个星期甚至几个月后才回到家中。

第一天，我在长途跋涉后上楼寻找自己的房间休息，误入了主人的房间。这间卧室和大多数房间一样，狭窄、朴素、吊顶很低，唯一引人注意的家具就是四柱床。我开始同情他，既是对作家，也是对普通男人的同情。鉴于凯莉的各种病痛，还有她在小床上要占据的空间，我暗暗希望他能有一间单独的卧室。我想象了一下他们并

① 菲利普·伯恩·琼斯（1861—1926），英国画家。
② 开普敦，南非第二大城市，南非立法首都。

排躺在床上的情景，那就是他们在生活中各自占用空间的真实写照。出于好奇，我忍不住把头钻到床幕下，看看他躺在自己从未深爱过的女人身边看到的景象。这个女人来自美国佛蒙特州的古老贵族家庭，是她哥哥沃尔科特·巴莱斯特介绍她和吉卜林认识的。沃尔科特·巴莱斯特是吉卜林的第一任经纪人，也是他最亲密的朋友，甚至是关系更进一步的朋友，按照福尔摩斯的说法。沃尔科特罹患伤寒，英年早逝，吉卜林十分难过，以至于甘愿冒着婚姻被他的幽灵困扰的危险，和他的妹妹结婚。床幕上绣的东西先是让我觉得好笑，然后让我觉得后背发凉：一个可爱的圆形图案取代了过去贵族的纹章，圆形里面是一棵树，树枝被树叶和鸟儿压弯，旁边饰有他们姓名的首写字母 RK 和 CK。

"在做调查吗？"

吉卜林的声音从背后传来，吓得我跳起来。

"请您原谅，"我话都说不清楚了，就像被车灯的强光照着的兔子，"我搞错了房间，老实说，是四柱床引起了我的好奇，所以……"

"这是在做调查……"

"不是这样的，我向您保证……"

"您知道是什么让我下决心买这栋房子的吗？"他问我，可能是为了替我解围，因为我自己无法走出尴尬。

"它的风水。完完全全是因为它的风水！没有受一丁点儿威胁，没有被压抑的痛苦，没有被掩埋的悔恨之事，完全没有这样的东西。"

之后，他把我领到我的房间，还像画家一样，注意到了一束从门缝穿过的光线。

一天上午，吃过早餐，我和凯莉在聊天，女管家走过来，在她耳边低声说了一句话。她的脸部表情立刻生硬起来，姿势也僵硬了，气氛也随之凝重起来。她变成了吉卜林夫人，大宅子的女主人，虽然她看起来并不具备这种能力，甚至还会给仆人错误的指令。家里的仆人说她并不随和，有的雇员在服务多年后被无情解雇。最近，司机乔治·摩尔就被解雇了，据说是因为他的脾气会让他做一些"不可能的事"，然而大家并不知道具体是指哪些事。另一个案例是园丁哈罗德·马丁。还有一个叫内莉·比奇的女仆，她为这个家服务了十六年，被解雇时，女主人连一句惋惜的话都没说。我来了以后，流言就没有停过，不用特地去收集，闲话就会传到我耳朵里。那天早上，又来了一个新人，因为家里的仆人总是在调整。

"您可以待在这里，朗贝尔先生。"

作为客人，我理应听从主人的建议，更何况我也很好奇。我往后靠了靠，乖乖坐在椅子上，不想错过贝特曼庄园日常生活的细节。一位年轻女子做了自我介绍，然后泰然自若地面向她站着，完成了整个面试。凯莉就像吹毛求疵的长官，为她介绍女仆在这个家应该怎样为主人穿梭忙碌。

6点30分，厨师助理在厨房点火烧茶水。

7点30分，上楼为我和我丈夫及客人送茶水，然后两个仆人送洗漱的热水上来（我和丈夫有各自的浴室）。冬天，仆人要给房子里的壁炉生火。

8点，仆人在仆人休息室吃早餐。

8点30分，我们和客人在餐厅吃早餐。仆人随后打扫房间。注意，吉卜林先生的办公室需要特别处理：只有收拾房间的女仆可以在早餐前进去打扫，主要就是清空废纸篓，立即烧掉里面的东西；下午茶后，再打扫一次；最后在晚餐前再打扫一次。

10点，和厨师开会，讨论当天的菜单和市场采购。在这之前，厨师和园丁长开会，了解菜园里的果蔬存量。我们提建议，菜园做准备。随后和管家开会，梳理庄园里的问题。

13点，午餐。一看到空盘子，就把它撤了，拿到厨房去清洗。你们在我们之后吃午饭，然后换制服，把上午穿的（蓝色或浅灰色棉质连衣裙、白色围裙、黑色鞋子）换成下午穿的（黑色羊驼绒翻领连衣裙、白色围裙、袖套）。请注意，全职长工要自己买制服，制服是他们自己的物品，要打理好，特别是黑裙子。

17点，在一楼有火炉的房间准备好下午茶。

20点，晚餐。晚餐时，女仆助理要把床铺好，合上窗帘。我丈夫和我的贴身仆人要灌好热水袋，放到我们的床单下。还有什么……仆人每周可以休息半天，从周日14点到22点。在这个家里，下达指令的是我，只有我。我会通过你们的上级传达指令。还有一点很重要，仆人彼此间都只叫名字，厨师长除外，虽然她还没结婚，你们也得叫她"夫人"。只有我可以叫她"厨师"。这里没有总管或者总务。你们住在旁边的那栋房子里，每个人都有自己的房间和浴缸。司机住在河边的小屋里，磨坊被改造成秘书和家庭教师的住处。

新来的姑娘被这一串绝对不能忘记的工作和禁令惊呆了，但大家完全没听见她发出的声音。正当她准备小心翼翼地退出房间，凯莉补了一句：

"星期二我们向供应商付款，星期五我们收集需求，星期六仆人来领工资。注意，我会在所有支票上签字，只有我能签字，别人都不行。"

然后她转向我的椅子，用柔和的语气说：

"……以前不是这样的。但我发现有些数额非常小的支票没有被兑付,一些店主也承认了。在伯沃什的杂货店,我见过一张装裱好的支票,挂在墙上,店主对我说,'您要我怎么说呢!吉卜林先生的签名就是这家店最好的广告……'我必须解决这个问题。"

我不敢告诉她,我在村里主干道的"贾维斯和他的儿子们"肉铺就见过这种支票。这时,女仆比阿特丽斯过来请示。

"夫人,今天下午轮到我休息了。我可以晚一点回来吗?因为我要看电影。"

"夏天是晚上 21 点 30 分,冬天是晚上 20 点 30 分,您是知道的。过了这个时间,一个年轻女孩还待在外面,这不合礼仪。"

我准备回房间时,一个女仆想找我说话,我之前对她表示过同情,等女主人离开房间后,她在我耳边低语:

"任何人生病,不管什么病,夫人都会让他喝热水,再吃一片大黄药丸……"

大作家真是个怪人。这几天,我有充足的时间暗暗观察他,同时又不会打扰到他。他并不像塔罗兄弟在作品中嘲讽的"杰出作家",这还是很容易看出来的。他中等个子,身材瘦削,很有活力,不停转动的眼睛显示他一直充满好奇，记者的好奇心从来没有离开过他，浓密的小胡子，光秃秃的前额，金边眼镜。他和"杰出作家"唯一的共同点就是俾斯麦式的浓眉，这对漫画家来说是一份厚礼，因为他就是普通人的长相，就像你的邻居一样。坐在餐桌边，他好像总是用一边屁股坐着，来回交叉双腿，神经紧张，又像是对什么东西不太满意，上身前倾，双手抱膝，然后把身体往后靠，总想着以最佳方式，在最佳时刻，披露所谓的真相。他就是一个多动症患者，强迫自己生活在动荡中，还按照自己的形象创造了一大堆人物。创造者和他创造的人物都没有花太多时间去思索生命的意义。凯莉替他回答问题时，他顺从地保持沉默，这种情况经常发生。有时候，她会打断他的讲述，换自己讲，因为她觉得自己讲得比他好。但只要谈话出现空白——多亏了餐盘里充满叛逆精神的肉块，我们不时需要费力咀嚼——他就立刻插话，通常是为了表示对他人生活的好奇，然而这只是绕个弯子，把话题引回他自己的生活。创作者不是这样的，还能是什么样的呢？

"再吃点猪排吧，除非您和闪米特人①一样，不吃猪

———————

① 闪米特人，起源于阿拉伯半岛和叙利亚沙漠的游牧民族群体，相传挪亚之子闪（Shem）为其祖先。在法语中，这个词有时被错误地用于指代犹太人。

肉……您几乎滴酒不沾。很遗憾，因为人们常说，酒后吐真言！很有道理，不是吗？不过我不知道这句话的出处。"

"我想是《圣经》。"

"啊，《圣经》的哪个部分？"

"《旧约》。"

"总之……"

"有问题吗？"

"对了，朗贝尔，您的妻子，您从来没有提起过她。她是做什么的？"

吉卜林喜欢用提问来回答问题，可他并不是犹太人，而且我敢说他并不喜欢犹太人。这种暗示经常出现。我把这种暗示的话和祈求真主的话归为一类——他的口头禅。我接受了他的谈话规则，更何况他习惯了用问题轰炸新来的人，好满足自己的想象力。

"歌剧演员。"

"啊……她长什么样？"

"有点儿像……拉斐尔前派肖像画里的人物，对，就是那样。不过，她并不像外表看上去那么乖巧，她的笑容里藏着一些我说不上来的东西，好像在低声地说，要做个不讲道理的人。有点像但丁·加百利·罗塞蒂[1]画笔下的人物，也有点像爱德华·伯恩·琼斯[2]画笔下的人物，您想象一下，介于两者之间的人物……"

"想象爱德华叔叔的画？能想象出一点，因为他是我姑姑乔吉的丈夫！他葬在罗廷迪恩，他们以前度假的村庄，就在我们这个郡的东边。约翰在那里当过寄宿生。我想练习射击的时候，就带着我的李-恩菲尔德步枪去射击场，我会带您去的……总有一天，会有评论家说我的作品属于拉斐尔前派文学……这很好，您等着看吧……用明快的色彩和简洁的线条描绘人物……只要我能掌握这种技巧，别的都不重要。直译成拉丁语就是：res mihi non me rebus！"

可是他直译错了，我冒昧地引用了贺拉斯的原文，《书信集》还鲜活地储存在我的记忆里，因为最近我让学生研究了这段文字：

"您想说的是：et mihi res, non me rebus subjungere conor[3]？"

---

[1] 但丁·加百利·罗塞蒂（1828—1882），英国拉斐尔前派的代表画家。

[2] 爱德华·伯恩·琼斯（1833—1898），英国拉斐尔前派最重要的画家之一，前文提到他儿子菲利普·伯恩·琼斯给吉卜林的夫人画了一幅肖像。

[3] 此处为拉丁语，引自贺拉斯《书信集》中的《致梅塞纳斯》，意为"努力让境况适应我，而不是我适应境况"。

"对，反正意思咱们都明白，控制外界事物比被外界事物控制好，对吗？"

后来，凯莉和女儿聊天，他就转过身来，低声告诉我，婚姻教给人们最宝贵的品质——谦逊、自制、谨慎……我获得了进入圣地的特权，把这一刻当作恩典来品味。他时不时毫无征兆地引用几句哲言，通常是他心爱的贺拉斯或者维吉尔[①]、西塞罗[②]的话，不超过三句，当然得用拉丁语，因为这些话用它们诞生时的语言来表述才能近乎完美。他知道这些古希腊、古罗马的智慧名言，要归功于德文郡比迪福德[③]附近的联合服务学院[④]那个可怕的拉丁语老师威廉·克罗夫茨。

有一次，他听出楼梯里的脚步声是我的——他耳朵很灵敏，就让我进他的书房，坐在他身后的沙发上，他马上就写完一封紧急的信了。他的窗外是萨塞克斯郡的乡村，平原和小山一眼望不到头，石头和树丛静默不语，

①　维吉尔（前70—前19），古罗马诗人。

②　西塞罗（前106—前43），古罗马政治家、哲学家。

③　比迪福德，英国的小型港口城市，位于英格兰西南部德文郡托里奇河河口。

④　联合服务学院，1874年由一些在殖民地工作的英国军官创立，目的是为他们的孩子提供便宜、适当的教育，使他们能胜任殖民地的工作。1878年1月，十二岁的吉卜林离开寄宿家庭，也就是"荒凉屋"，在联合服务学院上学，直到1882年夏。在联合服务学院，吉卜林阅读了大量文学经典，展露出文学才能，1881年，他母亲瞒着他，把他写的诗歌结集成册，在印度拉尔出版，取名《学童抒情诗》。

这里的每位居民都能体会到一种温暖的归属感。作家只要抬起下巴，就能听到大自然神秘的声音。为所有人写作，就等于不为任何人写作，就像在黑暗中射击的弓箭手。内心涌起怀疑，却不能犹豫不决。写作的艺术就是要让读者在阅读时看不出这些，尤其不能让他们看出作者为此花费的功夫和心血。吉卜林有不少优点，其中之一就是知道自己的能力范围。在他看来，如果节奏和情节分别是诗和小说的成功秘诀，那最好不要去写三卷本的长篇小说，这个想法很合理。除了诗歌，他比较擅长的是童话和短篇小说，他很睿智，只在特殊情况下走出这个舒适区，又不会走得太远。

在他的两张办公桌上，放着从麦克尼文和喀麦隆公司订购的威弗莱羽毛笔和笔架。用这种笔的人越来越少了，因为相继出现了尖头笔、自动上墨笔和吸墨器。墨水只有一种，深黑色的。一沓青白色的草稿纸，纸很大，但他并没有写多少笔记，因为他觉得记不住的东西不值得写。这套简单的书写工具完全可以满足他的写作习惯和工作方法 ——用灰鼠毛笔蘸研磨得很细的中式墨水，在稿件上随意涂改、画线、删减、提炼。写作让他获得了身体上的愉悦。办公室是唯一能让他保持干劲的地方。

他全身心地投入写作，并以此为盾牌，抵御职业带给他的麻烦 ——公众的质疑和争论。躲进虚构故事对他来说是一种自我保护，他的办公室就像一座堡垒，书架上的书就是抵御世间流言的城墙。

他背对着我，就像背对着整个社会，只有这样才能把自己的不安托付给稿纸。说他信赖自己的创作精灵（这是他对自己的创作守护神的称呼），实在是轻描淡写。这是一种无法控制的力量，一个内心深处的声音。他没有遇到过才思阻塞的情况，但创作不顺畅的时候还是有的。那时，他就让创作精灵休息一下。有时，创作精灵命令他改变故事的光线，从黑白变成彩色；有时，创作精灵建议他先描绘背景。他有一些坚守的原则，任何情况都不会改变。首先，不能冒着迷失自我的风险，重复过往的成功；其次，守护神出现时，要避免有意识地思考，要让自己被这种力量征服，被它带着走，不要试图控制它……事实上，他的灵感从未枯竭。他写得很快，用词极其丰富，只读过《丛林之书》的人肯定想不到他的遣词造句有多么复杂多变。缪斯就藏在他的潜意识里，可以随时出动。没有几个作家会完全信赖直觉，这是一种特权。深陷焦虑的作家十分常见，可他却拥有无边无际的想象力。从 1885 年起，他就表现出过人的天赋，当时他第一次尝试写小说，第一次钻进另一个人的身体里去思考。这部作品就是《幽灵人力车》，一个系列作品中的第一部。

他还是背对着我，蜷着身子，对着稿纸，双手撑头，我倒不指望他能向我展示杰出短篇小说家捕捉到精妙细节的时刻。即使住在他家，我也不敢奢望在无意间看到他特殊的精神状态，或是"写作"时入神超脱的样子，仿佛人浮在半空中。不管怎么说，现在这个时刻，他只是在写一封信。

"那些只了解英国的人，能有多了解这个国家？这种思考问题的方法，是从我母亲那里学来的，我经常这样思考问题。"跟我说这些话的时候，他并没有转身，也没有期待我的回答。

这番话，我不知道该如何理解。一个外国人听着，会觉得自己比他代表的族群低一等，也许到最后，他能说服我，所有非英国的东西都是不对的。他的意思也许是，除非你在某地长期生活而完全没有异乡感，而且是他人的目光让你察觉到这一点的，你才算真正在那里生活过。他继续大声说出自己的思考，仿佛我不在他旁边一样。他一边写，一边说，听起来像是爆发的观点，而不是精雕细琢的句子。

"朗贝尔，您似乎认为真相就藏在书的字里行间，其实那只是一种理想。"

我并没说过这样的话，我甚至什么话都没说，我绝不会在他写作时打扰他。也许他在影射我们在韦尔内莱班的谈话，谈蒙田和他的《随笔集》。他非常喜欢那些随笔，甚至把它们当成"心慵意懒之作"，这个不太常用的词从他嘴里说出来，可能是为了表示这是作家在悠长的闲暇时光中写的作品，类似于漫无目的的创作，每一页都可以独立成篇。

他坐在那里，就是我现在看到的这个状态，像个钟表匠，客人很着急，他却在慢条斯理地修理钟表。如此看来，他把写作当成了一门手艺，而且毫不掩饰这一点。其实，没有比他更不像文人的作家了。他就是个工匠，个人主义者。没有党派，不属于任何圈子，不拉帮结派，勉强算是共济会成员，但也未深入其中。

我从来没觉得他把我当成需要极力取悦的观众。他的妻子凯莉在饭桌上当着他的面告诉我，他和这种缺点斗争了很久。小时候，他在朴次茅斯"荒凉屋"寄宿时，那个悍妇经常骂他爱出风头，他还因此挨过打。有那么一刻，为了不让谈话愈发沉重，我试着把话题引开，告诉他们"取悦观众""淘汰出局""出外打猎，职位不保"这些短语都是源于古式网球的行话。他很喜欢以新颖别致的方式把这类在他看来特别法式的短语塞进对话里，然而此时，我的做法显得过于学究。吉卜林沉浸在思绪中，他在思考自己在法语发音和理解上的问题。这些问题总是让他诚惶诚恐，仿佛法兰西学术院决定法语正确用法的判官一直站在他身后，提防他出错，哪怕是细小的差错，也要无情地纠正他。其实，外国人完全有权在使用非母语时犯错。

我觉得，他不时跟我说几句法语，是因为他非常在意这件事，比起让我赞叹他的法语水平，他更想给自己一个惊喜——原来自己的法语说得这么好。因此，跟我说法语的时候，他会放慢语速，好像同时在脑子里翻阅字典似的。他的语言听起来就像爱上《曼侬·莱斯戈》和《滑稽小说》①的十八岁英国人，在那个年代的英国，喜欢法语被认为是一种不良嗜好。他告诉我，在牛津大学给他颁发荣誉博士证书时，他偶遇了自己的法语老师，那是他对整场活动最美好的回忆。老师把他介绍给了圣－桑②，这位著名作曲家刚从美国载誉归来，他们用法语交谈时，他还成功地用上了他非常喜欢的一个法语词"impayable"③。

饭桌礼仪要求人们吃饭时谈天说地，不过最重要的还是轻松幽默地谈一些无关痛痒的话题。突然，他打破常规礼仪，回应我两三个小时前表达的一番思考。当时，

---

① 《曼侬·莱斯戈》，普莱沃神甫（1697—1763）的小说；《滑稽小说》，法国诗人、小说家、剧作家保尔·斯卡龙（1610—1660）的作品。
② 圣－桑（1835—1921），法国钢琴家、管风琴演奏家、作曲家。
③ 旧时法语形容词，意为"无价的""极其贵重的""滑稽可笑的""令人难以置信的"。

我对大英帝国的辽阔以及由此带来的令人恐惧、眩晕的事物表示惊讶，为了安抚我，他谈到与之相匹配的技术手段——铁路、快船、电报……这么多让货物快速流通和交换的技术发明。这时，我想起阿尔贝·伦敦在《精益求精报》上发表的一篇报道，他把"尊重的等级顺序"归为印度殖民者的发明：英国人把自己放在最上面，接下来是他们的马，然后是一般白人、虱子、跳蚤、蚊子，最后才是当地人。只有没什么可尊重了才会尊重当地人。我很难把想到的这些坦率地告诉吉卜林，他可能会表示同意，同时对我的惊讶表示惊讶。从我的表情和沉默的状态，他猜到我想知道更多。可是当我刚说出"帝国主义"这个词的时候，他要我重新定义这个词。他有自己的定义，但肯定不是关于征服的福音，这一点我并不怀疑。

"帝国主义其实是殖民地的行政组织，和欧洲的中央集权完全不同。自由的城市中心区，人人平等的社区，自愿结成的联盟。就像商业联合会或者足球队！盎格鲁-撒克逊人用这套保护理论捍卫他们拥有的一切，抵御还不了解自由真谛的贪婪之徒……这就是帝……啊，我真不喜欢这个既不恰当又毫无幽默感的词……你知道爱德华·史密斯船长吗？对，就是泰坦尼克号的船长爱德华·史密斯，他在最后时刻对船员说了什么？做一个英国人！换句话说：像英国人一样行事！"

我看到他眼中掠过一丝自豪的光芒，他喉咙哽咽，内心被某种情绪占据着。任何人和我换位处之，在那一刻都会得出这样的结论：如果吉卜林是泰坦尼克号的船长，他也会像史密斯船长那样说出那番话。然后，他不等女仆从厨房回来，又把主菜递到我面前，抬了抬下巴，神情严肃，重新开始履行餐桌礼仪，命令我再添些菜。至于帝国，他认为那更是一种责任，而不是一种权利，就像"蟾蜍在洞"①这道菜。制作它，先用约克郡布丁一样平整的面糊裹住香肠，在烤箱里烤制，然后加入土豆泥，撒上洋葱，淋上葡萄酒或者当地啤酒，再烤一次。添了主菜之后，他以同样的威严告诉我，午餐后立刻跟他去客厅喝咖啡。

墙壁上覆盖着暖色调的木质镶板，增强了房间的吸音效果。在他面前不抽烟是不可能的，反正他会用烟雾包裹我。香烟、雪茄、烟斗，他吸食各式烟草，这是他从父亲那里继承的成瘾嗜好。

"对，我恨德国佬②，那又怎样？"

没什么。这一点，大家都知道，他还因此收获了满

---

① 蟾蜍在洞（Toad in the Hole），约克郡传统英式菜肴，布丁烤香肠。
② 原文是"Huns"（匈人），指生活在东欧、高加索和中亚地区的古代游牧民族。一战和二战期间也是与德国交战的国家对德国人的蔑称。

满的敌意。倒不是因为他仇恨德国人，而是因为他太激进、太过分、太猛烈，令人不胜其扰。有时，他说得太激动了，还没把听众的激情点燃，倒先把自己点着了，那样子就像跳梁小丑。

如果你能和民众交谈，保持良善……

这种难以控制的恨不该表现出来，尤其不该公开表现出来。失控实在不像英国人，更何况他在纽约病得奄奄一息的时候，德皇威廉二世还发来电报慰问，凯莉很喜欢提这封电报：

"作为您丈夫无与伦比的作品的热情崇拜者，我焦急地等待着他康复的消息。上帝保佑他，让他留在人间，继续歌颂我们共同的伟大族群。"

这个提醒只是让他耸了耸肩。

"我太爱法国了，所以不会爱上德国。我说我爱法国，您是相信的，对吗？"

"当然。我怀疑，要是我是西班牙人……"

"您知道吗，是我父亲让我喜欢上法语的。他说法语是欧洲唯一的文学语言。我发现在智慧方面，法国让我受益良多，愿真主原谅我，其他国家对我的影响就没那么大了。显然，在哲学上，非常不幸，我必须忍受……"

"智慧方面？您的意思是您首先要感谢的法国作家是……维克多·雨果？"

"他的作品确实很美，但有些空洞。我曾经很喜欢《一桩罪行的始末》，我是在加尔各答的《英国人报》上读到的。"

"巴尔扎克呢？"

"我年轻时的最爱。《都兰趣话》让我陶醉。"

"阿纳托尔·法朗士？"

"在世的法国作家中的翘楚。应该是他，让我看到了法国人的名字的区别，姓名之间的介词是贵族身份的标志，姓名带连字符的是民主派的标志。不错……总有一天，他会得诺贝尔文学奖。不过，我不是搞文学评论的，我也不想当文学评论家。"

法国，法国，永远是法国！他只对法国感兴趣。那里就是他的第二个家。但他以为我们这个民族全是由农民、养殖户和葡萄种植户组成的，以为法国是由像他一样的专业人士、手艺人组成的！他认为农村比城市好，用农村的纯洁对抗城市的腐败，好像土地从来不会对他说谎！黑斯廷斯战役 ① 已经远去，英格兰最后一位盎格

---

① 1066年10月14日，英格兰国王哈罗德·葛温森的盎格鲁-撒克逊军队和诺曼公爵威廉一世的军队在黑斯廷斯（英国东萨塞克斯郡紧邻加来海峡的城市）进行的一场战斗，以"征服者"威廉获胜告终。

鲁－撒克逊国王被诺曼公爵"征服者"威廉击败已有848年。看我抬头望天的怪模样，他一定在想我的脑子里在想些什么，其实我在做心算。

吉卜林不仅对法国爱得很固执，还是法国的无条件支持者。他喜欢一样东西，就会毫无保留地喜欢。这一点，法国比其他任何国家都清楚。《英法协约》像是抹去了拿破仑的痕迹。吉卜林赋予法国代表和捍卫西方文明及抵抗野蛮的德国人的使命。这一点已经无须讨论。

我希望他能跟我多聊聊《圣经》，谈谈宗教经典对他写作的影响。是福尔摩斯把我引到这个方向上的。他告诉我，在吉卜林眼里，这种书很罕见，能用这么少的字表达这么丰富的内容。他还说，吉卜林想成立一个协会，把《圣经》重新介绍给年轻一代，因为他们对《圣经》知之甚少。这项计划并没有太多宗教色彩，因为尽管他一出生就是英格兰教会或者说圣公会的成员，他其实是在对宗教极其淡漠的环境下长大的。他的父母虽然出身于卫斯理宗牧师家庭 ①，但他们反抗这种宗教传统。他对童年时期在印度看到的神明一直有亲近感，而《圣经》，他一直把它当成文学作品来读。《丛林之书》里毛格利的

---

① 吉卜林的祖父和外祖父都是卫斯理宗牧师。卫斯理宗遵奉18世纪英国神学家约翰·卫斯理的宗教思想，这个教派主张认真研读《圣经》，严格遵循道德规范，故又称为"循道宗"。

歌词不就是仿照早期人类的战歌写的吗？《士师记》^①里的底波拉之歌不就是最好的例子？

住在别人家里得掌握一定的分寸，尤其是住在伟人的家里。我刚学会领会他的想法，比如他说某个人"基本上是个文明人"，这就是很高的评价了。在这个国家，间接肯定是一项全民运动，吉卜林完全可以胜任国家队主教练的职位。在这里，我要提防自己的好奇被人理解为轻率。我得压制自己的冒失，不能坚持自己的想法。我承认，有时仆人会以蜻蜓点水的方式向我透露信息，特别是新管家艾伦·汤姆森，她总是说个不停，尽管声音虚弱，说话毫无激情。我并不打算梳理他们家的故事，在故事的犄角旮旯翻找素材。然而，这些东西会自然而然地来到我面前，我根本无须开口要求，碰到这种情况，我无法将它们推开。有一次，是凯莉起的头。

当时我们正在客厅里喝茶，从来不会在一个地方待很久的吉卜林一动不动地面对家具上的一幅粉彩画站着，异常安静。我转过身子，想看清那幅画。这时，凯莉露出难得一见的温柔和同情心，站起来，踮着脚尖走到我旁边坐下，说：

"您不去打扰他是对的。他可以这样看约瑟芬看好几

———————
① 《士师记》，《圣经·旧约》中的一卷。

个小时。约瑟芬是我们的女儿，已经过世了。"

我必须装得很惊讶，仿佛以前对此一无所知。她用低沉的声音继续说：

"当时是在纽约的格勒诺布尔酒店，第七大道和56街交会处的一家高级酒店……1899年，我不可能忘记这个年份。到处都是生病的人，痢疾、胸膜炎什么的。我们全家都病了，特别是我丈夫和我们的约瑟芬。他们的肺炎特别凶狠。非常有名的专家爱德华·G.詹韦博士诊断是右肺肺炎。我丈夫病得太重，照顾他已经让我筋疲力尽，我只好把女儿托付给住在长岛的朋友，德·弗雷斯特夫妇。我丈夫病得奄奄一息，确实是这样。可是，我们的女儿没扛住。她才六岁，蓝眼睛，卷卷的金发，那么聪明，那么活泼，那么可爱，目光清澈深邃，我一点儿都没有夸大。您可以去看她的肖像。约瑟芬是他最喜欢的孩子，我这么说并没有说艾尔西和约翰不好的意思。"

她很难过，不得不停下来。过了一会儿，她继续说：

"他太喜欢这个孩子了，她的死让他悲痛欲绝。她的尸体火化了。婆婆警告过我们，不要在深冬带着孩子做跨大西洋的旅行。我们非常自责。对他来说，约瑟芬死前和死后是两个世界，他心里的灯好像熄灭了，任何人，任何东西，都不能把它重新点亮。和他聊天时，您要避开这个话题。您看，这种时候，他一动不动，不发一言，好像退出了这个世界。对他来说，约瑟芬的死就像幻肢痛①。您知道他的短篇小说《他们》吗？十年前出版的。读读吧，父亲和女儿都在里面……"

他转过身，像要打破周围忧郁的气氛。这个从来不会无所事事、像驱赶幽灵一样逃避无聊的人，命令我站起来。

"起来吧！我们去伯沃什，让上校跟我们一起锻炼锻炼。您知道他是谁吧？他可是个英雄。"

什么都可以成为远足的理由，他仿佛给自己定了任务，要走遍自己在萨塞克斯郡的土地的每个角落，评估它的现状和变化。不过，上校这个人还是值得我去见见的。他住在主干道一栋建于十七世纪末、被称为"冉匹迪恩"的大房子里，据说那是村里最古老的建筑。去的路上，吉卜林告诉我，上校生于 1838 年，我们要带他一起散步。我有点担心，我很难跟上吉卜林的步伐，因为他不知道怎么用散步的速度走路，大步走就更要命了。现在还有个老人跟我们一起走，我实在无法想象这个远足组合。其实，亨利·韦米斯·费尔登上校是久经沙场的老兵，在印度打过仗，还在美国内战期间帮南部邦联军作战，当然还参加过两次布尔战争。他步伐坚定，步子

---

① 幻肢痛，也称肢幻觉痛，指人或动物失去某部分肢体后，仍能感觉到本不存在的肢体的疼痛现象。也用以指与所爱之人已天人永隔的悲痛。

很大，把我们累得要死。这个大兵拥有史诗般的经历，从某些方面看，他又有点像萨克雷①小说里的人物。除此之外，他还是著名的旅行家、自然学家。从握手的那一刻起，我就被他征服了，因为他看上去很忠厚老实，又很正直。毕竟，我还没到三十岁，和他可以算是忘年交。我不记得我们是怎么谈到名望这个话题的，吉卜林借机警告我们：

"'认可'和'名望'这两个词，我更喜欢'认可'，虽然在法语里，这两个词的词首都挺难听②。我也不喜欢'不受欢迎'这个词，您知道吧？德国人到处诋毁我，瑞典文学院居然还给了我诺贝尔奖！到现在，我都觉得不可思议，太神奇了。德国人通过他们在美国和英国的代理人诽谤我，有一天，在一个会议上，哥伦比亚大学的一位教授说，要是我在1899年名声还很圣洁的时候就死了，那我作为作家的声誉会更好一些！从那时起，您想象不到有多少美国人觉得遗憾，我竟然没在1899年第二次布尔战争时死掉！甚至还有些英国人也这么想！朗贝尔，您的那个奥斯卡什么来着……"

"奥斯卡·王尔德？"

---

① 萨克雷（1811—1863），英国作家，代表作有《名利场》。
② 法语中，"认可"（considération）的词首"con"的意思是"傻子"，"名望"（popularité）的词首"po"和"邋遢、粗俗的人"（porc）的法语发音差不多。

"对，就是他……您应该听过或者读过他的文章……'吉卜林和他亮眼的粗俗言行'……'吉卜林，次要领域的一流权威'……"

"您知道的，他的话，总是'不可尽信'①。"

"对，不可……而且总是会伤害别人。"

他确实有一种困兽心态，信奉一些不可侵犯的价值，同时真心地认为有人在密谋迫害他。所以，他的性情就像一条曲线：一边是文明、他的原则和他的追求；另一边是发誓要毁掉这一切的敌人。需要说明的是，他站在光明一边，而且做好了誓死保卫光明、对抗黑暗的准备。吉卜林认为这就是人类的走向，是他用以解释世界的理论。

那天晚上，我辗转难眠。我从房间的书柜里拿出他的一本书，《危险与发现》，其中收录了他的短篇小说《他们》。"他们"指的是孩子们，这样就可以避免使用"她"，被厄运带走的女儿。小说读起来很费神，因为我怀疑它比任何谈话都能透露更多信息。吉卜林是那种不敢跟任何人倾诉却会把它们都写进书里的作家。读这本书的时候，我很难不去留意某个人的出现。

1915 年底，他就会到知天命的年纪，然而他仿佛一

___

① 此处原文为拉丁语"cum grano salis"。下面一句，吉卜林没有完整复述出这个拉丁语词组。

直停留在童年期，蜷缩在"荒凉屋"的某个黑暗角落里。

凯莉没说错。那份童年的渴求至今仍会使他颤抖不已，夜深人静的时候，他会反复品读这份渴求，每一次都会在心里掀起波澜，累积至今。人们可以在书中听到一份无声的哀求，那是变成痛失爱女的老父亲的祈求，那也是他为被厄运带走的女儿吟唱的爱歌。这本书触及了事物的精髓，至少是他自己的事情的精髓部分。至此，我彻底失去了睡意。我刚刚意识到，如果作家都在写自己的秘密，那么小约瑟芬的死所造成的伤口就像一轮黑太阳，一直照着他的作品，给它们蒙上黑影。这样的吉卜林根本不想寻求荣耀，而且还会警惕荣耀的陷阱。要是有人跟他谈论不朽诗人，他会从牙缝里狠狠挤出一句："现在谁还读教皇的书？"一句话就能终结讨论。现在，他的隐秘故事照亮了这部短篇小说，小说的悲剧性不是唯一困扰我的问题，我试图解释我出现在这里的原因。不是我这边的原因，而是他那边的。吉卜林一向和好奇心重的人保持距离，他为什么接受了我，甚至邀请我到他家里来？回想起来，我找到这么几个原因：我既不是记者，也不是传记作者，我完全不像爱打听私事的人；有一定的文学修养，从事受人尊敬的教师职业，看起来聪明、稳重；年龄介于他和他儿子之间，可以给约翰一些他给不了的东西。严格来讲，我不算知识分子，不属

于他厌烦的那类理论家，他自己属于实践家。我十分崇
拜他在短篇小说创作上的天赋和诗歌上的造诣，这肯定
也触动了他。还有，我是法国人，他就是崇拜法国国民
身份，这绝对不是装出来的。英国人大概觉得他的法国
情结是一种疯狂迷恋，而且这种特殊情结越来越强烈，
和日益增长的德国军国主义的威胁成正比。他亲口对我
说，喜欢听我说乐曲般动听的法语，我让他想起了两个
世纪前英国皇家军官说的法语。最后，也许也是最重要
的，就是在这个利益至上的时代，我为他做的一切透着
令人难以置信的无私、过度和疯狂。为了帮助法国高中
生，为了维护作家的荣耀，更准确地说，是为了翻译一
首诗！他不仅允许我这样做，还帮助我，支持我，启发
我去追寻伟大的真实，直到我能——谁知道这一天会不
会来——顿悟他那首最著名的诗。

　　他还是会让我感到压力，就像第一天见到他时那样，
但我现在可以承受他的目光。我们之间不会再有误解。
我的出现完全不同于传统意义上那种对伟大作家的探访。
我更不是为了寻求前辈的入行认可，因为我不写作。所
以，我可以欣赏他厚重的音色。声音是很重要的，忽略
了声音的变化，就不能正确认识他人，最后害自己吃苦。
最重要的是，我明白了，大作家可以受人钦佩却不被人
爱戴。吉卜林在他自己的国家就是这样的。

离开的那天，吃完早餐，我就问他翻译的事。过去几天对他的了解还有从他身上学到的东西几乎让我忘了此行的初衷。我一定要得到他对我翻译《如果……》这首诗的正式许可。对我来说，空手而归是无法想象的。我们在池塘和玫瑰园附近散步时，玫瑰园是他用诺贝尔文学奖的 7777 英镑奖金修的，我提出了请求，而且向他表明决心——要避免任何误解，直截了当、清清楚楚地翻译出来。他意味深长地看着我，眼神比以往任何时候都透着调皮。

"您会怎样翻译'I would prefer not to'？"

要是提前知道他会对我做巴特比①测试就好了！现在，我进退两难，只有几秒钟来决定如何翻译，要么选择经典、传统、无风险的译法，要么尝试最新颖、最巴洛克、最富创造力的译法。

"您是在测试我吗？"

"只是看看……"

"我不想做，如果这不会惹您生气的话。"

他头往后一仰，大笑着走开了，跟着他的狗也兴奋起来。他笑着给出他的回答：

"您当然可以翻译这首诗，我亲爱的朗贝尔！您得到

---

① 巴特比，麦尔维尔的短篇小说《书记员巴特比》中的主人公，他经常用"I would prefer not to"（"我不想做""我不愿意"）来回应别人。

了我的许可，去翻译吧！您觉得《如果……》这首诗发表后的这四年，大家都会扭扭捏捏，不好意思提出翻译申请吗？……我都被人剽窃多少回了！我的《丛林之书》都衍生出好几座动物园了。不过，他们当中最有天赋的还是美国那个……"

"埃德加·赖斯·巴勒斯①？"

"可能就是这个人，他的人猿泰山从猴群里出来没多久，他就宣布推出续集。其实，他就是把我的《丛林之书》抄了一遍，抄得应该还挺开心的。他好像想看看自己能堕落到什么地步，还不用承担后果。说到底，还有什么比这更合法的呢……"

要是我胆子再大些，我就会跟他说说在詹森中学教工休息室的辩论，当时有人怀疑他写这首诗的时候是受了《哈姆雷特》的启发。他们的怀疑让我觉得很受伤，仿佛我就是被指责的诗作者，以至于我能清楚地记得出处——第一幕，第三场。波洛涅斯对儿子拉伊特说了几句临行赠言：

不要想到什么就说什么，

凡事三思而后行。

———————
① 埃德加·赖斯·巴勒斯（1875—1950），美国科幻作家，代表作是《人猿泰山》系列小说。

对人要和气，切忌粗俗。

结交的人，如果变成可靠的朋友，

就要紧抓不放，把他们和你的灵魂捆在一起，

但不要张开双手去迎接冒失离开家的假好汉。

结尾也和《如果……》的调调差不多："再会，愿我的祝福能让这番话在你心中生根发芽。"确实有点像，但不行，我不敢质疑他，这种话说了也是白说，而且得到他的热情款待之后再这么说话，是非常不礼貌的。总之，《如果……》的天才灵感和别的东西有关。他从不用矫揉造作的手段来吸引读者。他的才能和广泛的影响力正源于这一点，而不是别的东西。

"我只有一个建议，不要像很多人那样误解这首诗。尽管它以'……你将成为一个男子汉，我的儿子'结束，我也确实是在对约翰说这番话，但这首诗的灵感来源并不是约翰。"

他在最后时刻才给我的这个提示让我十分震惊，我立刻放下行李箱。事实上，我对这首诗的语言、精神和语气如此着迷，因为想尽可能忠实原文，以至于没有好好去了解诗的创作背景。他告诉我，促使这首诗诞生的是一个他无比崇拜的人。吉卜林没有提过这个人，但他想让这个人成为年轻一代的榜样，让他们了解他的价值

观、他的斯多葛主义、他的个性、他的行为、他的勇气。在他心中，这个人是楷模，是英雄。"美国人以为这个人是乔治·华盛顿总统，他们错了，其实是一个名叫利安德·斯塔尔·詹姆森的苏格兰人。1895 年，他在南非动员了五百个人拿起武装对抗布尔人。他们就靠着八挺机枪、三门大炮，推翻了德兰士瓦政府，那次闪电行动被称为'詹姆森突袭'。您可能知道，但我不确定法国人是否会谈论这些。后来他被敌军俘虏，移交给英国当局，英国当局判处他十五个月监禁。几年前，他回到那片土地，还当上了开普敦殖民地的总理。詹姆森，真是个了不起的人。好了，朗贝尔，祝您旅途愉快！下次，带您的妻子一起来……"

鲁德亚德·吉卜林在贝特曼庄园门口微笑着，一只手举着帽子，另一只手挥舞着白手绢，这个形象永远刻在我心里。可是，还有下次吗？

坐在回伦敦的火车上，我才意识到我竟然没有拍照。旅居英国的这段时间，我的布朗尼 2A 型相机，最新款的相机，一直乖乖躺在相机包里。说实话，我并不觉得后悔。最好的画面，那些让人永生难忘的画面，都储存在精神家园里。其实，历史和故事是在取景框之外的地方上演的，没有人会提前摆出拍照的姿势。

在吉卜林的诗歌宇宙探索时，我学到了很多东西，这也让我推迟了翻译计划。我给了自己几个月时间去研究，跟别人交换意见，在巴黎、韦尔内莱班、贝特曼庄园甚至去其他地方拜访一些人，然后再翻译。

这是我在那个时候，也就是 1914 年夏天的计划。这时，我终于打开了那本崭新的《大莫纳》，我知道，回巴黎后，祖母肯定会问我各种问题。那时候，我们是那么无忧无虑……

我们再也没有如此轻松过。

索菲亚没打断我，一直听我讲贝特曼庄园的事，看到我如此幸福，完成了几周前还无法想象的旅行，她也替我高兴。等我说完，我原本期待她告诉我大家对她的独唱音乐会的评价，特别是专程从柏林赶来的老教授的评价，直到现在，恩师的评语都会让她诚惶诚恐，他对音色质感、声线控制和高音发音的点评会让这个小有名气的青年歌唱家默默变回谦逊的徒弟，但她没有说这些，而是问我：

"那音乐方面呢？"

"什么，音乐？"

"对啊，吉卜林喜欢哪种音乐？"

这个问题把我给难住了。她以惯有的分寸感和洞察力指出了我们谈话中的空白。我们从来没有谈过音乐。在他家里，书房、客厅、藏书室，完全没有音乐的痕迹，只有一些涉及音乐厅的隐语。也许他根本不关心音乐，这让我很不安，因为过去和现在，我都认为文学，尤其是诗歌，首先是一个和听力、节奏、音乐有关的问题。

"任何一种都不喜欢吗？"她追问。

"其实……我不太清楚。"

"也许是滑稽歌剧，比如《巴黎人的生活》……1867年巴黎世博会的时候，他来巴黎旅行，那年《格罗什坦公爵夫人》[①]刚上演……那部剧很有法国情调，他应该会喜欢……"

"哦，不，他肯定不喜欢！他的一位译者，罗贝尔·杜米耶尔，还因为在书里提到他喜欢奥芬巴赫而把他给惹恼了，其实译者是为了帮他说好话。这位译者把吉卜林的反应告诉了我学校同事的儿子。据说，吉卜林用哽住的声音说：'我，奥芬巴赫？绝不可能！从来就没喜欢过！顶多在音乐厅听过用便携式管风琴演奏的片段……'他的反应激烈得出人意料，好像喜欢这位音乐家是件不光彩的事。"

---

① 《格罗什坦公爵夫人》和《巴黎人的生活》都是德籍法国作曲家雅克·奥芬巴赫（1819—1880）的作品，奥芬巴赫是法国轻歌剧的奠基人和杰出代表。

"别告诉他奥芬巴赫小时候是怎么学习音乐的……奥芬巴赫是听着父亲在普鲁士王国的犹太教堂里唱歌开始音乐之旅的……要是吉卜林知道这个，肯定会被气死的。"

索菲亚再次一语中的。她有一针见血的天赋。她观察人和事还有各种状况时，要是有第六感帮忙，就会产生很大的破坏力。她的第六感让人捉摸不透，我完全不清楚它是如何运作的。这样一来，她又多了一个讨厌他的理由，那个夺走她丈夫的作家。她和我一样，都知道他对音乐一窍不通，但她很体贴，没点破，还故意不提我以前说过的话。我曾说过，不懂音乐这种缺陷、这种无能，会使作家尤其是诗人丧失写作资格，因为他们写的东西得先是音乐，然后才是有意义的文字。也许只有这样，他才能专注地倾听内心的音乐？

如果太敏锐，太想穿透现实的复杂性，太想从不同角度看问题，就会变得优柔寡断。如果我想继续研究吉卜林，我就不该问自己太多问题。

"你摆了三副餐具？"

"被你发现了，这是给你的惊喜。我请了奶奶来一起吃晚饭，她想早点听你的故事……"

没有什么比这样的晚餐更让我高兴了。这是一个愉快的夜晚。我们打开窗户，俯瞰庭院的窗户和朝向孚日广场的窗户，微风轻拂。欧仁妮在说话，我忍不住笑了，因为我想起小时候，她把我们这些孙辈引入文学殿堂时的情景。她让我先评价《大莫纳》的作者。

"对阿兰·富尼埃的评价已经很多了。《大莫纳》是一本好书，这是肯定的。所有消失得杳无音讯的人物……我可以肯定，很多读者对加莱的伊冯娜之死不能释怀，那个美人住在世外桃源般的古堡里。不过，你不觉得作者脑子里还有另一本书吗？"

看我朝天摊开双手，愁眉苦脸，一副完全不懂占卜的样子，她马上换了个话题：

"那你的吉卜林呢？现在你和他有了私人接触，他比其他人到底强在哪儿，我的路易？"

"我会怀念和他在乡间的远足。跟着他，不是走路，而是走进风景里。"

"还有呢？"

"现在我知道作家是什么样的人了。"

"能给我们说说吗？"索菲亚一脸怀疑，边提问边往椅背上靠。

"如果一个普通人在1892年1月来到伦敦，在流感闹得正凶的时候准备结婚，他会发现很多人死了。如果这个人是吉卜林，他会观察到殡仪馆已经没有足够多的黑马，死者只能用褐色的马拉着出殡。作家，大概就是这样的。"

欧仁妮，我生命中另一个重要的女性，默默点了点头。她神色凝重，一改往日调皮的神情。我对作家的定义不会让她如此不安吧？一定是别的事。就在这时，别的事出现了，这件事总是悄然而至。

"你父亲，你们还是没有……'走近'的迹象吗……"

"最好一直这样。"

"别这么说。没有什么是永远不变的。再怎么说……"她补了一句，又陷入了沉思。

"什么？"

"我希望你们的重逢不是在我的墓碑前……"

她把手放在我手上，温柔地握住我的手，然而这并不能让我改变心意。

得益于在英国旅行时建立的联系，我经常能得到吉卜林一家的消息，有时是他们直接写信给我，有时是通过福尔摩斯和约翰的来信。吉卜林家又开始接待访客，客人们还带来了添油加醋的八卦消息。劳斯莱斯制造商派来的检查员翰布里先生来吃午饭，他用汽车事故——当然是竞争对手的事故来取悦听众。吉卜林收到了他的劳斯莱斯新车，第三辆劳斯莱斯，引擎盖上有充满活力的"欢庆女神"雕像，这个车标已经用了三年。按照他的习惯，他马上给它起了个名，叫"公爵夫人"，然后把它当成新的家庭成员带回家。

如此不稳定的时局极其罕见。只要冒个火花，整台机器就会失灵。弗朗茨·斐迪南大公及其夫人索菲亚在萨拉热窝被一个年轻的塞尔维亚狂热分子刺杀身亡，奥匈帝国 8 月 1 日向俄国宣战。随后发生了一连串事件。然而当时的局势总体上还是非常平静温和的。对某些人来说，依然如此。后来，我不小心看到吉卜林夫妇的日记，在 1914 年 8 月 4 日那一页，凯莉只记录了这件大事——"感冒还纠缠着我"，吉卜林忍不住在后面写了一句："顺便说一下，这是哈米吉多顿的起点。"他的幽默感在私人场合更有破坏力。不过，他在这里提到《启示录》里善恶决战之地，从天而降的武器战胜地上列国诸王的地点，倒不是因为他有多反感妻子的自我中心意识，而是在预言欧洲到了最困难的时候。

福尔摩斯写信告诉我，家庭永远是吉卜林关注的焦点，而焦点中的焦点就是儿子约翰。尽管有父亲的支持和鼓励，约翰还是无功而返。督学不断改造他，一会儿让他戴普通眼镜，一会儿让他戴夹鼻眼镜，还让他尝试了手持眼镜；一会儿让他享受破格优待，一会儿又不让了。最后，他还是被宣告不适合服役。一点点撞击，天知道有什么撞击在等着他，他的眼镜就会飞掉，他会像瞎子一样。军队不要这样的志愿者。这等于说整个国家都不要他。其实，那个时候，军队急需增援。一无是处的感觉对儿子来说是难以忍受的屈辱，父亲的感觉肯定也差不多。所有的人都在报效祖国，你却什么都做不了，这谁能受得了？背负着日不落帝国最爱国的伟大诗人的姓氏，要么在这个巨大的阴影中成长起来，要么试着挣脱这一切。约翰缺乏个性，就算动过念头，也不会真的为自己设计一次反叛行动。当国家处于某些关键的历史时刻，最难的不是履行自己的职责，而是知道自己应该身在何处。对约翰来说，1914 年的夏天，这个问题的答案很明显，他必须不惜一切代价离开。当你再也感受不到家的感觉，你只能离开。走在大街上，每张海报都像在攻击他，基钦纳勋爵 [①] 的头像直视你，用手指着你，召唤道：

"英国人，快来参军！上帝保佑国王！"

他的头像不仅贴在墙上，还出现在所有能滚动的东西上面。没有人能逃过陆军部长的召唤。这时候谁能心安理得地待在家里？军队有 15 万职业军人。过段时间，这个数字将会超过 150 万。在年轻一代中，不参军的人是很可疑的。所有的人都去部队了，你最好别待在房间或者花园里。仿佛只要参了军，你就加入了大家庭。离

---

① 霍雷肖·赫伯特·基钦纳（1850—1916），英国陆军将领，一战时的征兵海报上用了他的头像。

开，成了一个极其美好的梦，比以往任何时候都美好。约翰在一封信里向我表达了他的失望，更何况在那段时间，任何受过良好教育、品行优良的男孩都能马上获得临时的少尉军衔，正式编入部队后，就会转成正式军衔。

当然，征兵动员不是战争。英国当时也没有被迫参战。它的领土并没有被侵略，它完全可以选择中立，而不是对法国、比利时施以援手。但在社会舆论看来，参战是必须的，也是不可避免的。在伯沃什的街上，有一些人的名字已经被写在匆忙贴在玻璃窗上的硬纸板上。那是已经出发参战的男孩或男人的名字。这时候，吉卜林一家都安稳地待在贝特曼庄园。父亲已经快五十岁了，这还说得过去。可儿子呢？就算他愿意去打仗，也没用，这不算数。

吉卜林只好打出最后一张牌。他把心爱的斜纹软呢外套挂回衣架，这件外套常年被萨塞克斯郡清晨的细雨淋打。他穿上与他的绅士地位相符的黑白灰深浅搭配的套装，取下手杖、帽子，拍拍他的新车"公爵夫人"的屁股，让司机带他去伦敦，找他的老朋友罗伯茨勋爵。勋爵现在是爱尔兰卫队①的名誉上校。这几年，考虑到英国和德国未来必有一战，这位前英属印度陆军总司令和

---

① 爱尔兰卫队，英国的卫兵师之一，也是英国陆军的一部分，主要在北爱尔兰和英国的爱尔兰社区招募队员。

吉卜林都积极倡导征兵制。

吉卜林陈述了情况，身上的傲气不见了，连最后一点不肯妥协的自尊心都放下了。他摆低姿态，乞求一次例外。帮个忙吧。请求帮忙并不可耻，恰恰相反，它证明了爱国心、牺牲精神和勇气。然而，请求的人不是约翰，不禁让人怀疑这是不是他内心深处的真实愿望。人们不是常说，我们不在场的时候，别人为我们做的事总是对我们不利吗？再说，这可是爱尔兰军团。吉卜林唾弃的民族没几个，爱尔兰人绝对是其中之一，自从联合王国的邪恶子民萌发了独立的想法，这几年，他经常把他们骂得狗血淋头。举个例子？ 1893 年，得知一名议员的死讯后，他说希望是霍乱带走了这个主张自治的爱尔兰人。

吉卜林成功了。罗伯茨勋爵出面，约翰被征入爱尔兰近卫军第二营。由于他只有十七岁半，和其他未成年人一样，他要得到父亲的许可才能参战。一份同意孩子上前线的文件，如同参加周六晚上的舞会可以午夜之后回家的许可一样。然而以他的状况，他的视力残疾，把他送到前线无异于让他"意外自杀"，假如这个自相矛盾的说法合乎时宜的话。

我一直不知道，吉卜林签同意书的时候，手有没有颤抖。

　　如果你能在被众人怀疑时相信自己，
　　同时体谅他们的疑虑……

　　虽然战争并不需要约翰，他还是出征了，这说明他抛弃了身上的屈从性。然而活生生的悖论接踵而来，他同意自己被送到不该去的地方，屈从性再次得到了体现。去前线的路上，他摆脱了父亲的节奏，发明了自己的节奏。可是这得付出什么样的代价？父子俩得在逆境中自宽自解，适应新的情况。约翰在给我的信中说，吉卜林建议他："如果有人问你为什么加入爱尔兰人的兵团，你就说因为偶然的国际交往，我们家的人成了混血，我们的血脉里流淌着一些爱尔兰人的血。"吉卜林能说出这番话，说明他承认自己错了，两年前，他可是在诗歌《阿尔斯特》①里支持统一派志愿军的……

　　凯莉似乎一直在服从别人的意愿，她周围的人也这么认为。在她看来，当朋友和邻居的儿子舍生忘死，保护他们免遭德国人的野蛮侵害时，吉卜林一家却待在温暖的房子里，这是不可想象的。与此同时，她也接受了残酷的前景，一旦踏上前线，凭那副瘦弱的身板，约翰

――――――――

① 阿尔斯特，爱尔兰四个历史省份之一，包括今爱尔兰共和国阿尔斯特省的3个郡和英国北爱尔兰的6个郡。吉卜林在1912年创作的诗歌《阿尔斯特》中表达了对爱尔兰自治的反对。

能活着回来的希望细如发丝。"但除此之外,我们还有别的选择吗?"她说。她只能祈祷儿子逢凶化吉。

9月第一次获准休假时,约翰回了贝特曼庄园。吉卜林对他穿上军装后的变化感到惊讶。军装全面改造了他。他穿军装的时候很有派头,让人忘了士兵身上的装备有30公斤重:外衣、内衣、餐具、步枪、油壶、军大衣、铲子、针线包、风雪帽、牙刷、饭盒、护身甲、药膏盒、羊毛衫、剃须刀等。除了子弹,所有装备都是一人一份,子弹每人配150发。

谈起"手底下的人",约翰显得严肃庄重,但也没有丢掉可爱的笑容。他滔滔不绝地讲,尤其是谈到某个叫贝吉的人,这个人总是模仿他们浓厚的爱尔兰口音。看着儿子突然成熟了,待人接物平和又思虑周全,父亲一脸幸福和满足。然而,他无法掩饰已经开始啃噬自己的焦虑,原因很明显 ——他的局部面瘫发作了。

吉卜林也在履行自己的职责。他提出为征兵活动做宣传,于是在9月发表了一次隆重的演讲。从演讲纪实和亲历者的反映来看,演讲者当时处于最佳状态,因为事实证明他是对的。他声音清晰、放松,语速很快,不做手势,也没有用夸张的语调和修辞,因为这是一场不能输的战争,输是无法想象的。要是在每个人都履行职责的情况下还输了这场战争,要是德国把它的领土扩张到不同的海域和陆地，整个世界都将陷入黑暗……

在兵团里，约翰不可避免地成了吉卜林。他被别人当成是罗伯茨勋爵的爱徒，尽管这位胸前挂满勋章的光荣战士没多久就因为肺炎在圣奥梅尔①去世了。当时约翰在那里巡视印度军团，但要避免自己背上父亲对爱尔兰人的仇恨。他还被代入了父亲最受欢迎的诗，不是《如果……》，没有任何理由，而是《营房谣》组诗。这些创作于十九世纪九十年代初的诗，销量从来没像现在这么好。吉卜林在诗中塑造了一个普通士兵汤米·阿特金斯的形象，操着伦敦东区工人阶级的口音，也就是考克尼口音。在很长一段时间，人们都觉得这位淳朴的英雄就是这样说话的，介于喜剧和悲剧之间，对军官和领导，对平民和贪生怕死之徒都充满敌意。不是所有人都喜欢这个大兵。有人指责诗人丑化了士兵的形象，把他们说得庸俗不堪，把他自己发明的伦敦腔塞到士兵嘴里，再加上角色很快定型了，这种错误印象变得愈加严重。他是最早一批从军官回忆里发展出大兵形象的作家，可以肯定的是，部队里并没有人像汤米·阿特金斯那样说话。批评吉卜林的军队高层后来被证明是错的，因为生活开

① 圣奥梅尔，法国北部城市。

始模仿艺术，真正的士兵开始像吉卜林笔下的平民英雄那样说话。其实，那就是一个喜欢啤酒，爱和狗、孩子打成一片，有趣、厚脸皮、勇敢、坚强的普通人，为了帝国无上的荣耀，义无反顾地跟着长官去世界各地干脏活的人。

在军营里，在训练时，在任何地方，约翰都和汤米·阿特金斯，爱尔兰的汤米·阿特金斯们一起生活。他是年轻人中年纪最小的一个，这群年轻人注定要承受磨难，如果从这样的磨难中走出来，就会变得无比坚强，可以迎接各种残酷考验。他和同龄人出发时做着美梦，梦里都是系留气球①、信鸽和英雄故事。看着他们出征，谁会想到世界的一部分将会变得怒不可遏？

---

① 系留气球，一种新型军用浮空器，主要依靠浮力升空驻留，并通过系留缆绳与地面锚泊设施连接。

II

大 战

GUERRE

打过仗的人永远走不出战场，没打过仗的人永远走不进去，因为战争把我们送去了另一个世界。

我第一时间就入了伍，差不多所有人都是这样的。倒不是想攫取荣誉，做合乎良心的事是自然而然的，并不用做选择。这甚至无关乎政治、思想和意识形态。在人生的某些场合，逃避责任是不光彩的，外国军队入侵本国领土就是其中一种情况。中学同事跟我说起圣恩谷医院的波齐中校时，我觉得自己受到了侮辱。他说这个人酷爱文学，这在高级军官中很少见，他给所有自称有明显残疾的人出具免兵役的医疗证明。然而，和断指比起来，精神分裂症更难被判定为残疾。这种可耻行径让我觉得恶心。

在教工休息室，我的储物柜的柜门上贴了张匿名纸条，上面写着：

"你将成为一个死人，我的儿子。"

上战场的我，内心既坚定又透着无奈，因为上不上战场根本不算是个问题。我只要捂住耳朵，不去听那些人一边宣扬对战争的恨，一边赞美英雄主义。

在那炼狱般的四年，我从未停止思念我的家人和吉卜林一家。我们一直保持联系。通常，写完给索菲亚和祖母的信，我就会给贝特曼庄园那边的人写信，主人和仆人都写。有的人会给我回信，有的人不会。有几个还主动给我写信。约翰很特别，我知道他就在几十公里外的地方，和他通信就像隔着战壕聊天。不再是老师和学生，不再是法国人和英国人，不再是朗贝尔和吉卜林。我们都是命悬一线的人，这种隐秘的默契让我们相互理解，只有我们才能相互理解。其他人，所有远离前线的人，只能得到我们在枪林弹雨下无限孤独时的只言片语，一些悲惨的瞬间和低沉的回音。

约翰离开贝特曼庄园回军营时走得匆忙，只有母亲在家。她看着他，就像看最后一眼，一身戎装的他如此优雅，如此挺拔，如此庄重。特别是，如此年轻。下楼前，他转身对她说：

"把我的爱送给老爸。"

他对母亲说的最后一句话是给父亲的。那是 1915 年 8 月 15 日。第二天，他就出发去法国了。向西走！然而向西也意味着直接走向死亡。以前，他认为历史是活在书本里的。那一天，历史进入了他的人生。

他们的书信联系很多，诗人像往常一样多产，士兵很有节制，有时还很神秘，按照军事审查的要求，把地址写成"法国某地"。艾尔西经常提醒父亲，对约翰来说，信越短越好。不行，他做不到，总是越写越长，离题万里。后来，他勉强同意写一封简短的信，总结前面几封信的内容，以免它们没送到……在私密的书信交流中，吉卜林放弃了克制、沉着、冷静这些在他看来十分英式的优点。孩子离他很远的时候，他会变得特别温柔，尤其是当他们随时面临死亡威胁时。然而，他同情儿子的处境吗？同情他和士兵们挤在一起，忍受肮脏的环境和内心孤独，等待最后审判吗？看着儿子忍受这一切，他刚说为他自豪，马上又会改口，然后责备自己不该胡言乱语。到了第二天，他又会重复这个过程，对儿子说："要是你知道，我最亲爱的孩子，我有多爱你，多为你骄傲……"约翰的剑挂在他书房边柜的墙上。一位女仆甚至听到他说："想到我儿子在过去十二个月承受的苦难，我再次脱下我的帽子，向他致敬。"

但人们并不觉得他对自己的想法产生了疑虑。

宣战两个月，他就大胆预测战争将持续三年，虽然他自己都觉得难以置信，因为火炉比柴火还多，根本不够烧。这些年，他仗义执言，警告人们厄运即将来临，揭露德国人的威胁，被大多数政界人士诋毁。他白当了这么多年卡桑德拉式的预言家，我怀疑他根本没想过最糟糕的情景。威尔斯①在1898年出版的小说《世界大战》里倒是描绘过这样的景象，这本书给我留下了深刻的印象。后面发生的一切都在这本书里，先是"黑烟"——长着触手的生物向伦敦喷射黑色毒气。科幻小说变成了现实，只不过，入侵者不是外星生物，而是邻国。恐怖、疯狂、浩劫、不幸，这些在本质上是相同的。

为了给儿子鼓劲，也为了让他偶尔放松一下心情，吉卜林没有给他寄这种书，而是寄了些杂志，幽默讽刺杂志《笨拙》、时尚生活杂志《尚流》、漫画杂志《小品》等。在贝特曼庄园，吉卜林也在忍受战争之苦。他属于人们说的"儿子在前线"的那类人，这个共同点既让他焦虑，也让他骄傲。战争期间，吉卜林也给自己放了假。他对司机很不放心。新司机斯特恩干了不到十天，那个固执的家伙是犹太人吗？和其他司机一样，吉卜林也要求他"理解"劳斯莱斯，驾驶前接受专门的培训。可斯特恩说，戴姆勒和劳斯莱斯几乎是一模一样的机器，而且他很"理解"戴姆勒……吉卜林不能原谅这种无礼言论。他的继任者文森特干的时间长一些。吉卜林给他起了个绰号，"脸色惨白的浸信会教徒"。

----

① 赫伯特·乔治·威尔斯（1866—1946），英国科幻小说家，主要作品有《隐形人》《时间机器》等。

　　约翰上学的时候，如果吉卜林有机会单独去伦敦，他就会以开会为借口，去伦敦住几天。他在布朗酒店给约翰开了账户，那是约翰一出生就开始光顾的酒店，还请看着他长大的管家照顾他。他甚至还会请伦敦的亲友陪伴约翰，别让他一个人待着，因为这会……很危险！吉卜林一有机会就去法国，他逮到过一次儿子短暂休假的机会。司机兰登为他开车，他坐着一辆雷诺 20 / 30 型轿车，以每小时 60 千米的速度穿越香槟地区，后面跟着一辆装行李的梅赛德斯 60。一到巴黎，在丽兹酒店稍作停留，吉卜林就去沃利街的布莱顿酒店入住，那是他常去的酒店。英国驻法国大使馆的武官赫尔曼·勒鲁瓦－勒维斯上校告诉他，莫里斯酒店令人不快，大陆酒店更糟。吉卜林给自己订了间套房，又给儿子订了他常住的 301 房。作战总指挥若弗尔将军按照约定时间来接他之前，他会带约翰到巴黎咖啡馆吃饭，"男人之间的"晚餐，他俩还为拳击比赛赌了两个先令。吉卜林给了他很多建议。约翰手底下有一些兵，他必须让这些人明白，有凝聚力的部队行动起来应该像一个部落，但不能变成一帮暴徒。吉卜林担心约翰在部队里喝太多威士忌，就告诉他一个经验：当看到壁炉上有黄色和绿色的鹦鹉用盖尔语交谈时，必须确定它们是不是人影，如果不是，那就赶紧去看医生！

令人惊讶的是，无论士兵还是平民，大家都很快适应了战争状态，仿佛这是再自然、再正常不过的事了。他们的语言和反应都印证了这一点。战争就像生活，在继续往前走。时间软绵绵地伸展开，没有什么可以在上面留下印记。

> 如果你能把永不回头的每一分钟，
>
> 用前行的六十秒填满……

在前线，士兵们早晨带着工具去战壕，就像工人去工厂。杀敌并不比杀农场里的猪更让人良心不安。人更在乎自己熟悉的牲口，而不是陌生人，哪怕那是自己的同类。

在伦敦，惠灵顿大厦被征用的房间里，战争宣传委员会招募了最有名气的作家，试图借此说服仍保持中立的国家支持协约国。柯南·道尔①、切斯特顿、高尔斯华绥②、哈代等人，他们都找过。吉卜林的工作是去法国当战地报道员，当局把他派到没有危险，也没有被破坏的地方。我的老师马拉美会把这类报道归为"千篇一律的

---

① 柯南·道尔（1859—1930），英国小说家，塑造了著名的侦探人物福尔摩斯。

② 高尔斯华绥（1867—1933），英国小说家、剧作家，1932年获诺贝尔文学奖。

报道"。

吉卜林被带去参观各地的军官食堂，他以为自己见识了战争，还由此推断，野蛮民族正在攻击由艺术家组成的国家。这是很典型的爱法国爱到把法国当成概念的外国人的想法。小说家伊迪丝·华顿①还大写了"概念"这个单词的首字母"I"②。这是为了凸显它值得被捍卫。可是值得为它献出生命吗？

一个没上过战场的人，只是道听途说了一些和战争有关的事，他怎么可以大言不惭地把儿子送上战场，把整整一代人送上战场？他确实撰写过一些文章，创作过几首诗，发表过几次演讲，鼓励不同地方的人参军；他经常受邀观摩陆上或者海上的军事演习；他与士兵推心置腹地交谈，颂扬他们的勇气和对祖国的奉献。可是，他只在射击场上拿过枪。

他显然没有想到，这场战争是史无前例的。每天都要面临难以预计的大屠杀。他在书里读过战争，也亲眼见过战争，但这场战争没有可供参考的先例。

他说过，新闻对他来说是一种毒剂。可是，当政府审查新闻甚至压制新闻的时候，他觉得自己像被夺走伏特加酒瓶的俄国人。德国那边情况更糟，人们看不到尸

---

① 伊迪丝·华顿（1862—1937），美国女作家，代表作有《纯真年代》。
② "概念"的法语为"idée"，英语为"idea"，首字母都是I。

体和战壕，甚至有传言说，媒体要求寡妇别穿黑色丧服，以免民众失去信心。法国那边也不甘示弱，为了鼓舞后方士气，宣传部门什么话都说得出口。据他们说，敌人挨挤着行进，我方机枪扫射造成重大伤亡，但是敌人被打中后并没有倒地，因为他们的尸体互相支撑着……要想对局势有相对客观的了解，就得读瑞士报纸，当然前提是你能弄到瑞士报纸。

还得再过几个月，吉卜林才会明白。1915 年 3 月，已经有 724 名英国军官阵亡，他在私底下感慨："上帝不让我们获胜！"可是记者采访他时，倒是很高兴能在战场附近见到大作家。沉着和自信再次变成他的盔甲，他直截了当地承认，自己无法理解德国文明。

"德国佬？疯婆娘一样的国家。"

"俄国思想，我们很清楚。可是您知道什么是德国思想吗？他们只会迈着阅兵式的步子，穿着笨重可笑的衣服，聒噪地经过一系列由哲学概念组成的地狱，好让人觉得他们很了不起……"

"您觉得阿拉伯人比他们好很多吗？"

"至少阿拉伯人可以在剑和伊斯兰教之间选择，德国佬只会拔剑捍卫所有哲学。相信我，拿着武器的哲学家制造出来的野蛮人，对世界是不利的。"

要是吉卜林的家在伦敦，他也许会经常去摄政公园溜达，寄往前线的信都是从公园旁边的信件分拣所发出的，这样，他就能让自己的信优先寄出。住在乡下，距离缓解了他的焦虑。8月27日，约翰收到父亲寄给他的最后一封信，父亲在信里对他说，他爱他，而且会一直这样爱他，最后的落款是"永远的爸爸"。在给父亲的两封回信中，约翰只是淡淡地请家人为他寄一双鞋底结实、穿起来暖和的拖鞋。他简略地回顾了第一次交火的经历，不是在战壕里，而是暴露在外面的时候，他坦言，自己不得不第一次面对军事法庭。他预感进攻即将到来，就向家人预告，他写信的时间会越来越少，顶多只能给他们寄一些明信片。他不敢告诉家人，战友的明信片里偶尔还嵌着榴霰弹的碎片。大多数情况下，明信片上写的都是约定俗成的谎言，前方的人向后方的人描述一场很有把握的战斗。反正就是他们想读、想听的战争故事。

1915年9月25日17点30分，约翰给父亲写了最后几句话，这封信并没有被泪水浸湿，而是被雨水打湿，因为大雨毫不留情地倾泻在那片土地，把战壕变成泥泞的河道。

后来，他被困在西线的阿图瓦①战役。通过从多方搜

---

① 阿图瓦，法国历史上的行省，今位于加来海峡省。

集到的信息，我还原了战役的经过，当时是 1915 年夏末。

矿区小镇卢斯位于加来海峡省朗斯市附近。第一次卢斯战役时，第一军司令道格拉斯·黑格将军曾想按照军事教材制订进攻计划，后来也这样做了。只不过，炮弹的短缺大大削弱了进攻前的轰炸效果。连风都跟他作对，扔给敌人的大量毒气停在两军之间，后来还被风刮回到英军战壕。完全是一场灾难。

炮弹爆炸声越来越小，越来越低，意味着危险迫近。这时，老兵只想着一件事——获得"恰到好处的伤口"。这种伤不会造成太多痛苦，但又要足够严重到必须回国治疗的那种。在战壕里待久了的人都会得间发性酒狂①，拿起东西就喝。

约翰还没有来得及得一次战壕热，这个病原本可以把他送回后方。这不是他的风格。人们也不会把他和那些从平民中招募的军官搞混，那帮人后来得到了一个不太光彩的绰号"临时绅士"。他认真对待工作，绝不推卸责任。作为第二次战役的先头部队，约翰指挥爱尔兰卫队第二营第二连。打头阵是一种特权，人们称之为"开火特权"。为了获得这种殊荣，有的人甚至愿意跟别人打

---

① 间发性酒狂，一种酒精依赖，会出现周期性、难以控制的狂饮。

一架。

打头阵的部队必须承受 380 型和 305 型迫击炮的弹雨。防弹片掩体作用不大，并不能有效减少损失。他们还要面对火海，火海熔化了炮弹上的金属，熔化的金属形成一条宽宽的河流。

大雨也来捣乱，下在地图上被称为"白垩坑森林"①的地方。泥浆把战士变成人偶。无法知道炮声会在哪儿结束，雷声会从哪儿响起。目标只有一个——突破敌人的防线，夺回卢斯。面对敌人，约翰没把自己当成吉卜林的儿子，像父亲那样用"德国佬""德国鬼子""可恨的野蛮人"称呼他们，而是把自己当作士兵，把他们视为统帅，也就是国王指定的对手。

如果你能等待，且不在等待中颓丧，
被人恶意中伤，但不去中伤他人，
被人憎恨，也不去憎恨他人，
同时不要自我感觉太好，如圣贤般说话……

吹响冲锋号之前，他在战壕里是怎么用潜望镜侦察的？他是怎么根据自己手表上的时间和其他排保持同步的？眼镜上淌着雨水和泥水，一会儿还要沾上战友的血

① 此处原文为英文"Chalk Pit Wood"。

迹，他能看清什么？那一天，有没有戴眼镜对约翰来说
都一样，他什么都看不见。他直接走向死亡，甚至还失
去了面容。

在没有提前轰炸的情况下，他举着枪，带着他的分
队冲出战壕，一冲出来就被击中头部。他的手下立刻把
他抬到一个弹坑里藏起来。炮击太猛烈，他们撤退时不
得不把他抛下，一个士兵最后看了他一眼，发现他已经
少了半张脸。

天晓得约翰是不是在两个弹坑之间，在类似于月球
表面的地方度过死亡之夜的。在那里，人类到访的唯一
痕迹就是被炸弹撕碎的树木。天晓得他有没有因为恐惧
而不敢喊出声来；天晓得他是不是成了遮蔽天空的忒瑞
西阿斯①的鸟群的食物；天晓得野狗有没有叼走他的四
肢，据说，夜幕降临以后，野狗就成了人类战场的主宰。
天晓得。

卢斯战役，两万英军士兵阵亡，还有几万人受伤和
失踪，死亡人数最后达到了五万人。

在法国，市长或镇长负责传达噩耗。村民一旦看到
他们去拜访某户人家，就知道是什么意思了。在英国，
这种消息是通过书信告知的。如果是普通士兵，就寄一
封平信；军官的话，就发一封电报，有时是一通电话。

---

① 忒瑞西阿斯，又译特伊西亚斯，希腊神话中的盲人预言者，能听懂鸟语。

吉卜林家没有电话，他拒绝装电话。几天后，他和妻子在贝特曼庄园收到陆军部的电报，说他们的儿子于 1915 年 9 月 27 日失踪了。

不是受伤，不是阵亡，只是失踪，只是……

得知消息是不够的，还得相信这个消息。吉卜林拒绝相信。他找不到解决办法，又不甘心接受，在所有证据面前，他都不肯放弃。一切都在提醒他要正视被破坏的美好，他似乎执意要去感叹世间的美景。温和的英国青年遭受人类最残酷的暴力后，死得无影无踪。手相上写了吗？写在哪里？

战争就是等待。你在战壕里等，等几个小时，几天，几夜。吉卜林巡视前线时听过这种说法，但体会不到这种等待有多煎熬。现在，他意识到了，对父母而言，战争也是等待。在死亡的阴影中等待。

死亡，他早已驯服。十六岁到十九岁在拉合尔①当记者时，他第一次与死神同行。当时，伤寒击倒了大量"符合规定年龄"也就是二十二岁的本地雇员。死神也没有放过白人。在城市里，死尸不仅躺在墓地里，而且随处可见。在公园，在花园，人们野餐时会在无意间挖出人骨。1915 年宣布的死亡是另一种类型。面对它，无论

---

① 拉合尔，巴基斯坦第二大城市。

往哪个方向走，都无从逃遁。

还有什么比不知情更痛苦吗？最容易令人变得脆弱无助的就是不知情。什么都不知道，人就会胡思乱想，去想象垂死挣扎的细节。一个伤员在呼救，没有人听见，也没有人来帮忙，还没断气就被活埋。天哪！上帝要折磨我儿子多久才肯罢休？这是要惩罚我的什么罪过吗？

英军有规定，战士的尸体不能运回国，必须就地埋葬。他们有军人身份识别牌①，可以为他哀悼。吉卜林认得约翰脖子上戴的"狗牌"，因为是约翰亲自让他请人按照法国兵的金属身份识别牌打造的。英军的身份识别牌是用压缩石棉纤维做的（两块识别牌都被塞进煮熟的皮革里），这种识别牌的缺点是，埋在土里很快就会腐烂消失；我们的识别牌更耐用，是一块铝制的圆片。约翰还让人在上面刻了一串字符：

2nd Lt J Kipling, C of E, Irish Guards

翻译过来就是：约翰·吉卜林少尉，英国圣公会，爱尔兰卫队。他出生时就信仰英国圣公会，他希望死的时

---

① 军人身份识别牌，又称兵籍牌、军籍牌、兵籍名片，俗称"狗牌"（Dog Tag），是为了便于对战场上的伤亡士兵进行身份鉴别的小牌子。

候也按圣公会的礼仪下葬。这办不到，他连一块聊以安慰的牌子都没留下。这份世俗遗物本应比真正的十字架更易保存，比耶稣的裹尸布更受珍惜。尸体不能永久保存，但影像可以。给他们的葬身之地拍一张照片，寄给他们的家人，这是很常见的做法。红十字会的人必须抓紧时间，因为拍照只能在自然光线下进行。然而吉卜林一家和很多家庭什么都没得到，既没有身份识别牌，也没有照片。这些人白热爱法国一场。跑到这里来送死，这么一个不再是真正的法国的犄角旮旯，不属于任何国家的荒凉地，他们是怎么想的？战死沙场，生命就变成了命运。你们就用这句话来自我安慰吧！

> 如果你能强迫你的心、你的神经、你的体力，
>
> 一直为你所用，即使它们已经筋疲力尽，
>
> 还拼命坚持，哪怕你的体内已经没了能量，
>
> 只有你的意志，还在对它们说："坚持！"

吉卜林赞成古代的道德观念，然而，这并不能让他好受一些。希腊人的"死得其所"，即把所有荣誉和品质都献给阵亡的战士，这种观念并不能让他的儿子死而复生。在古代，母亲必须先去战场检查儿子的伤口，确认正面的伤口比背面的多，确定他面对死亡时足够英勇，

之后才能为儿子的死骄傲。对手再凶悍，英雄主义的理想也不能打折扣。然而，连天的炮火，密集的机枪扫射，冲锋陷阵的士兵像稻草人一样被击倒，令人窒息的毒气，战争把骑士变成了野兽。太疯狂了！这种屠杀太惨烈了！……约翰的葬礼被迫推迟。吉卜林和其他人一样，也怀疑军队把儿子的尸体藏起来不让他看到，因为尸体已经血肉模糊。有人想过吗，怀疑会让人发疯？

收到那封可怕的电报，只保留一线希望的电报后，吉卜林沉浸在悲痛中。他的热情熄灭了。人受阻了，他身上的作家也会受到阻碍。他平时笔耕不辍，现在人们觉得他无力用语言来形容自己的痛苦。不过，要是问他怎么评价黑格将军，他肯定不会词穷。黑格将军是战役当天的指挥官，是所有错误战略的罪魁祸首。

自从收到那封电报，吉卜林的身体便每况愈下。他的视力下降了，这也影响了他的精神状态，他从小就活在失明的恐惧中。局部面瘫也发作了。十二指肠溃疡第一次发作，没有什么能缓解这种可怕的疼痛。在家里，比起可能并没有死的儿子，父亲倒更像是死了的人。

吉卜林要为儿子继续战斗，他不会缴械投降。只有证据才能让他放弃努力。他立刻写信给美国驻伦敦大使沃尔特·海因斯·佩奇，请他与美国驻柏林的大使联系。如果德国人知道约翰的下落，他们也许会同意把约翰的情况告诉美国大使。毕竟，能识别身份的东西很多，除了身份识别牌，还有团徽、肩章、皮带、制服纽扣、子弹盒……再有，就是外貌。描述至亲的样貌是一种奇怪的考验。这个熟悉的人，我们真的很熟悉吗？浓眉，嘴唇上有稀疏的胡子，深棕色眼睛，长睫毛，额头有一小块白疤，一颗门牙略微发黄，当然还有他的近视和眼镜，以及刻着姓名首字母 JK 的金戒指。

从战壕那种非人类的环境中幸存的士兵会觉得这些细节不值一提。吉卜林看上去病恹恹的，《晨报》上的一篇文章却让他迸发出活力，准确地说是让他愤慨地苏醒了，重新点燃了他举世闻名的暴脾气。因为这篇文章提到约翰时没有用约定俗成的"受伤失踪"，而是"受伤，可能已经死亡"。吉卜林显得很悲伤，尤其是感到厌恶。他也是用这种态度来处理其他暗指他身体差的报道的。

　　……如果你能忍受你说出的真相，
　　被奸人扭曲，致愚人上当……

不幸的 1915 年还没结束。12 月，吉卜林接受温彻斯特公学邀请。在该校毕业生乔治·塞西尔的纪念碑落成仪式上，吉卜林在公学的回廊里发表了演讲。乔治·塞西尔是爱德华·塞西尔上校的儿子，索尔兹伯里第三侯爵的第四个儿子，最重要的身份是英勇的年轻少尉。1914 年 9 月 1 日，在维莱科特雷附近，他挥舞刺刀，率领连队上刺刀冲锋，当场阵亡，年仅十八岁。他的母亲和其他士兵的家属一起去雷茨森林寻找遗体。借助马甲上的首字母，她辨认出已经烧焦的遗骸，还将其挖了出来。吉卜林在致辞中没有提到这些细节。他谈到价值，谈到牺牲，谈到奉献，谈到所有正在服役的英国年轻人，他们在战火的考验中突然老去，但他没有提到自己的儿子。

之后，贝特曼庄园度过了最悲伤的圣诞节，主人还破天荒地省去了节日菜肴和礼物。这一年的最后几个小时，吉卜林向他最亲密的法国朋友、信仰圣公会的安德烈·谢弗里荣倾诉。

"整个民族都下到战壕里是不会胜利的，只会有杀戮。既然我们不能完全除掉德国佬，那就把他们一个个杀掉。等这场耐力对抗赛结束了，我和您一起创建一个社团，对我们的政治家、和平主义者、煽动者，那些还活着的人展开国际追杀……"

之后，萨塞克斯郡的生活恢复如常，在英格兰，在整个联合王国，在整个大英帝国都是如此。这些地方才是他真正的方位基点。

所有人都应征入伍了，除了吉卜林这种年纪太大不适合参军的人。吉卜林专心料理他的六十四公顷土地和二十七头牛，其中有几头珍贵的根西牛。这种牛产的奶含钙量高，品质好，还可以用来制作黄油和奶酪。庄园里只剩下一个小伙子，负责料理花园果园。还有一个小男孩，帮忙装卸草料。另外，还有几个干零活儿的女工。庄园的一个农场被改造成了疗养院，受过伤、吸过毒气、受到精神创伤、处于疗养期的军官可以带着妻子到这里疗养。其中一位军官以前是银行职员，现在他的履历表因为一年兵役和一枚军功章变得鲜亮起来。他说，等这一切都结束了，政客会大吃一惊，因为他们还封闭在他们的旧世界里。听到这番话，吉卜林只能坚决否认自己是乐观主义者，他还把自己多年来的信仰告诉这个陌生的年轻人。这些信仰的确在他心里扎根多年，我在他家住的时候就知道。

吉卜林对这位年轻人说："我只是不承认德国佬的传说而已。我没有遭受毒害，因为我不懂德语，（感谢真主！）所以我这一生都没怎么受过德国的影响。我们正把他们带向失败，无可挽回的彻底失败。现在，他们对我们所做的一切让我们害怕。以后，他们对自己干的那些事也会让我们害怕，那一天一定会到来。到了那个时候，中立的人会说：'看看你们对他做了什么。'这时候，我们就要提高警惕，因为我们的死者已经入土为安，他们的死者还躺在地上,面朝天空,乞求人类愚蠢的怜悯……"

真的,他绝不缴械投降。他还在不停地强调他的观点——"我们不希望德国人还活在这世上!"

刚下达总动员令,超龄志愿兵营就建起来了。自己的呼声终于被人听到了,他很高兴,甚至还兴高采烈地跑去看平民出征,有的平民都超过六十岁了。他颂扬勇气,也不忘揭露美国人的卑鄙。和访客谈话时,他也经常批评美国,只是措辞不同。吉卜林指责他们只考虑自己的利益,制定的政策受利益和贪念驱使。总之,他再也认不出"他的"美国,那个十九世纪末他愉快地生活过几年的国家。他把这种变化归咎于或多或少继承了英国传统的欧洲移民在美国思想舆论场的影响力下降,"闪米特人的话语"却越来越有市场……

与此同时,他还在继续寻找约翰。当初他怎么动用关系让约翰出征,现在就以同样的热情发动这些人帮他找回儿子。陆军部的一位高官最终决定亲自给大作家写一封信,向他证实他的儿子现在被正式认定为"推测死亡",除非有新的证据推翻这个结论。然而,吉卜林在回信中告诉他,要根据自己的线索——亲自询问幸存者再核实证言——重启调查。他还写道:"我的儿子,没人看见他死了。受伤是肯定的,也许他不小心躲到敌军那边的弹坑里了，或者无意间钻进了敌人的战壕，在德军医院接受治疗。这种情况也是有的，确实发生过。还有，他不是少尉，因为他在前线升了中尉。"为此，他还到处要求别人更正约翰的军衔。

大家心里都清楚，一年后，约翰·吉卜林中尉还是会被当作"受伤失踪"人员，不可能有别的结论。我比以往任何时候都害怕真相像夜幕一般突然降临，让那个不肯接受现实的父亲猝不及防。

吉卜林不肯停下，他否认一切。有时，他自己就是误解的源头。那一年，《泰晤士报》发表了他的诗《我的儿子杰克》，这首诗引起了强烈反响，我也很惊讶，因为我从来没听过他像美国人那样用"杰克"称呼约翰。在当时的情景下，很多读者都认为他在说自己的儿子。但在给我的信里，他坚称这首诗的主人公是一个叫杰克·科威尔的十六岁水手，1916年6月1日，他在日德兰海战[①]中牺牲，被追授维多利亚十字勋章。然而，任何读者都能在这些凄美诗句的背后听到诗人为失踪的儿子呜咽的声音。

"你有我的儿子杰克的消息吗？"

[①] 日德兰海战，英德两国于1916年5月31日至6月1日在丹麦日德兰半岛附近的海域爆发的一场大海战。

这次潮汐时没有。

"你觉得他什么时候会回来？"

在这样的强风和潮水中，不可能回来。

"还有人知道他的消息吗？"

这次潮汐时没有，

因为遭遇了海难就游不回来了，

这么强的风，这么大的潮水。

"哦，上帝，我能得到什么安慰？"

这次潮汐时没有，

任何潮汐中都没有，

除了没有玷污他的族群，

甚至在这样的强风和潮水中也没有玷污。

所以更要抬起头

面对这次潮汐，

和所有的潮汐。

因为他是你抚育长大，

然后交给强风和潮水考验的儿子。

吉卜林一次又一次地拿着地图复盘卢斯战役，疯狂地探究细节，都走火入魔了。受伤的约翰最后一次被人看到的时候，正要去一个叫"堡垒主塔"的地方，当时雨果森林方向的炮击十分猛烈……他应该是和苏格兰卫队的卡斯伯特上尉在一起，他们一起失踪了……我们甚至不确定他脖子上是不是还戴着身份识别牌……不过，他的手指上还有刻着他的姓名首字母的戒指……如果您需要的话，我可以把被德国人俘虏的苏格兰卫队的士兵名单发给您，他们应该知道些什么……找到两人中的一个，就能找到另一个……也许他躲在一堵垒石墙后面……如果没办法推测地面的起伏，就确定不了被掩埋的战壕的位置，这我知道，不过，您还是可以试一试……确实有人在弹坑里待了几天几夜，等着救援人员在战事稍稍平息时来救他们……您确定对这些都没有印象吗？……请您再找一找，搜寻一下，好好地搜一下，更仔细地搜……请您一定要通知我，万一……

万一。

要怎么做才能知道儿子垂死挣扎时说的最后几句话？可敬的营部牧师克纳普神父肯定没听到，尽管他听过很多临终遗言。两万名英军死在卢斯战场。人们指责对伤兵的救援不够细致，那些冻得冒冷气的伤员本可以被救活，最后却葬身无人之地。

……整个地球和它所包含的一切，都会属于你……

尸横遍野。人像畜生一样，被工业化宰杀。战壕里，抬担架的士兵踩到腐烂的尸体，脚底打滑。残缺错位的尸首。炮弹把地面炸了个底朝天，死者又一次被摧毁。残肢难以分辨，无法拼凑出一具完整的英魂。脖子上挂着身份识别牌，可是找不到下半截身体。只是一堆人肉，人们看到的只是人肉而已。法军接到英军的消息，委托法国公共教育部派一名史前学家去前线，准确地说是前线的正下方。一位名叫维克多·康芒的史前学家去了巴波姆①附近莫尔希镇的一处地下掩体，因为士兵挖战壕时，在五米深的地方发现了一具猛犸象遗骸。猛犸象！

那我的儿子呢，你们有没有在乱葬岗看到我的儿子约翰？

约翰的战友来贝特曼庄园拜访，协助吉卜林调查。他用问题轰炸他们。最后，他比他们还要了解地形，因为他经常拿着地图，在脑子里和约翰的灵魂一起在那些地方行走。他们的描述是矛盾的、零碎的、犹豫的、不确定的。事实上，他们主要是来安慰一个想了解事情经过、具体日期和地点的人。有的人会在吉卜林家过周末。

---

① 巴波姆，法国北部加来海峡省的市镇。

他会带他们去杜德威尔河钓鱼，让他觉得好笑的是，这群家伙可以面不改色地杀几百个德国佬，往鱼钩上挂一条蠕动的虫子竟然脸色煞白。他想查出来的真相，最后是他的好友亨利·赖德·哈格德①带给他的。哈格德是唯一和吉卜林在年轻时就结下友情的人，也是贝特曼庄园的常客，他的代表作有《所罗门王的宝藏》《艾伦·夸特梅因》《蒙特祖马的女儿》。他收到一个名叫伯尔的人的证言，这个人说自己参加过卢斯战役，爱尔兰卫队在敌人的炮火下慌乱撤退时，他在"白垩坑森林"看到一个毁了容的人在哀号。他说，自己本想过去帮他，但害怕让这个受伤的军官自尊心受损，就放弃了。哈格德承认自己本不想把这份证言告诉吉卜林，因为这不仅会让他很痛苦，还会彻底浇灭他的希望，看着儿子活着回来的希望。

他仍然觉得儿子可能成了德军的俘虏，可一封封哀悼信纷至沓来。朋友、认识的人和读者都给他写过。他的死对头也写过，说他们很高兴看到他这么痛苦，因为他一直赞美战争，鼓动年轻人上前线。

气氛愈发沉重。贝特曼庄园比以往还要宁静，包裹着宁静的外衣。在死亡的阴影下，人们只能低声细语。

---

① 亨利·赖德·哈格德（1856—1925），英国小说家。

晚上，当一切回归寂静时，整栋房子里都回荡着已经不在的那个人的声音。

1917 年 1 月 28 日，吉卜林夫妇收到了儿子的个人物品。

一年多过去了，约翰·吉卜林中尉早已进入混沌轮回，可他父亲还是拒绝相信，还在等人把证据摆到他面前。约翰仿佛一直在隔壁房间，嘟囔着自己的名字，却不见人影。失踪的年轻人像是带走了自己的躯壳。他咽气的那一刻，天气肯定是阴冷昏暗的，他也越过了自己的"阴影线"①。那一年，让他以及很多同龄人越过那条线的，不是鲁德亚德·吉卜林，而是约瑟夫·康拉德。实物上的雕刻，石头上的铭文，书页上的注释，这么多否认死亡的纪念。康拉德在小说《阴影线》的扉页给儿子的献词也是一份纪念。

> 献给鲍里斯，
>
> 及所有和他一样
>
> 年纪轻轻就穿越了
>
> 他们这代人的阴影线的人。

①出自约瑟夫·康拉德的小说《阴影线》。小说描绘一个年轻人在东方担任船长后的成长，书名"阴影线"就代表成长的门槛。

带着我所有的爱意。①

1915 年，康拉德的儿子上了前线。康拉德一直寝食难安。后来，鲍里斯奇迹般活着回来了。这段献词像是保护他的咒语，完全没有任何不吉利的征兆。和他同龄的约翰却没有得到这样的保护。约翰失踪整一年之际，《阴影线》开始在《英国评论》上连载，吉卜林会读吗？看到这段献词，他还读得下去吗？

要是约翰能活着回来，他和我应该很能互相理解。

与他父亲，可能就比较难相互理解了。从此，我和吉卜林被一道鸿沟分开。战争破坏了我们之间的联系，同时，痛失亲友的折磨又拉近了我们的距离。

好几次，我想给他写信，告诉他我在前线的经历。索姆河战役时，在法约尔将军担任第六军司令时，我都想过给他写信。我们拿下了阿瑟维莱尔、弗洛库尔、汉姆、埃斯特雷－德尼库尔、贝洛伊昂桑特尔、哈德库尔－奥克斯－布瓦、比阿切斯阿塞维耶、弗劳库尔、哈姆、埃斯特雷－德尼耶库尔、贝卢瓦昂桑泰尔、哈德库尔－

---

① 由弗洛伦斯·埃尔比洛译成法语。——原注

奥布瓦、比亚什①，还有其他市镇。然后呢……他能从伤者的呻吟和临死前的喘息中知道些什么？这些平凡而伟大的人怀着对生的渴望加入与死神同行的生命洪流，他会怎样猜测他们？如果我告诉他，死了的人会突然动起来，朝我们开枪射击，他能明白这是什么意思吗？战壕里的士兵能在晚上看到白天看不到的东西，他能想象得到吗？

从远处看，战争不过是一团噪声。凑近了看，就像风景在向你射击。这是一位战壕作家说的。战争就是末日审判时横七竖八的躯体。某些人的过错引发的战争证明：地狱就在苍穹之下，而不是苍穹之上。这场战争不再像现代国家之间的对抗，更像是时间深渊里爬出来的幽灵，这时，好战的疯狂中出现了某种古老的东西。有不少这样的照片，看起来极不真实。人怎么能不顾一切，在进攻中自我陶醉？这完全没有道理。和所有的平民一样，吉卜林永远搞不懂战争，因为他从来没见过风景的表皮脱落。这解释不通。

很多士兵都厌恶听不了解实际情况的人谈论战争。这一点，我很难在信中告诉他。

---

① 以上市镇都在法国北部的索姆省，该省西临英吉利海峡。前文提到的索姆河战役是一战中规模最大的一次会战，发生在1916年6月24日到11月18日之间，英法联军为突破德军防线并将其击退到法德边境，在索姆河区域作战，双方伤亡共计130万人，是一战中最惨烈的阵地战。

吉卜林的心情很沉重，他想加入那些不知道家人命丧何方的人组成的团体。那些父亲的愤懑难以用语言来形容。他们本想大喊，英国人现在终于知道什么是仇恨了，因为只要触动他们的情感，他们也会变得粗野蛮横。他动笔写短篇小说《玛丽·珀斯特盖特》时，约翰还在世，小说完成时，约翰已经死了。他在小说中描写了德国伞兵在女主人公家的花园坠地后的情景。伞兵垂死挣扎，女主人公在一旁冷冷地看着，带着一丝窃喜，甚至表现出明显的开心和满足。自此，他觉得英国变成了贵族民主制，自己和所有在战争中痛失至亲的同胞都变成了灵魂伴侣。众所周知，英国人打败敌人后，会爱护、尊重敌人。这就是运动员精神，脱胎于公立学校教育的民族特色。这一次，吉卜林似乎没有表现出这种精神。

他很自然地想起《埃涅阿斯纪》①，还引用了第六章中关于奥古斯都的外甥马塞吕斯②的诗句，这位年轻人死得太早，没来得及实现自己的诺言：

　　"唉，可怜的孩子！要是你能打破冷酷无情的命运就

---

① 《埃涅阿斯纪》，古罗马诗人维吉尔创作的12卷史诗，被称为"古罗马的荷马史诗"。
② 马塞吕斯（前42—前23），奥古斯都姐姐屋大维娅与其第一任丈夫的儿子。前25年，他与奥古斯都唯一的女儿尤利娅结婚，被视为奥古斯都的接班人。不幸的是，他不到20岁就去世了。

好了！你将成为马塞吕斯！"

　　从那时起，他便再也无法摆脱这段丧礼献词，它就像某一天在城中漫步时偶然在街角听到的令人陶醉的管风琴小曲。

　　"你将成为真正的马塞吕斯！你将……"

　　第一次被邀请写墓志铭时，他生硬地拒绝了。他说："除了写'他为国捐躯'，还能写什么？"仅意识到这个事实，他就感到一种难以战胜的忧虑——没有人继承他的血统，延续他的姓氏和家族了。这对他来说是一个巨大的精神打击。索菲亚转寄了一封福尔摩斯的信给我，福尔摩斯告诉我，吉卜林不跟别人谈自己的儿子，也不袒露悲痛，一直紧锁心门，还把钥匙转了两圈，死死地锁住，总是保持着英式礼仪的核心——self control①，他并不惊讶，想想吉卜林的诗歌作品，每一首都是在赞美不屈不挠的意志。《如果……》就是对自律和自制的赞美。既想挑战世界又想挑战心魔的人会把这首诗奉为《圣经》，不管将来他们会头戴皇冠，还是身覆黄土。

————————

① 英语，意为自制。

从那时起，任何斗胆跟他谈论约翰的人都会得到这一不容反驳的回答——"我还有工作要做"。他还认为约翰没死？我觉得他在1917年接受战争公墓委员会的任命就是一个信号。

"帝国战争公墓委员会高级成员，拜托，您能一口气说完这个头衔？"他带着一丝挑衅问。

这个刚刚获得皇家特许的委员会受到一条双重铁律的制约——任何阵亡的英国士兵都必须就地安葬。就地，指的是他牺牲的地方，当然不是指战场，但必须是离战场很近的地方。他和战友会被安葬在同一个军人公墓，哪怕他们的墓地将来会形成一个十字架森林，因为死了几十万人。无论你是农民的儿子，还是勋爵的儿子，都要遵守这个原则，没有例外。在死后的平等待遇和海外安葬问题上，吉卜林是委员会里最不肯妥协的。英军公墓里不会有私人纪念碑。悲伤是平等的，死者的待遇也是平等的，这是他的原则。

据说，英国政府想展开特别行动，寻找约翰·吉卜林中尉的遗骸，他并不赞成，理由是不能搞特殊化，不会为别人做的事就不要为约翰做。

然而，贯彻平等原则并非易事。军需大臣丘吉尔、前首相阿斯奎斯和上层社会的代表不认可这一原则，委员会受到了压力，后来社会上还出现了请愿活动和辩论。

不过，委员会没有屈服。威廉·伯德特·考茨是委员会在议会的最佳辩护师，一天，他出其不意地在讲台上读了吉卜林的一封信，引起空前反响。

你们看见了，我们永远没有可供凭吊的坟墓。我们的孩子在卢斯消失了。那里的土地已经被翻了个底朝天，无法找到他们的一丝踪迹。我希望今天给我们制造了这么多麻烦的人能意识到，有一个刻着名字的墓碑可供凭吊是多么幸运的事。

他渴望墓碑下躺着一具遗体，供他祷告以及请求宽恕。那天在下议院，人们听到了这位父亲写的文字，却不知道能用什么平复他的悲伤。

还有一点引起了激烈讨论：要不要为每个阵亡士兵的墓立一块石碑或一个十字架？在确定十字架这个选项前，艺术家和建筑师先排除了"恶俗的雕塑"，后来天主教徒要求的耶稣受难像十字架也被排除了。至于石碑，造型必须完全一致，上面刻的字也要统一格式。家属可以在墓碑上刻六十四个字符，多一个都不行。一具遗体一座坟墓，每座坟墓一具遗体，失踪人员没有墓碑。所有人都要遵守这个规则。

死者家属都盼着能去扫墓。为逝去的亲人刻一段碑文，以示纪念，这是他们最真挚的愿望。雕刻、题字、印在书页上的只言片语：如此多的纪念能对抗死亡。这也是他们仅剩的选择，吉卜林比任何人都理解这一点。然而，他还是要坚守立场，确保铭文没有差异。在格式上，所有铭文必须一致。如果有人在墓碑上写了年龄，那所有人都可以写年龄。但对那些不知道姓名的墓主，怎么办？还有，如何处理同名的人，比如所有姓史密斯而且名字相同的人？写上团名？可是，有的团名太长了，缩小字体也放不下。

"大家都知道，我不太讲民主，但为帝国牺牲的人，价值是一样的。没有谁可以享受特权。"他就是这样回应向他施压的人，希望他满足明托夫人（格雷夫人，第四代明托伯爵①的遗孀）请求的人，以及所有希望通过自己的影响力为死去的亲人在墓碑上多添几句话的人。

这番话并不一定能战胜阻力，于是，他继续阐述自己的立场：

"要是约翰的遗体没有消失不见，我完全可以坐着我动力强劲的汽车到滨海布洛涅②，再到埋葬爱尔兰卫队士兵的维尔梅勒公墓。在当地，我可以毫不费力地从石匠

---

① 明托伯爵，英国的世袭贵族，第四代明托伯爵吉尔伯特·艾略特-默里-基宁蒙德（1845—1914）曾先后担任英国驻加拿大总督和驻印度总督。
② 滨海布洛涅，法国北部加来海峡省市镇。

手上采购最好的石料，聘请最好的雕刻师。有了钱、影响力和名声，我拥有的这一切，我肯定能得到最好的东西，而且很快就能实现，然而大多数人要等很长时间。可这样一来，我该怎么面对伯沃什的同村人？我们村子有五十多人牺牲了，他们都得不到这样的优待。如果他们当中有人看到这样的坟墓，我会感到羞愧。所以，不能接回国安葬，不能搞特殊化，大家都是平等的。"

事实上，他很不喜欢这样的争吵。辩论时，内心的愤怒会被再次引爆，然后在嘴里留下苦涩的味道。他很烦那些为了坟墓的细节吵来吵去的人，因为他的亲人连坟墓都没有，甚至可能永远都不会有。他没有凭吊的地方，除了约翰空荡荡的卧室。有了这种地方，毕竟可以和故去的亲友无声地交流。为了让房间保持活力，就不能去整理，所以房间还是约翰青少年时保持的状态，里面放着他的板球棒、俱乐部的帽子、维修摩托车的工具、插画杂志、校服领带。整个家里还充满着他的气息，不过以后，那里只会留下他生活过的痕迹。

没有地方可以安放他的哀思。

意识到了这一点。为了驱散满屋的悲伤，晚饭后，他会坐在壁炉旁，为妻子和女儿艾尔西高声朗读简·奥斯汀①的小说。这会让他们好受一些，虽然这种幻觉并不能持续到深夜。阅读和植物被认为是治疗忧郁的良方，有些人从中找到了安慰，然而对性情暴烈的人来说，这还不够。

脑子记不住的东西，身体会记住。

吉卜林身上还有约翰小时候留下的印记，有他们的游戏和拥抱的印记。

什么都不做既会背叛死者，也会背叛生者。吉卜林继续做他的调查，直到 1917 年，他还认为儿子在某个地方接受治疗。

骨头记录了人的死亡过程，有些人能让骨头说话并读懂它的语言。可该怎么搜寻死者的遗骸？这些富庶的村镇已经面目全非，到处是碎石、交通壕、路障、铁丝网、军事据点、受损建筑，森林被炸成碎屑，田地被反复轰炸。尽管英国红十字会的效率很高，遗骸鉴定工作还是难以完成。这不是埋头苦干就能完成的工作，而是一种考古。

---

① 简·奥斯汀（1775—1817），英国小说家，代表作《理智与情感》《傲慢与偏见》。

"因为你把快乐的人间变成了你的地狱。"①莎士比亚的话都不足以形容战场的惨状。遗骸鉴定缺乏人力物力，残缺的躯体永远无法凑成完整的尸首。与此同时，战争进入白热化阶段，战役在其他前线打响。战斗越惨烈，建筑师越得加速在新的地方建墓地。然而，那是为已经确认身份的阵亡士兵准备的。

在英国，有传言说，大概有二十五万士兵失踪。与此同时，陆军部故意保持沉默，实际上，他们估计没得到安葬的士兵人数是这个数字的两倍。陆军部的专家私下里把这些士兵称为"N.N."，"无名氏"的拉丁语 Nomen nescio 的首字母缩写。

《英国远征军时报》是伊珀尔②前线的英军士兵自发为前线士兵制作的讽刺报纸。一位比利时朋友知道我喜欢吉卜林，就给我寄了近期出版的报纸，出版日期是 1917 年 11 月 1 日，里面有匿名改编版的《如果……》，我读了两遍，希望它永远不会出现在吉卜林眼前。

　　如果你能喝得下比利时人卖给你的啤酒……如果你

---

① 出自《理查三世的悲剧》，由让·米歇尔·德普拉译成法语。——原注
　 这是莎士比亚创作的一部历史剧，讲述理查三世短暂执政期间发生的故事。
② 伊珀尔，比利时西佛兰德省市镇，一战期间，协约国和同盟国在这里进行了三场战役。

知道自己只有十分之一的可能活着走出战争后还能继续坚持……如果你能与真实的地狱战斗一个星期……如果……总有一天，你会成为一名士兵，我的儿子。

吉卜林给我写的信都是关于他自己或家人的，他有时甚至忘了问我一句："朗贝尔，您最近怎么样？"他第一次问的时候，我回避了这个问题，只告诉他一些基本情况——我应征入伍，参加战斗，幸存下来，活着回来了。没有什么特别之处。也许他注意到了，我的回答参考了人们对亚里士多德生平的总结——他出生了，他研究了哲学，他死了。那些人觉得这足以概括他的一生。当我发觉他并不想了解更多，因为约翰占据了他的思想，我就没再说自己的事了。而且，在以后的信中，他也没有继续问我的情况，顶多就是客套一下，就像我们问认识的人最近怎么样了，其实并不期待他的答案，这不过是一种寒暄的方式。

虽然我不想惹他不高兴，上帝也知道我从来不想伤害他，但对我来说，仇视德国人是个陌生的概念。这既和性格有关，也和教育有关。倒不是对德国人陌生，而是对仇恨陌生。我十来岁的时候，父亲一有机会就冲我喊："你跟你奶奶一个样！"这不是恭维话。他倒也不是看不起自己的母亲，他只是在用他的方式告诉我，我待

人接物时带着女性化的敏感。其实，女性化的敏感就是
同理心。我从小到大都有同理心，也没有因此受过伤。
与其去恨德国，进而排斥、驱逐甚至想消灭德国，我更
想弄清楚德意志帝国这样的文明社会，在某些方面甚至
是欧洲最高雅、最有教养的社会，是怎么把我们拖入这
场无休止的杀戮的。事实上，我这种思维方式是从祖母
那里习得的。据说，吉卜林在一首新诗里写道，希望德
皇被喉癌折磨致死。他这样的人怎么可能理解我的想
法？他对德国人的恨早在儿子去世前就有了，现在他任
由复仇占据他的心，完全不考虑这会腐蚀他的灵魂。无
论如何，他都不是那种容易宽容别人的人。从根据自己
在"荒凉屋"的艰难岁月写的《黑羊咩咩》开始，他就
一直在作品里反刍这种负面情绪。《泰晤士报》再次刊登
了他的诗，这首诗呼吁惩罚德国人，逼迫他们接受具有
破坏性和羞辱性的和平条约。诗名《正义》曾让我看到
一线希望，我以为他的心情已经稍稍平复，然而我很快
就发现自己太过天真了。有一次，我在信里问他：

"您记得我们在韦尔内莱班散步的时候，您引用贺拉
斯《颂诗集》里的那段话吗？《致罗马青年》。我找到了
这首诗，重新翻译了。'为自己的土地献身甜蜜而光荣。/
死神追赶怯懦的人 / 攻击他的背颈。/ 卑鄙的懦夫，无耻
的逃兵。'约翰前额中弹，您有预感吗？您知道……"

写完以后，我马上撕了。要是他收到这封信，我们的关系肯定会受影响。他可能觉得我在责备他，虽然这并非我的本意。我想说的是，冒着被仇恨奴役的危险去恨德国人，是一种极其扭曲的作茧自缚。而且在这封信里，除了贺拉斯的颂诗，还有吉卜林本人的诗。沉浸在他的作品中时，我发现在1903年的《海堤》这首诗里，他已经预感到了战争。这首诗收录在诗集《五国》中，里面有一句可怕的预言：

也许我们已经杀死了自己的儿子！

您知道会这样，您有预感，可您还是那么做了？他的清醒让我觉得困惑，好在我没有勇气寄出这封信。倒不是因为这会让他像其他有相同经历的父亲那样，陷入自我封闭，沉溺于丧子之痛，而是因为他内心的悲剧激化了他的老毛病——没有任何感情表达，全都是观点输出。和克里孟梭①的友谊也没有软化他的立场，他俩经常写信，互相拜访，交流不断。

---

① 克里孟梭（1841—1929），法国政治家，因政治手段毒辣而被称为"老虎总理"。1919年代表法国出席巴黎和会，力主最大限度地削弱德国，以便使法国称霸欧洲大陆。

吉卜林的加入让战争公墓委员会倍感荣幸，委员会请他为死者纪念碑写墓志铭。他提议为所有阵亡士兵写一句话——"他们的名字永存"。许多人认为这是他的原创，但他说这句话出自《德训篇》[1]（44:14）。

他们的遗体被人安葬，他们的名字永世流传。[2]

为身份不明的阵亡士兵写的墓志铭是他的原创：

A Soldier of the Great War known unto God.

"伟大战争中的一名士兵，只有上帝知道他的名字。"这句话说得再好不过了。约有 180861 具遗体安葬在这句墓志铭下，错误率大约是 3%。还有 336912 具遗体无法辨认，甚至算不上遗体，他们如碎片散落，腐化成泥，连安葬在这句墓志铭之下的幸运都没有。停战后，法国境内的英军公墓面积不断扩大，一眼望不到边。这些地方被永久保留下来，在这里，神圣的事物被人造物污染的风险极低。这些墓地给人的印象是死者组成的军队在

[1] 《德训篇》，或称《西拉书》，是《圣经》次经中的一部分，被天主教和东正教接纳为正典，但大多数新教教会拒绝承认其正典地位。
[2] 引自《圣经》，由勒梅特尔·德·萨西译成法语。——原注

保护活人。可这些士兵是不是永远不能退伍？从1914年夏末开始，准备上前线的人希望每一天都是愤怒日，能立刻开战。四年后，我才明白，死亡会令人大惊失色，正如《死神》中的唱词。那是时代的一道缺口，时间被撕裂的时刻。

1918年夏天，伦敦弥漫着卡其色的臭味，因为这种颜色有股味儿，绝对不是香味。

要是约翰顶着浴血奋战的荣光回到祖国，他也会发现民众说的语言难以理解。更糟的是，这种语言难以被听清。这是一种好战的语言，是对参战士兵语言的拙劣模仿。这种陌生的语言把死者的重量压在了生者身上。

他应该也会保留军人的习惯，特别是打仗时的习惯——占有自己找到的一切，如果东西的原主人不见了。要是约翰活着回来了，他周围的光环，幸存者特有的优雅和脆弱，也许会让他父亲心乱如麻。

吉卜林说，看着残障军人在街上艰难地走着，他的心都碎了。当然，他宁愿看着儿子失去双腿，活着回来，而不是再也见不到儿子。也许约翰会像很多人那样，回来之后变得面目全非，易怒、闷闷不乐、沮丧、冷漠、情绪化、咄咄逼人、愤怒、病态，谁知道呢？他会不会变成不安分的夜猫子，从噩梦中惊醒尖叫？他会不会变成性无能，周围的人会隐讳地说他得了战壕病，然后转到别的话题？或者更惨，变成截了肢的丑八怪，整个脸都歪了，下巴出现在额头的位置，像立体派肖像画里的人物？父亲希望他活着回来，哪怕面目全非，无法认出来了。对约翰和家人来说，那肯定是种折磨，不过，痛苦会让他对未来产生希望。这将是吉卜林作为父亲的最后一项任务——让儿子对生活重新产生兴趣。确实有毁了容的士兵从前线归来。这绝对是人间悲剧中最悲惨的那种，出征时年轻气盛、强壮有力，回国后却不敢回家，因为他们担心丑陋的面孔会让自己在亲友面前更加无地自容，而且这会让他们觉得屈辱，因为人们不许他们这么想，虽然他们确实成了社会边缘人，他们必须一起去不会吓到别人的地方度假。其实，有的人已经这样做了。这是麻风病人的痛苦，丽贝卡·韦斯特[1]的畅销小说《士兵归来》里的主人公得的遗忘症和这种痛苦比起来，根本不值一提。

　　一些父母被夏培综合征[2]困扰，吉卜林对巴尔扎克的作品很熟悉，他肯定知道这是什么病——既希望失踪的人活下来，又担心他回来。如果他找到了约翰的遗体，

————

[1] 丽贝卡·韦斯特（1892—1983），英国作家、记者、文学评论家。
[2] 出自巴尔扎克的小说《夏培上校》，小说讲述被确定阵亡的夏培上校在10年后返回巴黎，发现物是人非、难以适应，妻子以为他已阵亡也早已改嫁他人。

除了一袋不会说话的尸骨，他还能得到什么？

要是约翰能回来，吉卜林一定会带他去肯特郡西德库普的女王医院，在那里，新西兰面部修复奇才哈罗德·吉利斯召集了三十多位来自不同国家的外科医生，他们会带给他希望。在吉卜林的想象中，最好的情况就是约翰因为疲惫而神情呆滞、脾气暴躁，身材消瘦却很结实。他可能会升为军官，脸颊凹陷，脸色苍白，背痛难忍，精神动摇，忧心忡忡，像其他人，像活着的人，像重回人间的人。由于长时间远离现实生活，约翰可能会惊讶于女人的美貌。这些女人会从他的眼神里看到废墟中的忧郁，并为他感到难过。可是，他在死前和女人交往过吗？

在所有人看来，约翰·吉卜林已经死了，被埋葬了，也许被分散埋葬了。只有他父亲还等着别人出示证据，才肯承认这个明显的事实。是为了推迟审判自己的罪责吗？儿子的失踪让他每一天都很痛苦，这是一种"耻辱"，从词源上来说，"耻辱"是一种"障碍物"[①]——把人绊倒的障碍，无法克服的障碍。儿子的失踪就是他的绊脚石。他无法接受约翰为了找夏多布里昂在《墓畔回忆录》中说的"盖着尘土的死神之家"而离开了自己的

---

① 从词源上看，法语单词"scandale"（丑闻、耻辱）源于希腊语单词"skandalon"（障碍物）。

家。这足以撼动他的价值观，虽然他的价值观是出了名的不可触犯。真是如此吗？

孩子不该死在父母前面。在一个理想的社会里，人只有活够了才会死去。

有的人在庆祝胜利，其实庆祝的应该是和平。停战是死者和生者共同努力的结果。胜利是苦涩的，只需看看街上面目全非的士兵、残疾军官、神色哀伤却保持庄重的寡妇，这些遭受了沉重打击的人组成的悲惨景象。最后，每个阵营都想得到最大的好处，这又是一场谎言。人们开始盘点，计算双方损失，计算死亡人数又有什么用，只有战争是赢家。《泰晤士报》的讣告页依然保留着"因伤死亡"的分栏。

在伯沃什村，人们很少谈论那一百五十名上前线的人：他们的名字贴在教堂的门上，死者的名字加上了黑框，仅此而已。人们谈论留在村里的其余六个人。一群败类。不用说，吉卜林肯定也属于围着他们骂的人。他说，以后肯定能证明，他们被德国收买了，他们，还有支持他们的和平主义者和社会党人。

当其他人陶醉在庆祝的气氛中时，吉卜林宁愿让沉默围绕自己。当然，他不会隐退幽居，一些讽刺作家借机让人误以为他会那样。他继续接待来访的熟人、政客、作家、外交官、友人，然而一切都变了。尽管在战争中诞生的新一代诗人风头正劲，他仍坚持写作。不管他在那段黑暗岁月创作的诗歌传递了什么样的信息，他很快就意识到，人们永远不会把他当成"战时诗人"，英国人引以为傲的"诗人战士"。他在受诅咒的年代创作的诗只能算是后方的诗歌。这些诗出现在战时诗歌选集里肯定不合适，也没有人会这么做。

对从前线归来的人来说，后方的诗歌，尤其是抒情催泪的诗，读起来、听起来都让人非常难受。吉卜林倒是克制，多少保留了一些分寸感。然而，他还是情不自禁地在一篇战地报道里提到了画家戈雅①和他的《战争的灾难》组画，虽然他并没有见识过真正的战斗。

很快，出版商和读者就疏远了文学精英圈的诗人，首当其冲的就是托马斯·哈代、切斯特顿和吉卜林。没有一位"战时诗人"能在赞颂小兵的《营房谣》的作者身上找到自己的影子。只有"在战场上待过"的诗人，比如埃德蒙·布伦登，才有资格把卢斯战场比喻成溃烂的伤口，把整片地区比喻成尸体，把泥土比喻成致命武器。

---

① 戈雅（1746—1828），西班牙画家，对后世的现实主义画派、浪漫主义画派和印象派都有较大影响。他的系列版画《战争的灾难》展示了战争的残酷。

有的人是端着枪倒下的，他们的作品尚未完成，所以变得更加凄美动人，比如爱德华·托马斯、艾萨克·罗森伯格、威尔弗雷德·欧文、查尔斯·索利……有的人受伤后幸存下来，他们的作品也留下了痕迹，比如齐格弗里德·沙逊①、罗伯特·格雷夫斯、艾弗·格尼、理查德·阿尔丁顿……教育迫使英国人收敛感情，诗人替他们宣泄；礼仪要求他们控制情绪，诗人替他们抒发。

亨利·赖德·哈格德是吉卜林最忠诚的朋友，吉卜林只对他敞开心扉。在一次采访中，他表达了对吉卜林的担忧。吉卜林曾向他坦言，自己现在只想"好好休息一下"。以前吉卜林也常在信里说自己要休息，但在痛失爱子的情况下，这句话听起来有别的意思。他的朋友问他是否想消失，毫无痛苦地和他爱的一切永别，他只是说："约翰还小的时候，我能感受到他在隔壁房间睡觉，那是我最幸福的时刻……"赖德·哈格德松了口气，他知道吉卜林并不想永远消失，只是真的想休息，或许想进入一个漫长、纯粹、不知年龄的季节。

继续写作，在写作中忘掉自己，尽管这不可避免地会让他想起儿子。约翰失踪后，他的一些故事和诗像是死者对他说的悄悄话。很多人谈论他在 1916 年写的一首

---

① 齐格弗里德·沙逊（1886—1967），英国诗人、小说家，因反战诗歌和小说体自传而著名，一战时在军中服役。

诗，这首诗于次年发表在作品合集《世间万物》中。第一次读时，我就觉得这是一首痛彻心扉的诗。后来，我又反复品读，总是不由自主地想起一个明显又老套的事实——每个人身上都曾住着一个孩子。

这是我们的孩子，我们的挚爱，现已为国捐躯。
我们只剩回忆，家人珍藏着他们的话语和笑声。
痛失至亲的代价将由我们，而不是别人来承担。
外人和神甫没有发言权。这是我们的权利。
可谁能把孩子还给我们？

当蛮族撕下伪装，
冲向人类，他们赤膊上阵为我们
挡第一刀，蛮族早就对我们磨刀霍霍，
当我们开始防御，他们的身体是我们仅有的护具。

他们没有责备我们，而是用鲜血为我们争取时间，
当审判来临时，我们还无力偿还的时间。
他们相信我们，却因此丧命。我们的政策和知识，
捆住了他们的双手，把他们送入地狱。
他们知道那是火炉，还高兴地冲上去了，像在追逐荣耀，
自地球诞生以来，还没见过这么多勋章。

他们受难的过程很长，而且还不止一次。
伤员、病人、筋疲力尽的人都得不到豁免。
治愈之后，又要出征受苦，为我们赎罪，
无望解脱，等着死神一脸惊讶地把他们围困。

一出生就被我们精心呵护的、洁白无瑕的肉身，
送去承受老天的痛击，衣不蔽体，体无完肤，
腐烂像蹩脚的笑话作弄他们，带刺的铁丝网啃噬他
们的肉体。
烟雾在他们身上留下乱七八糟的图案，火把他们烧
成灰烬，
炮弹把他们从一个弹坑抛到另一个弹坑，缺胳膊少
腿，场面恶心。
必须给我们一个交代。
可谁能把孩子还给我们？　①

在这首诗里，人们看到他的负罪感初步显现。不
过，以前就读他的文字或者长期关注他的人会觉得，他
又在控诉无能的政客，那些不吸取布尔战争教训，没能

---

① 由让·保尔·于兰译成法语。——原注

让英国准备好与德国打仗的政客。许多人希望先考虑诗的人性关怀，对我来说，这才是最重要的。吉卜林很少走得这么远。借由这首题为《孩子们》的诗，还有《如果……》，成千上万的读者可以对自己说："我有这样的感觉并没有错，我不是唯一有这种感觉的人……"诗人宽慰了内心不安的父母。他事先并不知道，也没有刻意为之，但名气让他这个坚定的个人主义者成了哀悼者群体的代表。

约翰失踪快四年了，吉卜林不得不写信给陆军部，承认他找不到约翰活着的任何迹象。陆军部的官员回复说，据推定，约翰于 1915 年 9 月 27 日死亡，还说，这样一来，约翰的军饷问题就解决了，他的账户上还有 64 英镑。可悲的行政琐事。吉卜林脑子里有另一套计算方法。当人们把日子累加起来的时候，快乐的日子并不能抵消悲伤的日子，因为每一天都是不可替代的。音乐也无法给他带来任何安慰，因为他对音乐毫无感觉。

对一个死人的爱，要么毁了你的一生，要么让你坚强地活到最后。

能让吉卜林短暂逃避现实的亲友没有几个。像战前一样到访贝特曼庄园的人里面，他最喜欢他的表弟，时任财政大臣的斯坦利·鲍德温。在一封信中，吉卜林动情地为我讲述了他们一起度过的某个周末。虽然有这样那样的问题，这样的周末还是很愉快的。他刚收到友人乔治·森茨伯里①的两卷本《至十九世纪末的法国小说史》。他十分敬仰这位懂得生活的学者，也很信任他的文学判断，因为他是杰出的文史学家，是知识和友情的堡垒。他和鲍德温并肩坐在花园里，吉卜林读第一卷，鲍德温读第二卷，然后，他们回到各自的房间继续读。他们俩就像老同学，读完一卷书便聚在一起讨论，回忆以前读过的法语书，对比各自的笔记，然后读另一卷，因为吉卜林想尽快读到谈莫泊桑的章节。在树荫和台灯下度过的两天给他留下了美好的回忆。那是忧郁阴暗日子里的一抹亮光。

亲爱的福尔摩斯写信告诉我，停战一周年那天，很多人聚在皮卡迪利广场慈善天使雕像脚下。据伦敦人回忆，这个地方从来没像那天那样被如此厚重的寂静无声笼罩。和"大战"一样巨大的寂静，而"大战"的两个大写的首字母听起来就像隆隆鼓声②。那天，人们只能听到广场喷泉的流水声。那时候就有了这样的说法——英国的二十世纪并不是从维多利亚女王去世的1901年开始

① 乔治·森茨伯里（1845—1933），英国文史学家、评论家。
② 大战的法语是"Grande Guerre"，这两个单词的首字母都是G，发音低沉，像鼓的声音。

的，而是从 1914 年开始的。

吉卜林非常喜欢引用穆罕默德的话，不知道为什么。穆罕默德有一个儿子，儿子的出生出乎他的意料，这也是他唯一证实了血缘关系的儿子。儿子的生母是他的科普特① 小妾玛丽亚，后宫里的女人非常嫉妒她。可是这个名叫易卜拉欣的男孩不到二十个月就夭折了。吉卜林要永远感谢安拉创造了世间万物，他在《世间万物》卷首献词中就表达了谢意，但安拉不会把他的儿子还给他，即使他盼望着，在一千零一个夜里盼望着。

---

① "科普特"和"科普特人"分别泛指埃及和埃及人。

III

战　后

APRÈS-GUERRE

5

否　认

　　此前，他的人生已经因为女儿约瑟芬的死分成了两个时期。现在又可以分出约翰失踪前和失踪后两个时期。被两道分割线标记的人生，吉卜林该如何继续下去？

　　他的状况堪比失恋，都是突然跌进空虚和无法想象的状态。假设他一直以来都是个轻松随意的人，经历了这两次苦难，他也无法再回到无忧无虑的状态。他徒劳地梦想着为儿子建立的一切，因为不管约翰是小兵、战士还是军官，都是他的孩子。到了晚上，没有人能打扰他，他的神思在黑暗中徘徊。他的诗转向自我鞭挞，仍带着英式的沉稳冷静，隐晦而严厉，然而，这些诗并不足以让他与自己和解。他不能原谅自己在儿子需要他的时候没有陪在他身边，让他一个人在弹坑里守着残躯，痛苦地等待死亡。他也因此变得四分五裂，要是能站在约翰的墓前哀悼，他或许还能把自己拼凑起来。灾祸过后，人与人之间会隐隐产生一种归属于彼此的感觉，有什么比失去自己的一部分更隐秘呢？他突然对最普通最平庸的人肃然起敬，因为他们无声地展现着英雄主义，生活要求他们承受灾祸，他们就默默承受。重读儿子在前线给他写的最后一封信，这位父亲除了心如刀绞还能有什么感觉呢？

要是约翰没上前线，吉卜林的姓氏就会被玷污。而约翰出征了，父亲就成了罪人，一手造成了他的失踪。每个人身上似乎都带着自我毁灭的工具。现在，这成了这位伟大作家成就中的缺憾，迫使他卸下盔甲。他因此动摇过，怀疑过自己吗？任何人在经历过他所经历的事后应该都会动摇，除非把这一切归咎给上天。然而，他什么都没有表现出来。

我们做错了什么？

为人父母的几乎都问过自己这个问题，最常见的是关于教育、人生方向、参军入伍的。有时是因为多说了一个字或说错了一句话；有时是因为没有解释清楚的行为或理应受到批评的态度；有时是因为被误解的想法或眼神。这些足以在记忆中留下持久的印记，在心里累积没有说出口的责备。要是孩子死了，无论是自己寻死，还是别的情况，这个问题就带有更浓重的悲剧色彩了。

约翰死得那么突然，尸首一直没找到，连场像样的葬礼都无法举行，这就是人们说的冷冷清清地走了，仿佛人生来去一场空。

我们做错了什么？

吉卜林经历了两次，他已经失去了三个孩子中的两个。我希望他永远不要听到王尔德的风凉话："失去一个，是悲剧；失去两个，是疏忽。"现在的贝特曼庄园需要的是反省，不是黑色幽默。他觉得，命运让他遭受了三重痛苦：先是爱子死亡，然后是找不到遗体，最后是自己无法接受他的死亡。

组成我们的一部分不在了，该怎么办？

要是别人，会觉得心里苦闷，恨自己脑子不够清醒，失去了儿子；要是别人，会自问做错了什么。他不会。他在否认，在克制，这就是他的防御方式。

他拒绝接受这个现实，可又不得不承认。人们常说他是双面人，旅居美国的时候，他喜欢上了巴莱斯特兄妹，即未来的妻子卡罗琳和未来的内兄沃尔科特。从那以后，他还从来没像现在这么精神分裂。

战后这几年，吉卜林没能调和自己性格中的双重性。不是所有的事实都能被我们的信仰接受。如果他愿意躺在躺椅上，接受精神分析师的治疗，孟买的幸福时光和朴次茅斯"荒凉屋"的悲惨岁月会立刻浮现在眼前。当时他不明白，为什么心爱的母亲，那么爱他的母亲会把他扔给冷酷无情、令人厌恶的养母。他从来没有摆脱过双重性。当我意识到鲁德亚德·吉卜林其实是两个不一样人，所有的事，或者说几乎所有的事，都解释得通了。

可我们做错了什么？

他母亲恳求他不要在大冬天带着年幼的孩子横跨大西洋，哪怕搭的是豪华邮轮，但他还是带着孩子出发了。所有人都大声告诉他，一切都表明，以约翰的身体条件，他根本不可能活着回来，但他还是把儿子送上了战场。

这就是我们做错的事。"我们"只是标准文章的开头，没有任何实际意义。在这些重要决定中，"我"才是起关键作用的角色。这个责任，一个吉卜林愿意承担，另一个吉卜林，只要约翰还处于失踪的状态，还没有出现在死人的国度，他就不肯接受。

然而，否认会将一切擦得干干净净，连擦拭的痕迹都不会留下。

在法国，多热莱斯①的《木十字架》打动了读者，这

---

① 罗兰·多热莱斯（1885—1973），法国作家，一战爆发后入伍，1919年，他结合自身经历写成小说《木十字架》。在当年的龚古尔奖评选中，这部描写法国士兵战壕生活的作品输给了普鲁斯特的《在少女的倩影下》，成为龚古尔奖历史上第一个有争议性的事件。具有戏剧性的是，10年后，多热莱斯成为龚古尔奖评委，并一直担任到1973年。

部小说差点儿得了当年的龚古尔奖。我读了，也体验了其中的情节，我理解那些被打动的读者，因为多热莱斯和《火线》的作者亨利·巴比塞[1]一样，找到了既有深度又很准确的细节。打动我的是阿贝尔·冈斯[2]的电影《我控诉》。临时演员都是真正的法国兵，曾与我们并肩作战。观众在近景里可以看到导演的助手布莱斯·桑德拉尔靠在主人公的肩膀上，残肢露在外面，那是1915年在香槟地区[3]战斗的纪念，这个瑞士人当时在外籍军团摩洛哥师。主人公之一、诗人让·迪亚兹从战场归来，经常看到恐怖的幻象——死去的战友在杜奥蒙葬尸堂[4]复活，这些孤魂野鬼指责生者背叛了他们，英勇无比的战士现在成了一群惨白的游魂。一个振聋发聩的问题贯穿整部影片——你们对得起死去的同胞吗？背景板上还写着这样的文字："难道你们晚上没有听到北风中无数人在垂死挣扎吗？他们喘息着，向你们呼喊：'我控诉！我控诉！我

---

[1] 亨利·巴比塞（1873—1935），法国作家。一战使他的思想和创作发生了根本性变化，战前，他主动要求上前线并屡建战功；战后，他写出反战小说《火线》等。

[2] 阿贝尔·冈斯（1889—1981），法国导演、演员，成名作是1919年拍摄的《我控诉》。影片讲述了一个法国人发明了一个能阻击战争的东西，但被政府没收，后被用于国防。

[3] 香槟地区，巴黎东部兰斯市周围的一片区域，香槟酒产地。

[4] 杜奥蒙葬尸堂，位于法国东北部的默兹省。1918年底，一战刚结束，凡尔登主教吉尼斯蒂看到凡尔登战场尸横遍野，遗体难以辨认，提议在杜奥蒙建一座公墓。后来大约有13万无名战士被安葬在这里。

控诉！我控诉！'"我们必须对得起他们的牺牲，对得起死者大军。如果他们白白牺牲了，就等于杀了他们两次。

那天是为我们团的战友举行的特别放映，死者归来的场面极具冲击力，我的眼泪夺眶而出，身边的战友也是。战况吃紧，死了的战士担心自己的牺牲毫无价值，愤怒地冲出坟墓，回到人间，要社会给他们一个解释。他们对活着的人大喊，喊出了我们这些幸存士兵没能告诉他们的话。我犹豫要不要写信给吉卜林，推荐他看这部电影。在英国，电影先在大波特兰街的伦敦爱乐乐团演奏厅上映，放映时有合唱团和管弦乐队伴奏，然后在各地上映，导演在采访中对这个安排大加赞赏。这部影片控诉战争、人类和普遍的愚昧，震撼了观众，这样说一点都不夸张。然而对吉卜林来说，这份控诉可能过于沉重。与此同时，萧伯纳的新剧《伤心之家》登上了纽约的舞台。萧伯纳在这部剧中为德国说好话，帮德国摆脱野蛮的恶名，然而我们并没有感到特别恼怒。

世风冷酷，人们刚从战争中走出来，心灵受到重创，变得贫乏、冷漠。取而代之的是某种忧郁。这种陀思妥耶夫斯基式的悲痛似乎占据了吉卜林的身心。每次危机都会凝聚一些东西。战争考验的不仅是浴血奋战的战士，还有整个民族。巨大的伤亡让人错愕，西班牙流感的严重性都被冲淡了。在法国，没有人想到要暂停公交服务，那时，流感病毒传播的主要途径就是公共交通。

吉卜林还没有从战争中走出来。儿子的死还困扰着他。他用庄重、正直的外表欺骗世人，但从他的话语中，人们还是能觉察出异样。他时常一副心力交瘁的样子，像是被亡魂困扰的活死人。有人觉得他和折磨自己的不幸达成了某种隐晦的默契，约瑟芬的死仿佛让他准备好了迎接这场不幸。

他和别人的通信也能证明这一点 —— 他身体里的某个东西已经死了。或者说他身体里的某个人，他的一部分，死了。比他年长的诗人里也有经历过这种"截肢"的。要是他想不到便于理解的先例或者可供参考的人物，我可以提醒他想想维克多·雨果。十九岁的女儿莱奥波蒂娜溺亡后，雨果为她献上了众多诗篇。在离我们更近一点的时代，还可以说说我的老师马拉美，他的儿子小安纳托尔被病痛折磨了六个月，风湿侵袭了他的心脏，引发了病变，年幼的孩子不停咳嗽，还得接受穿刺引流。我记得他曾向学校的同事倾诉，说不相信自己还有这么多眼泪。同事发现他经常陷入沉思，他更愿意缅怀往昔的欢乐，因为孩子死了，父母是无法宽慰自己的。没有谁能替代死去的孩子，再生一个也不能。不过，在我看来，吉卜林很难达到雨果和马拉美的状态，因为他的梦想和计划还和儿子缠绕在一起，雨果和马拉美至少还有诗歌牵绊着他们，没让他们跟着死去的孩子，手拉手一起走进坟墓。

在他心爱的村庄入口，他逃避的现实已经被刻在石头上，还刻了两遍。这种刻板和他在战争公墓委员会工作时的刻板很像。这里没有战争公墓，只有一些还愿纪念物，有的带着宗教寓意，有的是世俗性的。在教堂前的小十字路口竖立着一座战争死难者纪念碑，上面写着"伯沃什的人"。这些人按字母顺序排列，没有谁比其他人突出。军衔、姓名、团名、失踪或宣布死亡的日期、年龄。约翰在十九岁的威廉·A.基利和十六岁的威廉·兰里奇之间。在圣巴尔多禄茂教堂里，吉卜林让人为约翰制作了一块铜牌，挂在教堂南翼的墙上。铜牌上刻着他的服役记录、亲属关系，还有年龄，而且极其精确——十八岁零六周。人们会觉得，这位父亲像囚犯一样在数日子。纪念约翰的这几行字以一句拉丁语引文结束，这句话也出现在亨利·纽博特的诗《克利夫顿教堂》的结尾：

他过早地死在了遥远的地方。①

---

① 此处拉丁文引文为"Qui ante diem periit"。在《克利夫顿教堂》里，后面还有一句，"Sed miles, sed pro patria"，意思是"作为士兵，为了他的国家"。

令人无法接受的事实就在这句话里。不是战争，不是死亡，而是约翰死得太早。

1920 年的英国，维奥莱特·特雷福斯和维塔·萨克维尔·韦斯特这对同性恋人离开各自的丈夫，相约私奔，这条社会新闻也许可以娱乐大众，不过娱乐的效果没有持续太久。到了年底，人们的谈话再度蒙上了战争的阴影。压在活人身上的死者帝国让很多人的心变成废墟。毕竟，包括自治领士兵在内，共有一百万英军阵亡，其中有数量庞大的年轻军官。一代人牺牲了。

11 月 11 日，在巴黎凯旋门和伦敦威斯敏斯特教堂，无名烈士墓隆重落成。一年前，和平纪念碑在白厅①落成，这是劳合·乔治从法国带回来的想法。他后来把这个想法强加给了英国政府，特别是那些持反对意见的大臣，因为他们觉得这是天主教的典型纪念方式。然而，空墓的理念更多是受神学而不是基督教的影响，因为它属于每一个人，有包容性，也很有象征意义。

事实上，纪念无名烈士的计划本身被认为是不符合

---

① 白厅，伦敦的一条街，连接议会大厦和首相官邸所在的唐宁街。国防部、外交部、内政部、海军部等政府机关就在这条街和临近的街道上，因此英国人以"白厅"指代整个内阁政府。

新教精神的。为一个不知姓名的人举行葬礼！里面没有
遗体，没有尸首，只有从1914年的泥土里挖出来的人骨。
B.J. 怀特准将受上级委派，负责这个项目。他蒙上眼睛，
从索姆河、埃纳河、阿拉斯河和伊普尔河战场而非从墓
地挖出的四堆人骨中选了一份。有人提议把这些神圣的
遗骸火化，最终并未付诸实施。这个盒子，因为它就是
个盒子，连同装满战场泥土的麻布袋，一起被放进橡木
棺材，用马车运到加来，然后从那里用驱逐舰运到多佛。
连续几天，威斯敏斯特教堂的参观者络绎不绝，他们在
中殿和中央通道缓慢移动，面对着墓志铭——"在这块
石头下躺着 / 一名英国士兵的遗体 / 名字和军衔不详"。
人造的虞美人花簇拥着黑色大理石墓碑，那是唯一不许
踩踏的地面。能完成这项计划实属不易，因为政府和议
员都觉得这对英国人来说太拉丁、太法国、太天主教了。
然而他们忘了，这让英国人在痛苦前获得了平等。每个
人都找到了自己的儿子、兄弟、父亲，每个人都认为这
个墓碑是属于他们的，因为这个士兵没有姓名，甚至连
死亡日期都不清楚。吉卜林也如此，所以，他也和其他
人一样，在别的思想团体中寻求慰藉。

有一段时间，我以为他会再次投入共济会的怀抱。
我完全不了解这个组织，也很难想象如兄弟般的彼此支
持如何填补他的空虚甚至是虚无。青年时期，他按照古

老的仪式加入了拉合尔的"希望与坚持"分会，旁遮普区的会长还为他破了例，让尚未满二十一岁的他提前加入了共济会。他当时是《军民报》的记者，在分会里也很活跃，分会指望着这位年轻记者能承担分会的事务性工作，可事与愿违，他只在分会装修房舍时来帮过忙。后来，他在"忠诚"分会获得了提升会员级别的机会，之后又在"阿勒山"分会被提升为"皇家方舟水手"。我有位同事精通这些外人看来高深莫测的仪式和规则，他告诉我，吉卜林选了一个"K"（与一条垂直线相连的直角）作为他的标记。可是，1889 年离开印度后，他一直和共济会保持距离，尽管他支持过欧洲的分会，但并没有参加分会的活动。在印度时期的作品中，我们可以找到很多共济会的价值观和象征物，比如博爱，对封闭组织的喜好，成员的遗孤被分会收养等。他很高兴能在那里见到不同背景、各行各业的人，穆斯林、印度教徒、锡克教徒，甚至还有一位犹太裁缝！这让他误以为自己发现了一个全新的世界。这种特殊的精神在他的作品里留下了很多印记，读者可以从一些细节或者回忆片段中找到，不过，最能体现这种精神的是两部短篇小说（《要做国王的人》《为了兄弟们的利益》）和两首诗（《聚餐之夜》《母亲的小屋》）。事实上，在他最痛苦的时候，失去约瑟芬和约翰的时候，他并没有向共济会的兄弟求助。他并没有回归共济会以寻求安慰。他经历的一切已经超过了共济会的救助范围，团结互助根本没有用。在磨难中，他只能孤身一人。

尽管凯莉有诸多健康问题（现在还要加上更严重的抑郁症），吉卜林夫妇俩还是经常旅行，比以往更迫切地想在旅行中麻醉自己。通过他寄给我的信和明信片，地址详细且充满了生动的细节，我可以轻松整理出他的行程和度假地。最遥远、最具异国情调的地方并没有给他留下最深刻的印象，去得最多的国家还是法国。于是，在迪涅和格勒诺布尔小住之后，去埃维昂、布雷斯地区布尔格、第戎、特鲁瓦、康比涅之前，他事无巨细地回忆起在艾克斯莱班度假的日子，特别是对伯纳斯康酒店和雷吉纳别墅的回忆。豪华宾馆和顶级酒店对他来说并不陌生，戛纳的加利福尼亚酒店、蒙特卡洛的巴黎酒店、博韦的法兰西和英格兰大饭店、比亚里茨的皇宫酒店，他都住过。在艾克斯莱班，难得有如此重要的客人莅临，受宠若惊的酒店管理层对他礼遇有加。当时正值淡季，酒店原本不营业，为了他才重新开门。空旷的餐厅像大教堂一样能产生回音。走来走去的服务员只有两位，在夏季，酒店通常会请几十个服务员。

然而，去外地逃避儿子的鬼魂是没有用的，儿子的鬼魂一直在贝特曼庄园等着他们，等他们回来。和当时很多人一样，吉卜林一度想在通灵术中寻找安慰。这是当时的潮流。心里有期盼的人总想探寻未知领域，更容易被超自然现象吸引，因为他们的痛苦需要排解。烈士的棺椁没能运回国，那就让他们的英魂归来。整个社会对此都很执着，希望这样能帮生者走出困境。柯南·道尔不仅声称能和逝者交流，还做演讲描述这种体验，他的演讲场场爆满。妻子 1906 年去世后，他在往生者世界就开始有熟人了，他的两个妹夫、两个侄子还有他的儿子都战死沙场。物理学家奥利弗·洛奇① 对死后灵魂的继续存在和永生很感兴趣，他写的小说《雷蒙德》那几年非常畅销。柯南·道尔和奥利弗·洛奇的儿子都死在前线，两人都声称从那时起，他们就开始和儿子的灵魂进行交流。吉卜林怎么可能不心动，何况他还说自己住的房子里有一些看不见的存在。他想起了维克多·雨果玩通灵板的事。女儿去世后，他自己也痴迷过这种游戏。不过，他对当时流行的通灵摄影并不感冒，这种摄影就是把死者和生者的影像叠加起来，死者的影像浮在生者头顶的云上。很快，他也厌倦了通灵术，一开始是怀疑，后来更是批判。他的性情和通灵术不对付。人们可以在《园

---

① 奥利弗·洛奇（1851—1940），英国物理学家、发明家、电磁学先驱。他的儿子雷蒙德1915年在比利时作战时身亡。

丁》《战壕里的圣母》等短篇小说或诗歌《隐多珥》中找
到痕迹，不过这首诗的灵感更多来源于《撒母耳记》[①]。

　　既然他没能从神秘主义和灵异现象中获得庇护，我
认为他一定还处于战时状态。他摆脱不了这种状态，虽
然他能捧着书，在贝特曼庄园的大树下安静地待几个小
时。痛失爱子的老父亲比退伍军人和受过创伤的士兵状
态还差。没有人能说服他，让他"退伍"。在战争公墓
委员会的工作让他得以不断重返战场，直到实现个人目
的——挖出约翰的遗骸。法国，他去得更勤了，对他来
说，这是再正常不过的事，何况他还收到了新车，比以
前的那辆劳斯莱斯动力更强的"银魅"[②]。不管有没有委
员会的其他成员做伴，他总是在司机的陪同下，走访法
国北部的英军公墓。为军旗下长眠的士兵哀悼的人把那
里称作"永恒的兵营"。吉卜林对这块被炮弹炸了无数
次的土地了如指掌，甚至对此有了地质学的认识。土壤
的腐殖质被有毒物质破坏了，土地已经无法耕种。他知
道要警惕仓促的发现，不要高兴得太早，以免空欢喜一
场。骨架很少是完整的；很多战士阵亡时不到二十一岁，

---

① 《撒母耳记》,《旧约》中的一卷，记载以色列王国第一位国王扫罗和第
　二位国王大卫执政期间的历史。扫罗国王在决战前曾秘密前往隐多珥，
　请巫师替他召唤撒母耳的鬼魂，指导他打仗。
② 英文为Silver Ghost，劳斯莱斯1906年到1926年间生产的一款轿车。

锁骨还没有发育好；有的战士戴着已逝战友的身份识别牌，想把它带给战友的家人。有时，地下的炮弹还会爆炸，有人说，这是没有得到安葬的死者在报复。停战后的头两三年还是一片混乱。吉卜林认真完成委员会的工作。有时他会一天跑七个墓地。一个夏天跑了1500英里，访问了伊普尔、波佩林格、阿拉斯、亚眠和鲁昂的30多座公墓。他把它们称为"无声之城"。有一次，他和司机在"白垩坑路"挖土，他看了看表，正好是约翰在那里倒下的时间，或者说，这是他反复比对各种说法后认定的死亡时间。他与吉夏神父、陶夫利布将军一起参观了凡尔登①附近的墓地，陶夫利布是他的老朋友朱莉娅·卡特林②的现任丈夫，下莱茵省③的参议员。国王乔治五世参观里尔、阿拉斯及周边地区的英军公墓时，吉卜林自然在陪同人员之列，国王在滨海布洛涅附近的印度士兵墓地和欧珀海岸的特林克通墓地发表的演讲更是出自吉卜林之手。诗人和国王的友谊因此加深，《国王的朝圣》这首诗也找到了灵感。从那以后，吉卜林一生病就会收到从白金汉宫送来的白兰地。

---

① 凡尔登，法国东北部的历史名城。一战期间，这里曾发生著名的战役。
② 朱莉娅·卡特林（1864—1947），美国慈善家、社交名流。1917年，法国政府授予她"荣誉军团勋章"和"十字勋章"，表彰她在一战中把自己在法国北部的安妮城堡改造成医院。
③ 下莱茵省，位于法国东北部，与德国接壤，省府为斯特拉斯堡。

每个公墓都很有特色。他对建筑师的造诣和园丁的勤勉赞不绝口，建筑师和园丁当然都是英国人，他们深知自己的使命，平等对待每一位阵亡将士。墓地一片混乱，成了生活的真实写照。法国和比利时政府正式决定，撤销战场附近的零星墓地，趁着夜色，把这些墓迁入大墓地，这样一来，墓地就更整齐划一了。一个士兵的孤坟，上面立着可怜的十字架，这是所有人都不愿意看到的荒凉景象。于是，人们把他们挖出来，重新安葬。他们已经把灵魂交给了上帝，现在还要被挖出来，保持步调一致。即使死了，战士们也要站得整整齐齐，从侧面看，只能看到一个脑袋，谁也不能凸出来。躺着也要保持军姿。在后人看来，这里既没有富人，也没有穷人。在上帝面前，终于实现了人人平等。

奥德修斯在冥界找到厄尔皮诺之前，没有人打算把后者的尸体从女巫瑟茜的岛上带回来。昔日伙伴的灵魂恳求奥德修斯，找到他的遗体，把他带回去安葬。吉卜林就是那个在战场上四处搜寻的奥德修斯，在他看来，战场外的一切都是虚空，都是捕风①。得知这个故事时，我立刻想象出他倾听大地的样子。那样子就像是听到了伤员在弹坑里绝望地呼救。死者在另一个世界的声音从

---

① "一切都是虚空，都是捕风。"出自《圣经·旧约》里的《传道书》(1:14)。

大地深处被拽了出来。可惜，这个声音已经听不清了。大自然好像和时间串通一气，欺骗他的直觉。于是，我想象他站起来，用痛苦的双眼盯着地平线，就像有人在调查死者组成的军队。可是除了灵魂的移动，能发现什么呢？他的宗教信仰已经定型，对他来说，找不到尸体，案件的终点只能是不予起诉。就连那些传递了大量信息的信鸽都有自己的纪念碑，里尔就有一座这样的纪念碑，纪念为法国牺牲的两万只信鸽。

站在发生过战斗的土地上，他应该已经无法分辨什么是他亲眼看到、亲耳听到，什么又是他想象到的。那时，人们会在不经意间踩到士兵空闲时用炮弹壳、黄铜弹壳碎片、压紧环做的小玩意儿。粗糙简陋的手工品说明士兵有一定的工匠技艺，还有难以置信的想象力。

人们还可以找到靴子，里面甚至还有残肢。这让吉卜林想起了困扰他很久的一个数字，不是英军阵亡士兵的人数，而是没有坟墓的阵亡士兵的人数。12万，相当于20%的战斗人员。对他来说，这是一个难以接受的事实，就像第一天得知约翰失踪时的感觉。于是，他再次搅动天地，直至用眼睛把天地瞪出个洞来。只有被幽灵困住的人，才会想起翻开泥土，寻找失踪士兵的遗骸、毁了容的脸、锌铝合金制成的身份牌，最重要的是寻找他儿子的遗骸、毁了容的脸和身份牌。很快，田地就要播种，再不挖就迟了，虽然有的土地可能已经无法耕种，因为吸收了太多金属。看到农民开始填平弹坑，一个接一个地填平，他找不到语言来形容这片土地表现出来的无力感。有的地方，往事持续的时间比其他地方长。

名字失去了身体，身体找不到名字。不过，他们的名字最终都集中在一起，写在一份名单上。就算没有遗体，就算遗骸已经化为乌有，也要用一个名字、一个地点、一个日期说明，一名英国士兵曾在这里生活、战斗、死亡。灵魂离开身体的地点比其他任何信息都重要，甚至比团名还重要。因为正是在那里，被人们称为"白垩坑"或者别的名字的地方，在那座村庄、那个镇子，人们最后一次看到他还活着。然后，他们的身体就被遗弃在冰冷荒凉中，或者仍旧坐在战壕里，仿佛死神几天几夜前就已降临，带走了他们的灵魂。

访问墓地时，公墓委员会的人会请吉卜林为公墓拟墓志铭。缺乏诗歌灵感的时候，他会直接引用《圣经》。访问旧沙佩勒①公墓时就是这样的，他写了几句，其中一句可能和某个人的儿子有关，引用了《马加比二书》②：

"……为年轻人树立了舍生取义的崇高榜样……"

———————

① 旧沙佩勒，法国北部加来海峡省小镇。
② 《马加比二书》记述了以色列英雄马加比击败塞琉古帝国将军尼卡诺尔的经过，属于基督教的次经。

然而，对那些至今还放不下战争的人来说，再美丽的铭文、再闪耀的语录都不能弥补他们心中的缺憾。诗人理查德·奥尔丁顿[1]说得很清楚，纪念碑前热情洋溢的演讲不能抚平他们的创伤。吉卜林为公墓题写的"英名永存"之类的漂亮话也不能。奥尔丁顿认为每个人都参与了这场谋杀，他呼吁每个人都要为死者赎罪。吉卜林能听到这样的呼声吗？我对此表示怀疑，因为他沉浸在自己的悲痛中，即使他试图通过公墓委员会的工作缓解集体的悲痛。有时他会自问，也会在路上问委员会的其他成员，如果坎特伯雷[2]到伯恩茅斯[3]之间的广阔土地被战火蹂躏了四年，房屋倒塌，农田毁坏，人员伤亡惨重，英国人会有什么反应？我觉得，他和风景有一种隐秘的联系。他默默地听风景诉说，相信战争无法摧毁在时光中沉淀出的自然美。正如威尔弗雷德·欧文[4]在诗中所写的："必须将大地从沉睡中唤醒，看着黏土自己立起来。"吉卜林无法放弃继续挖掘的念头，尽管原则上是禁止挖掘战场的，因为有爆炸的危险（留在地里的炮弹和

---

[1] 理查德·奥尔丁顿（1892—1962），英国诗人、小说家，1916年应征入伍，不久在战斗中大脑被炮弹震伤回国。

[2] 坎特伯雷，英国东南部的城市。

[3] 伯恩茅斯，英国西南部的城市，临英吉利海峡。

[4] 威尔弗雷德·欧文（1893—1918），英国诗人、军人，被视为一战期间最重要的诗人。

手榴弹）。

没有意识的身体不过是一副躯壳。可就算是这样，谁又能像第欧根尼那样玩世不恭，放任儿子的尸体被鸟兽啃食？反正儿子的灵魂已经离开肉体，鸟兽抢食他的肉身，他也不会有感觉。

……眼睁睁地看着毕生心血倒塌，

还能弯腰，用破旧的工具重新将它搭建……

他就像莎士比亚笔下的理查二世，依然沉浸在自己的悲痛中，我觉得自己无权走进这片领地。我很想知道谁有这种权力。他心甘情愿地去法国遍访英军公墓，肯定不完全是为了自己在公墓委员会的工作，甚至也不完全是为了实现自己疯狂的愿望——找到约翰的遗体，尽管他从未放弃。他这么做应该也是为了实地调查，可能是为下一本书做准备，就像画家勘察绘画的对象。不是诗集，也不是短篇小说集，而是这类创作中的一篇，它在逻辑严密、无懈可击的目录中会显得很突兀，就像令人意外的脱节，本不可能出现的瑕疵。他打算在哪里谈论他的儿子，以何种方式谈论他？在他笔下，在署了他名字的作品中，人们原本希望等到、看到一篇名为《约翰之墓》的作品。那将是一块涕泪斑驳的手绢，一串痛苦的回声，一篇引起轰动的作品，完全可以和古希腊墓志铭媲美的凭吊诗。然而，完全没看到什么隐秘的编排顺序，那不是他的风格。我更希望看到一部建立在生硬的痛苦和摇晃的意识上的作品，可以是诗，或者是短篇小说，内容隐晦，需要读者细心解码的作品，和约瑟芬死后写的《他们》有相似的感性和情绪。作品应该稳重、克制、委婉，就像他本人，绝不会沉溺在痛苦或悔恨之中，远离阴谋诡计，逃离那些假惺惺的人，他们装腔作势，通过责备自己直视问题，赶走自己的羞耻心。"木已成舟"，麦克白夫人[①]在他耳边轻声说。

不行，不能这么做。他还是困在英式克制中，就连孩子死了，也要保持克制。可能是因为受过的教育，要求他们在任何情况下都要持重。可他们是如何做到的呢？

战后的英国文学界有很多受过创伤的老兵。他们管这种伤叫"Shell shock"，法语叫"obusite"，意思是炮弹冲击波对大脑的影响。吉卜林也受过创伤，但他并不是退伍军人。

无疑，他深谙将私人隐语融入作品的艺术，为了玩文字游戏，或者是因为创作需要。这些含沙射影的表述

---

① 麦克白夫人，莎士比亚四大悲剧之一《麦克白》中的人物，形象多被定性为一个残忍、恶毒的女人，是导致麦克白悲剧的直接因素和罪魁祸首。

只有个别朋友和家人能理解，或者只有一个读者能懂，这篇作品可能就是为他写的，比如《家庭外科医生》就是为柯南·道尔写的，要读懂它，柯南·道尔并不需要请福尔摩斯 ① 帮忙解读。

他还要从哪些痛苦中汲取创造力？他需要写作，可怎么样才能找回创作欲望？据他的一些朋友说，进入二十世纪二十年代，吉卜林仍然被战争困扰。他不批评带兵打仗的将军，但比以往更频繁地唾弃劳合·乔治。他越来越尖刻，有时故意把争吵引向"犹太佬"。德国人和爱尔兰人仍是他最厌恶的人，不过近年来，他不再咒骂爱尔兰士兵，因为他们为帝国的荣耀做出了贡献。现在，在信件和谈话中，犹太复国主义成了他的劲敌。贝尔福伯爵任外交大臣时发表过一份意向书，表示英国赞成犹太民族在巴勒斯坦建立家园，吉卜林因此怪罪他，讨厌他。此外，他和很多英国人一样，由于历史原因，他毫不掩饰自己的亲阿拉伯人立场。再说，印度军人中最优秀的不正是穆斯林吗？

他对战场地形、技术词汇和武器了如指掌。以前，他就在描写海上生活的故事里塞了很多专业术语。他像往常一样，彬彬有礼，时而很暴躁，一提到政治就怒气

---

① 此处指的是他塑造的侦探人物福尔摩斯。

冲天。这种时候，他就会让我想起那些据说是忘了接种狂犬疫苗的论战者。

他放弃了原则，接受了一个请求，因为在他看来，这是个无法拒绝的请求——他儿子的团长希望他写一部关于爱尔兰卫队的历史书。两卷书，花费了六年时间。这项工作无疑会耗尽他的精力，甚至导致劳累过度。我确信，他觉得这是自己的义务。得知他要写这本书时，我很生气。当然，我的生气是藏在心里的。他拒绝按照别人的要求写作，声称作家的灵感绝不会服从于命令，我欣赏这份傲气。除非出现特殊情况，可还有什么比墓志铭更特殊的情况？这可是要用军事历史学家的压抑风格写几千页的内容。军装上不能少一粒纽扣，炮弹发射器上不能少一颗螺丝，行军日记上不能少一个字。也许他觉得，儿子去世没几年，自己就开始创作虚构作品，用充满想象力的作品跨过丧子这道坎，这是对儿子的背叛。有些人可能觉得这是宣泄式逃避。让自己沉浸在爱尔兰卫队干巴巴的历史事实中，他不仅可以向儿子致敬，还可以与他做伴。可是，上帝啊，为了弥补自己作为父亲的过失，作家付出的代价也太大了！我们知道，没有说出口的话会一直啃噬人的内心。用两本厚厚的书把这些没有说出口的话写出来，这就是赎罪的代价吗？在这几千页里，约翰很少被提到，几乎看不到他的影子。要是在书里提到他，还可以让他与活人生活的社会重新连接起来，还可以让他在文字里重生。

《大战中的爱尔兰卫队》就像是文件和访谈资料的合集，和人们常读的吉卜林作品毫无相似之处。他对爱尔兰卫队在一战中发挥的作用做了大量研究。他自我约束，强迫自己进入有意识的回忆状态，那是他专属的苦修。这样就不会往回忆里添加新的内容，也不会在回忆时情绪激动起来。这也是赶走游荡的幽灵的唯一方法。

他说写这本书的时候特别痛苦，身上冒汗，心里淌血，只好匆忙完成，好把这件事甩到身后。我们相信他所说的。这本书写了很久，过程很烦琐，里面全是注释和参考文献。他肯定没有把细节处理得精妙无比的闲情逸致。最后，作品变得不伦不类。有人读过比这更沉重的文字吗，而且还是用如此轻快的笔触写出来的？吉卜林是怎么点金成石，用金子般的灵感写出这么一部灌了铅的部队历史的？这本书写的时候有多艰难，读者读的时候就有多煎熬。两卷书的每一页都反映了作者的精神状态——有良知的作家被迫完成的作业，不幸的灵魂必须完成的义务。诗人在惩罚自己，自己给自己找罪受。他的良心逼他这么做。读这本书的时候，我很自然地拿它和《朗赛的一生》做比较。《朗赛的一生》是听夏多布里昂忏悔的神甫强加给他的苦修，夏多布里昂自然不想接受这个违背了艺术创作原则的委托。但我还是让学生读了《朗赛的一生》，在我眼中，它完全可以和他的代表作《墓畔回忆录》媲美。而《大战中的爱尔兰卫队》绝对是吉卜林作品集里的黑点。更何况他还得放弃自己作为作家的长处，否认自己的爱尔兰恐惧症……除了他的秘书多萝西·庞顿，谁会觉得这篇罚写的作业"感人至深"？

帝国最伟大的诗人本可以用饱蘸父亲的泪和儿子的血的笔，为爱尔兰卫队第 71 兵团写一首长诗，这本是最合适、最深刻、最隽永的纪念方式。这首长诗可以作为悼文，把儿子在兵团的短暂经历和兵团走向胜利的漫长过程结合起来；这首长诗可以变成挽歌，融合史诗和纪事，既写辉煌，也写苦难，既讴歌生命，又提醒人们小心步步紧逼的死神。

这两卷书用它们的方式证明，吉卜林私底下还在否认儿子的死。书的每一页都在低声地说，虽然这行字并没有写出来——孩子不应该死在父母前面，这不是人生应有的顺序。

6

巴黎的一次午餐

后来，我们再也没在他家见过面，但在巴黎，在我家这边见过，而且不止一次。我们早在1921年就在巴黎见过一面，但时间很短，而且是在十分正式的场合，因此没能真正地交谈。那天，吉卜林被索邦大学授予荣誉博士学位。他很激动，也很感动，因为索邦大学是法国这个文学国度里最古老的大学，至于荣誉博士这种头衔，他在很多世界著名学府已经获得过了。那是一个周六，下午三点，《金枝》的作者詹姆斯·弗雷泽爵士[①]和他一起接受表彰。从共和国卫队军乐团周围和跟在法国总统亚历山大·米勒兰[②]身后的一众名流来看，索邦大学在巴黎文艺界的影响力和它的邻居法兰西公学院不相上

[①] 詹姆斯·弗雷泽（1854—1941），英国人类学家，神话学和比较宗教学的先驱。

[②] 亚历山大·米勒兰（1859—1943），法国政治家，1920年到1924年任法国总统。

下。大作家和著名学府是在互相给面子。演讲的重任自然落到这座圣殿的英语语言文学教授埃米尔·勒古伊[①]肩上，可他对作家作品盘点得过于全面，讲起来没完没了。提到《原来如此的故事》时，现场的掌声最为热烈，这些童话故事因杜米耶尔和法布莱的翻译而深受法国读者喜爱。索邦大学校长，一个名叫阿佩尔的斯特拉斯堡人，代表阿尔萨斯和洛林感谢作家在战争期间提供的援助时，也获得了满场掌声。现场观众也很喜欢吉卜林题为《法国的美德》的演讲，他在演讲中反复强调个体责任。

巨大的阶梯教室里，掌声此起彼伏。正如戏剧圈的人所说，这个人知道如何运气发声。真是个演说家！三千多位观众是幸运的，他们沉浸在他的语言中，他几乎没怎么说法语，因为他知道自己的口音不好听。《马赛曲》和《天佑国王》之后，仪式结束，招待会开始。他身材瘦小，穿着低调的黑白两色衣服，和衣着隆重的来宾形成鲜明对比，因此很容易在两百名宾客中认出他。在场的宾客大多穿着军装或教授袍，上面还饰有彩色绶带。我本不想在这种嘈杂的聚会上挤来挤去，跟这些挤来挤去的人相比，最后一刻溜进来混吃混喝的人都没那么讨厌。不过，我还是挤到了他旁边。

---

① 埃米尔·勒古伊（1861—1937），法国英语文学翻译家、学者。

"朗贝尔！亲爱的朗贝尔！"他用法语跟我打招呼。"您也在这儿！您知道吗，我刚刚跟阿纳托尔·法朗士说了话，他还拥抱了我。我的上帝，《佩多克女王的烤肉店》，多么美好的回忆……是我父亲让我读这本书的……"

"太成功了，这么多名流！"我扯着嗓子喊道，"我以为您很抗拒这些荣誉、表彰之类的……"

"这一切会把人压垮，让我感到恐惧。不过，今天这个荣誉是我唯一不想拒绝的，因为它是颁给一个热爱法国，从法国受益良多的英国作家的。您知道吗？博纳·劳①首相授予我荣誉勋爵的时候，我很不高兴，真的，因为他没有提前告诉我。我还跟他说，要是您一觉醒来，发现自己被任命为坎特伯雷大主教，您会高兴吗？不会，对吧！……对了，朗贝尔，您的《如果……》翻译得怎么样了？我很担心，您知道的……"

我正准备回答他，用力发出最大的音量，好让自己的声音能压住周围恼人的喧哗，但一阵咳嗽让我说不出任何能让人听清的句子。我差点窒息了。

"不舒服吗？要不要喝点水或者其他更有男子气概的东西……"

---

① 安德鲁·博纳·劳（1858—1923），出生于加拿大的英国政治家，是20世纪任期最短的英国首相。

我摇头拒绝，这时，两位法兰西学术院院士挽着他的胳膊把他带走了，完全无视了我们的谈话。我想不起他们的名字了，倒还记得他们张扬的个性。必须承认，他们"绑架"得很及时，虽然这属于很典型的巴黎人的不良做派，但我确实无法继续和他谈下去了。

因此，两年后和吉卜林在巴黎再见面的时候，我提前安排好一切，以免有事或者有人打扰我们的面谈。为了确保不出意外，我甚至还到他的酒店，离卢浮宫不远的里沃利街上的莫里斯酒店接他，然后按他的要求，陪他走到和平咖啡馆。路上，他因为胃痛弯下腰，我伸出手臂，他没跟我客气，接受了我的搀扶。拉近距离后，谈话更方便了，这是我没预料到的，因为对我来说，他始终是那位伟大的英国作家，我绝不允许自己在他面前表现得太过随便。不过，这样的场景，我倒能想象出来，因为我曾在贝特曼庄园看见他跪在书房的地毯上，和他的两只狗，迈克和汉姆一起玩。在他眼里，我只是无名之辈的代表，这个群体没什么重要性。走到歌剧院大街时，他说起去阿尔及利亚的路上遇到的机械故障。后来，我们在布伦塔诺书店的新书橱窗前驻足，他好像在偷偷地找自己的书。看到橱窗里陈列的书大部分是伊迪丝·华顿的，他就放弃了。伊迪丝·华顿是最有巴黎味儿的美国小说家，最近凭借《纯真年代》获得了普利策文学奖。

我们继续往咖啡馆的方向走，他对我说，他最近因为手头工作太多，回绝了伦敦法国文化中心的讲座邀请，没有为皮埃尔·洛蒂①的作品做讲座，但绝对不是出于个人的敌意，虽然这个人"毫不掩饰对我们各方面的恨意，不单只是恨我们是天主教徒"。快走到咖啡馆的时候，他又在歌剧院门前停了一会儿，不是为了欣赏歌剧院的外观，而是为了告诉我他和托马斯·爱德华·劳伦斯②闲谈了两个晚上。显然，劳伦斯很有魅力，一想到这位沙漠英豪，他的眼睛就会发亮。著名的劳伦斯上校，"阿拉伯的劳伦斯"的传奇故事令他着迷。他说，您想想看，这个小伙子，还不满二十九岁，就成了阿拉伯帝国埃米尔般的人物。沃里克③之后，数他拥立的国王最多，他曾用剑和大炮对抗土耳其人，现在在牛津大学莫德林学院教历史！约翰要是还在世，应该很想见见这样的人物……他写的回忆录《智慧七柱》当时只印了八本，分别送给了托马斯·哈代、齐格弗里德·沙逊、萧伯纳、爱德

---

① 皮埃尔·洛蒂（1850—1923），法国作家、海军军官，以富有异国情调的作品而享有盛名，如《冰岛渔夫》《菊子夫人》等。

② 托马斯·爱德华·劳伦斯（1888—1935），一战期间在阿拉伯大起义中作为英国联络官而出名，对中东百年历史产生深远影响，被称为"阿拉伯的劳伦斯"。

③ 沃里克（1428—1471），英格兰大贵族，玫瑰战争中著名的立王者。玫瑰战争（1455—1485）是英格兰贵族争夺王位的内战，沃里克伯爵曾先后拥立过不同的国王。

华·摩根·福斯特[1]和吉卜林等名流。吉卜林表示会和其他人一样认真阅读并给出反馈意见，但条件是不对外公开这件事，因为他虽然对作者抱有明显的好感，但对其模棱两可的态度和在叙利亚委任法国统治时期对法国人的恶劣态度颇有微词。他还告诉作者，如果作者在巴勒斯坦问题上是"亲犹太人的"，他就不读了，还会立刻退回文稿。吉卜林经常显露出这种反犹倾向，这开始让我觉得难以忍受。在他看来，这是一个严肃的问题，至关重要的问题，要不然，他怎么会将它作为审读书稿的前提条件。我曾用半开玩笑的语气向妻子索菲亚转述过一些他的暗示性言论，她早就从中预感、察觉到这种倾向，也借此擦亮了我的眼睛，让我看清了自己以前拒绝正视的东西。我没有特别在意他的这种倾向，不仅是因为这在他那个圈子很常见，我甚至敢说是稀松平常的，还因为觉得它一向没有产生什么后果。这种倾向很少出现在他的短篇小说和诗歌里（他的暗示也不总是负面的），在他的演讲和文章中也完全看不到，但在信件和谈话中经常出现，而且是以最轻蔑、最坦然的种族主义者的口吻表现出来的。这些话写得清清楚楚，不可能让人产生误解，更何况他经常用打字机写信。这是他早年从事新闻

---

① 爱德华·摩根·福斯特（1879—1970），英国小说家、散文家，代表作有《看得见风景的房间》《印度之行》等。

工作时养成的习惯。在贝特曼庄园的书房里和我谈话时，他向我展示过他的打字机：最早是一台科罗纳牌小打字机，因为不能随心所欲地排版，他的信看起来像是在醉酒状态下写的，于是，他把它换成马克四代打字机，但每次维修都得去布莱顿。最后，他选中了雷明顿牌打字机，因为这台打字机光洁、安静、优雅、忠诚。

他就是对犹太人有一种发自内心的蔑视，但有人说，他的蔑视并不过分。他把系统性的、恶意的和不可逆转的仇恨全部留给了德国人。我愿意相信是仰慕之情蒙蔽了我的双眼。吉卜林并不是我的朋友，我却遵从了某位道德家定下的交友原则——不能只盯着朋友的缺点看。他的缺点如此明显，我却视而不见，这使我一度失去了批判精神，没有因此而疏远他。我曾向一位朋友，真正的老朋友，坦白了自己的想法，说吉卜林的反犹倾向让我很为难，这位朋友马上反驳我："这真的是缺点吗？"我没有因此疏远吉卜林，反而疏远了这位友人，这很难理解吧。我把吉卜林的执念归咎于他年轻时期的不良阅读，特别是吉普①对他的影响，我的祖母经常咒骂这个反犹、反德雷福斯的小说家和宣传册作家。吉卜林动辄大声咒骂或低声谩骂犹太人，对德国人也一样。我猜，在

① 吉普，法国女作家西比尔·李凯蒂·德·米拉波（1849—1932）的笔名，她创作了大量小说和戏剧。

他眼里，德国犹太人是最糟糕的。他自称隔着很远的距离都能闻出犹太人的味道。左边有一面镜子，我看着自己的侧脸。在我这儿，他的嗅觉可不太灵敏，要不然就是他待人体贴，没有表现出来。

我和他并肩站在和平咖啡馆的旋转门前。我在想，带着这堆问题，我该怎么和他一起坐在拿破仑三世装饰风格的餐厅共进午餐。况且这个大问题已经变得很沉重。我并没有刻意把问题亮出来，是问题自己慢慢走到我面前的。格雷厄姆·理查德森，我在詹森中学的英国同事，这个难缠的小人提醒得很对："你们法国人只知道作为小说家和诗人的吉卜林，却不知道他在演讲台和报纸上说过什么，你们忽略了他阴暗的一面，有煽动性的一面。"后来，他再次被证明是对的，因为美国人对吉卜林的态度也和他差不多，1926年，《时代》杂志选了他当封面人物，与这份荣耀相伴的配图文字是"诗人鲁德亚德·吉卜林，声音响亮却没有桂冠"。我当时的反应是既惊讶又错愕。

当伦敦政治圈低声讨论刚被披露的《锡安长老会纪要》①时，《泰晤士报》为这份在媒体内部流传的所谓

---

① 《锡安长老会纪要》，20世纪初在沙俄首度出版的反犹主题的书，描述所谓"犹太人征服世界"阴谋的具体计划，后被用作反犹宣传工具。该书的英文版1920年2月首度在英国出版，《泰晤士报》发表了一系列评论，提醒人们警惕这本反犹宣传册，揭露该书剽窃了更早发行且没有反犹桥段的政治讽刺文学作品。

"劲爆材料"写了篇评论，虽然评论指出这是一本"令人不安的宣传册"，却也助长了它的影响力。这本小册子引起了所有人的好奇心。伦敦颇具影响力的右翼报纸《晨报》的主编格温对它的真实性表示怀疑，还称它为"布尔什维克报告"。他让人用打字机把小册子的内容打出来，然后印了几份，寄给一些社会名流，其中就有他的友人兼精神导师吉卜林。吉卜林看完后告诉他，这是"二十年前德国哲学界炮制出来的东西"，不过，里面提到的计划，从本质上讲，完全符合国际犹太人①已经取得的和继续取得的成果。他还在固执己见，在他看来，犹太人在欧洲、美国和巴勒斯坦都是麻烦制造者。随着年龄的增长，这种只在私人生活里显露的倾向变得越来越突出，而且渐渐与亲伊斯兰的倾向结合起来。后一种倾向主要表现为经常呼唤真主，也同样表现为他明确且坚定地支持用伊斯兰教解释世界。吉卜林说他在印度长大，长期受这种宗教影响，因此自然形成了这种长期的倾向。有一天，我对他的口头禅"真主知道这是事实""感谢安排万事的真主"表示惊讶后，他对我说："我和穆斯林一起生活过，一个人的倾向取决于他出生的地方。"他根本就不信神，能和先知扯上什么关系？这是他特有的丹迪

①　"国际犹太人"的提法源于反犹宣传册《国际犹太人：世界最紧迫的问题》，1920年由美国著名的汽车大王亨利·福特撰写并出版。

风格①还是挑战社会的方式，或是两者的混合？要不然，这就是他对自己的创作守护神的隐喻，或是展现人世无常的方法。我和他陷在这些话题里，但还得凑合着跟他聊下去。

"别说这些了！去吃饭吧，亲爱的朗贝尔！"

乔治先生是和平咖啡馆的老领班，祖母常年用调皮的微笑贿赂他。他在一个类似隔间的地方为我预留了一张桌子，这样完全不会被服务员和顾客的来回走动和噪声打扰，要不是这里没有门，我差点以为自己身处拉佩鲁斯餐厅为参议员和轻佻女子准备的包厢。再次见到我，吉卜林看上去很高兴，尽管他脸色阴沉忧郁。他来巴黎是为了看医生。儿子失踪以后，他备受十二指肠溃疡（我了解这种病，因为我在学校的一位友人就得了这种病）折磨，不过伦敦的医生并不认为他得的是这种病。他试了各种法子，甚至喝特别多的牛奶，把牛奶当成保护肠胃的敷料，还是无济于事。内出血或者胃穿孔会让他失去自控，碍于教养，他不能过多表现出来，然而，一个苦笑、一个尴尬的动作就足以让人看出他在强忍病痛。好像是为了打消我的疑虑，他从口袋里掏出医学院

---

① 丹迪风格（法语 dandysme，英语 dandyism），18世纪末欧洲兴起的一种精致而不墨守成规的穿着风格，后延伸到思想方面。

给他开的镁乳①，一脸严肃地把那个蓝瓶子放到自己面前，仿佛要接受它的挑战。

"啊，焦虑的负面作用又出现了。消化系统的老毛病，1915 年就有了。具体的日期嘛……亲爱的朗贝尔，原谅我辜负了我这么喜欢的法国美食，可是您也知道……印度咖喱，还有所有辛辣的东西，我都不能吃了！从现在起，只能吃鸡肉、鱼肉，还有各种各样的水果和蔬菜！葡萄酒只能留给客人享用，您是我的客人，我们就不必拘礼了。我就喝苹果酒吧。"

我和他点了一样的食物。虽然我并不觉得苹果酒难喝，但我不想让他羡慕我能喝酒。还没等领班记好我们点的食物，他就凑到我耳边说：

"您早就知道了，不是吗？您几乎无所不知，您调查过我……"

我尽可能不引人注意地清了几下嗓子，正准备大声反驳，他又继续往下说：

"好了，我知道，您和我的秘书、一些工作人员、村里的人、神甫、厨师甚至司机，以及其他什么人都有联系。"

"我也和您本人保持通信联系，这都是因为友谊，而

---

① 镁乳，学名氢氧化镁悬浊液，用于中和胃酸过多和治疗便秘。

不是不正常的好奇心，请您相信我。"

"您甚至还跟我的朋友通信！顺便问一下，我的朋友朱莉娅·德皮尤 ① 跟您说了什么？"

"她没有告诉我任何秘密……和别人一样……就是，您儿子死后，您好像变了个人。"

他慢慢摇头，目光低垂，一言不发，推开面前他刚盛赞过的番茄凉汤，厨师在这道混合了草莓、羊奶酪、黄瓜的番茄凉汤里巧妙地加了一点儿马鞭草。他的突然沉默完全不是装出来的，是在向我无声地吼叫着他的疑惑——为什么生命厌倦了这具还不满十八岁的身体？为什么约翰无权体验别的年龄？……他仿佛陷入了梦境，在突然听到儿子的声音后清醒了过来。离我们最近的那张桌子上，两个孩子在互相扮鬼脸，祖父母生气地看着他们。吉卜林像是被他们逗乐了，略带挑衅地看着他们玩游戏。

"还有《高卢人报》的那个记者，我想不起来他的名字了……"

"约瑟夫·库迪里耶·德·沙赛涅？"

"对，就是他。我跟他谈了很长时间。我们聊了政治，聊得挺投机的。"他笑着说，"我终于有机会感谢德

---

① 朱莉娅·德皮尤就是前文提到的美国慈善家、社会名流朱莉娅·卡特林，德皮尤是她第二任丈夫的姓。

国了，它让法国和英国团结起来，一致对抗德国佬！我
欣赏你们的普恩加莱，还有克里孟梭，他毫不妥协，真
是了不起！我们呢，我们只有劳合·乔治，这个讨人嫌的
家伙完全不想羞辱德国，呸！您知道的，在英国，没有
多少人支持法国占领鲁尔区，也没有多少人反对温和执
行《凡尔赛条约》，让德国人好过一些。大家都秉持着和
平主义，这也太乐观了！别忘了，所有国家最后都会变
成自己的影子。算了，可是您为什么要去见《高卢人报》
的记者呢？谈话内容都在采访里……"

"我想知道的正是采访里没有的东西。我以前的一位
同事在那家报纸做校对。他告诉我，就在灌版前，有人
让他删掉一句话，说是您审读后的意见。"

"哦，是吗？"他假装惊讶地说。

"您温柔地抱怨您妻子的那句话。我记得是关于德国
人的。以'她永远不会原谅他们'开始，以'我们的儿
子'结束。"

"其实，那句话没有什么意义。太个人化了。"

给了这个专断的回答，他就开始吃服务员刚刚小心
翼翼地端上来的带皮红鲻鱼鱼排了，乔治先生在一旁郑
重地报配菜名，以免食客忽略："精致烩菜、索卡饼 ① 碎

———————
① 索卡饼，法国南部尼斯地区的食物，是将混合好的面糊摊入铁盘放入
烤箱中烤制的一种薄饼。

屑、黑橄榄酱！"这些配菜足以媲美他在科尔马①尝过并给他留下极佳印象的酸菜。吉卜林的沉默也许会让人觉得压抑，不过，我对他还是有一定了解的，知道他不会沉默太久。

"总之，"他继续说，"如果有一个人，我差点儿能说上话，而你也没能说上话的，那就是他了。"

"他是谁？"

"约翰，我的儿子。"

"您迷上了神秘学？"

"差不多吧。"

"啊……"

"只是从艺术的角度，如果您想听的是这个的话。我和其他人一起体验过，当然，是为了了解这个东西。跟通灵体验、通天眼之类的特异功能以及所有我不了解的现代行话，完全没有关系。"

他想让人接收到的信息是这样的——别把我和我那个神经衰弱、有精神分裂症倾向的妹妹特利克斯相提并论，她已经躲在想象的世界里出不来了。我接收到的信息就是这样的，虽然他的许多短篇小说都和超自然现象

---

① 科尔马，位于法国阿尔萨斯大区东部，毗邻德国。后面提到的酸菜实际上就是德国酸菜（原文用了德语的拼写sauerkraut，而不是法语的choucroute）。

有关。我没有揪着这个问题不放，因为他似乎认为这证明了自己的文学创作已走向衰败，这对诺贝尔文学奖得主来说是很糟糕的。然而，我还是觉得他接下来给我讲的故事很不真实，虽然这个故事的真实性已经被盖章确认过。

"一个法国老兵跟我取得联系。他说自己是凡尔登附近一场炮战的唯一幸存者。他想把他那本《吉姆》和他的十字勋章送给我，以表感谢。他说，是我救了他的命。您能想象吗，他把这本书装在军大衣左胸位置的口袋里，一颗子弹刚好射在了书里面。难以置信，对不对？而且这颗子弹现在还在里面。后来，我一直和他保持通信。当他告诉我他儿子出生了，我当然请他收回这本书和勋章，这些东西应该留给他的孩子。这个人名叫莫里斯·阿莫诺。"

"我好像听说过。也许我跟他还有过一面之缘……"

"可惜您没早点告诉我！我本来可以介绍你们认识的。"

"问题是，您一直不肯在家里装电话。没有电话，您怎么生活啊？"

"和以前一样，如果有急事，就派人骑自行车去伯沃什或者埃钦厄姆的邮局收发电报。"

"可是您真觉得电话那么碍事吗？"我追问道。

"我受不了跟看不见的人说话。"

他的回答让我无言以对。说实话，我没有想到他是因为这个反对装电话。一般来说，最排斥电话的人会用"这样一来，电话一响，你就得跑过去"来回答，我很喜欢这个回答。他最搞笑的一点是，打着保护隐私的旗号坚持不装电话，可他忽略了，邮局正是流言蜚语的集散地。因为电话机不在隔间，你说的话，大家都听得见！照这么说，不装电话确实能保护隐私！后来，谈话转到我们最近读的书上面。我并不奢望能和他分享我对里顿·斯特拉奇[①]的《维多利亚名人传》的喜爱，虽然这本书极其巧妙地更新了人物传记的艺术，但我深知他对传记的蔑视，我不可能说服他去看这本书，更何况他还觉得作者是个不道德的人。至于那些年轻的"战时诗人"，不管是战死的，还是幸存的，我很难对着被新浪潮抛弃的帝国大诗人吹嘘他们有多厉害。总之，我很难跟他谈论战争。关于战争，我什么都说不出来，尤其无法跟别人讲述，因为我的身体对它已经麻木了，我的灵魂已经封闭。即使他独自一人或者和战争公墓委员会的人一起走访过很多战场，对战场有充分了解，我也不觉得我们能像专家一样进行对话。光是这个想法就让我觉得很丑陋。

---

① 里顿·斯特拉奇（1880—1932），英国著名传记作家。

事实上，我迫切地想和他再谈谈《如果……》这首诗。我原以为，从战场归来，我便不再关心这首诗的翻译了。恰恰相反，由于我们刚刚经历的一切，我觉得为这首诗寻找最佳译本这件事变得更迫切、更重要了。我译了几个版本，但中途发现了无数问题，我有太多问题想问他了，可又怕他不高兴。午餐快结束了，我越来越焦虑。他已经在期待和平咖啡馆的特色甜品千层饼和与之搭配的杏子冰糕了，要是他吃完甜点后把我一个人扔在这里，那可怎么办？

"您听说过我的译者罗贝尔·杜米耶尔吧？"

"我是从文学杂志上知道的。他带着连队冲锋时，胸口中枪了，他当时是第四佐阿夫兵团①的中尉。"

"难过，太令人难过了。"

我以沉默表示同意，因为我不想多说话，以免浪费直奔主题的机会。这时，他举起双手轻轻击掌，示意把他的外套拿过来，然后从右边口袋里掏出一卷格拉塞出版社的书放到桌上。

"我差点忘了！这本书，您读过吗？一部处女作，差点得了龚古尔奖。"

---

① 佐阿夫兵团，创建于1830年的法国外籍军团，1841年起全部由法国人组成，至1962年阿尔及利亚独立为止。

我读过《布朗勃尔上校的沉默》①吗？……这本书刚出版，祖母就命令我去读，因为这本书一定会给我带来冲击，她想让我提前有所准备。我对故事本身并没有什么感觉。故事中对英国的崇拜和喜爱是善意的，令人愉快的，即使它加强了人们对英国的成见，然而这些观念本身就很顽强。这本书理应获得成功。可问题是，里面有《如果……》这首诗的翻译，诗的题目换成了诗的最后一句——"你将成为一个男子汉，我的儿子。"好吧，这首诗有法语译本了，或者说，有一个法语译本了。这首诗我越读越难受。小说中的翻译官奥雷尔就是以作者为原型的，他漫不经心地把《如果……》翻译成法语。这本书让我觉得很沮丧，看到我这个样子，索菲亚甚至威胁说要把书扔了。我无法掩饰自己的尴尬，便对他说：

"实际上，他对您的诗的处理，让我……怎么说呢……"

"那就说出来啊！"

"让我很愤慨。这不只是背叛。我都没法形容。这不是吉卜林的诗，而是莫洛亚的诗。"

"本身就是作家的译者经常犯这个毛病，不是吗？"

---

① 该书作者安德烈·莫洛亚（1885—1967）是法国传记作家、小说家，一战期间担任英军和法军之间的翻译联络官。根据军旅生活写成的《布朗勃尔上校的沉默》(1918)让他一举成名。

“他根本没读懂您的诗。他唯一的功劳就是让读者以为自己读懂了这首诗。有些诗句和原文毫无关系，而且这个译本很快就被人们接受了，它流传得越广，损害就越大。”

“可是这首诗，您花了太长时间去翻译了！您现在进展如何？”

“等到瓜熟蒂落的时候，我会跳起来把它接住，以免它掉在地上。现在，它还没成熟，我的学生还得再等一等。”

“可是，您遇到了什么难题……您不理解这首诗吗？”

“应该说，我还没有完成对它的理解。”

如此频繁地遭受抄袭、剽窃，他已经变成了哲人。他把手放到我肩上，嘴唇和眉毛联动，组成表达怜悯的噘嘴。他在安慰我，好像我才是那个作品被人随意处置的作家。这真是太过分了！他想把我拉出窘境，可我并不想就这么算了。吉卜林靠在椅子上，往杯子里重新倒满苹果酒，他准备接受我的观点。

安德烈·莫洛亚不是我欣赏的那类人，就算他是作家，我也不会对他另眼相看，不过，我对他并没有敌意。战争期间，他担任第九师（苏格兰师）的翻译，还在卢斯战役中担任联络官，因此获得了一枚英国勋章和贝特曼庄园的认可。毫无疑问，他的英语很流利，但他并不能用英语做讲座。他真心钦佩吉卜林，吉卜林的书陪伴了他的青春期，让他从中养成了英雄主义的人生观。他把英国人理想化了，就像吉卜林把法国人理想化了一样。他说，英国人就像一片绿洲，四周被普遍的恶意包围却岿然不动。他很可能成为英国驻巴黎的文化使者。但我只在乎《如果……》以及他对这首诗做了什么。

他想忠于诗歌的精神而不是字词，同意！他选择了规整的诗句，放弃了比较接近的押韵，好的！他把五步抑扬格换成了亚历山大体，可以！他用四行连句让诗变得更轻盈，有何不可！但到头来，他既背叛了诗的精神，又背叛了诗的文字，这肯定不行！

"听听这句：如果你能爱人而不为爱痴狂，/ 如果你能坚强却不失温柔，/ 被人憎恨，却不憎恨他人，/ 还能战斗，保护自己……说真心话，您告诉我，《如果……》这首诗里有没有跟这个差不多的四行连句？没有，肯定没有。"

我又给他读了几段译文，他根本听不出这是他写的诗。这是肯定的！《如果……》的寓意之所以伟大，是因为它藏着一股狂劲，吉卜林也有这股狂劲（因为这家伙疯疯癫癫的，对此，我越来越深信不疑，他的创作天赋很大程度上也得益于这种不平衡、狂热、怪诞和迷茫，这也是他吸引我的地方）。他故意避开随韵①，以免让年轻读者读起来觉得很幼稚。他的诗慷慨激昂，无论是颂扬爱情、友谊、牺牲还是其他事物。这股热情让整首诗燃烧起来。然而，莫洛亚却把它变成了没有安全感、想成功又害怕风险的小资产阶级的行动指南。虽然整首诗透着不安和忧虑，但译者却把它变成了一首关于克制隐忍的赞歌，最后落到对坚强意志的赞美上来。我还不想就此打住，这一次，倒是暴躁的吉卜林叫我冷静下来，然而一阵厉害的咳嗽几乎让我窒息。

"别这样，亲爱的朗贝尔。说来说去，这也不过是一种自由改编。"

"可是，这首诗署了您的大名！您记得自己写过这样的东西吗？'那些国王神明、幸运女神、胜利女神／都将永远臣服于你／比国王和荣耀更珍贵的是／你将成为一个男子汉，我的儿子'除了最后这一句是按照您的原诗翻译的，其他几句，您还认得出来吗？根本认不出来！"

我对安德烈·莫洛亚有怨言，这样说还是太轻描淡写了。他把一首英文诗硬生生变成了法文诗。吉卜林鼓励年轻读者忘我悯人，他却解读成支配世界的欲念。他不是在翻译，而是在改编，在重写，把它变成了另一首诗。

---

① 随韵，又叫"连续韵"，简单来说，就是第一、二行押一个韵，第三、四行押一个韵。

他在翻译时如此随意，以至于把吉卜林的原意给弄丢了。确实有人这么做，雨果自行翻译莎士比亚的作品以后，这样的人就更多了。可莫洛亚并不是作家，他的工作要求他把原著当成毕生心血来尊重。

"至少，"吉卜林说，"他保留了每段开头的标记'如果你能'。"

"要是他把组织整首诗的重复标记都去掉了，他就应该……到军事法庭接受审判。"

"完全应该！"他大笑道。

我向他保证我的翻译在推进，我们的谈话对我的翻译是有帮助的，我还趁机问了他一堆关于标点符号的问题，诗里的每个标点几乎都问了（因为那是诗歌的气息）。我不是专业翻译，对这项工作并没有理论概念，只是基于一些坚定的信念：遵循形式上的严格要求才能实现意义与内涵上的一致，选择词语时要力求准确，认真推敲看似简单的结构。最重要的是，看清诗中构成吉卜林灵魂和精神的一切要素。我希望找到诗的创作背景，那片无人知晓的湖泊，吉卜林就是从那儿汲取了在他的作品中不常见的，连他自己都觉得惊讶的句子和表达法。我们每个人的脑海里都有一片这样的湖泊。

也许以后看"我们的"诗的校对清样时，看到用我的文字转述的他的文字，我也会体验到波德莱尔[1]说的学童第一次出水痘时的兴奋。谁知道"我们的"诗日后会不会印上几千份、几万份，成为类似于耶稣变面包[2]的奇迹？

离我们最近的那桌孩子变得越来越闹腾，祖父母要赶他们下桌，吉卜林温柔地对他们说：

"请不要把他们赶走，他们很珍贵！你们不知道自己有多幸运，能看到自己的孙辈……"

结账时，他突然停下来，摘掉眼镜，凑近盯着我看。我很尴尬，一度以为他要责备我选了这么贵的午餐。

"奇怪了，朗贝尔。我现在都不知道您在战争期间做了什么。您什么都没跟我说。"

"可是您也没有问过我呀。"

"是吗？"

我环顾四周，像是为了确认没有人在看着我们。我有点尴尬，因为要在富丽堂皇的第二帝国风格的餐厅里讲我的故事；我有点犹豫，因为这些衣着光鲜、心情愉悦的人可能会觉得扫兴。精神受创的老兵变成小说里的传奇人物，丽贝卡·韦斯特书里的主人公是这样的，

---

① 波德莱尔（1821—1867），法国诗人，象征派诗歌先驱，代表作有《恶之花》。

② 源于《圣经》的故事，讲述耶稣用5块面包和2条鱼干变出很多食物，分给5000个人食用的奇迹。

D.H. 劳伦斯的《查泰莱夫人的情人》也有这样的角色，不过，后者只有法国人知道，因为《查泰莱夫人的情人》在英国被禁了，里面的性爱描写太露骨，而且还有很多以 F 开头的脏话。最后，我还是开口了。

"战壕、泥浆、雨水、鲜血、寒冷、饥饿。步兵的日常生活。恕不评论。'暂居'前线的日子，除了噩梦，还给我留下了什么？对毒气的恐惧。它不仅刺激喉咙、鼻子、肺，还腐蚀皮肤、眼睛。它会把人撕裂。戴不戴防毒面具都一样。它的毒性会持续很长时间。您知道的，在卢斯战役，英军放了氯气，可是风把氯气吹回来了。于是，我们借助飘浮的云发动了化学攻击。很有诗意，不是吗？太可怕了，对两边都是。我被折磨了好几个月，之后才被送到凡尔登附近的瓦代兰库尔镇的医院。医生发现我的肺组织已经严重受损，我就像溺水了一样，支气管里的积液让我一点点走向窒息，晚上喘不上气来。后来，我被转到非战斗单元。一个清理小组，负责清理沙场①，把遗体集中起来，确认死者的身份。还有什么比跟死人打交道更压抑、更累人、更讨厌的工作……水是我们最常见的敌人，我们一直在与它斡旋。我们就像穴

---

① 沙场的法语原文为 "les champs d'honneur"，可以直译为"荣誉之地"。此处作者借用了让·卢欧1990年出版的同名小说。该作品讲述了第一次世界大战对一个普通法国家庭的影响，获得了当年的龚古尔奖。1998年香港的中国文学出版社出版了该书的中文版，译名为《沙场》。

居人，在变成了运河的战壕里干活，走来走去。有时，我们要去暂时平静下来的战场，踏入无人之地，在那里，一些垂死之人还在喘气，冰冷的气。做这些只是为了进行民事登记，好把他们的遗产算清楚。过完了 1918 年的春天，我们不得不重来一遍，因为德国人把很多墓地炸得稀烂。死了的人再次遇害。因为我会写字，后来就被安排在办公室里写死亡证明。"

"这，就是战争……"

这一次，他听我说了很久，没有打断我。我说话的时候，他的脑袋好像缩进双肩之间，仿佛故事颓丧得让他想消失。我看到他的盔甲裂开了一道缝。我的讲述会增加我们之间的关联，但也会让这些关联失去活力。他可能会因此讨厌我。毕加索就很讨厌康维勒①，因为他俩认识的时候，毕加索还住在"浣衣坊"，一间简陋破旧的工作室里，在画商眼中，他看到了自己以前落魄的样子。我没有任何恶意，但我在留意气氛的微妙变化和假动作的出现，等着看他变成另一个人，这可能会成为一个事件，然而什么都没有发生。

等我说完后，吉卜林把一只手放在我的肩上，直视

---

① 康维勒（1884—1979），出生在德国的法国画商，1907 年在巴黎开了第一家画廊。他在经济上支持艺术家，并且通过广泛的活动来推广艺术家的作品，是立体主义崛起的推动者。

我的眼睛，我仿佛看到了约翰的脸凝固在他极其严肃的表情中。无论是鬼魂还是幽灵，约翰都住在他的身体里。我们一言不发，走出了和平咖啡馆。在卡普金大道上没走几步，乔治先生就追了上来，把落在餐桌上的那瓶镁乳递给他。等他走了，吉卜林转向我，他很激动，浑身颤抖着。

"跪下来感谢上帝没有赐给您一个儿子吧。"他以上帝之名对我说。

"我正想告诉您，我的儿子出生了。他有一岁半了。"

"对不起……他叫什么名字？"

"我和太太没达成一致。所以现在有两个正式的名字。"

"还可以这样？"他很惊讶。

"她选的名字是让，她一定要用这个名字。我选的……是约翰。"

他浓黑的眉毛往上挑了挑。他抱住我，这是他第一次拥抱我，一个温暖有力的拥抱，不是敷衍了事的勾肩搭背。然后，他渐渐走远，在雨后满是水坑的街道上艰难地前行，直到彻底消失在人海中。我依依不舍地看着他远去，他边走边摇头，就像一个孤零零的人在自言自语，然而并没有人在他耳边低语："没有什么可以填补逝者留下的空缺。"

7

最后的时光

　　三十年代初，贝特曼庄园里一切照旧，或者几乎照旧。请托之事多如雨点，请柬、申请络绎不绝。虽然吉卜林在英国的影响力减弱了，至少在某些阶层是这样的，但大部分读者对他依旧忠诚，而且他在世界其他地区的影响力不断扩大。在海外，新生代作家和诗人中出现了他的新崇拜者。在阿根廷，一个已经开始被人们谈论的先锋杂志创办人就很崇拜他，那个名叫博尔赫斯的青年才俊承认受过他的影响。可有的人却想隐藏他的影响。在巴黎，吉卜林的《要做国王的人》和康拉德的《黑暗的心》发表已经四十多年了，安德烈·马尔罗 ① 又在《王家大道》拾起了大冒险家的主题，他要感谢吉卜林的地

---

① 安德烈·马尔罗（1901—1976），法国作家，曾任法国文化部部长，代表作《人的境遇》是一部以西方人的视角看中国革命的文学作品，获得了1933年的龚古尔奖；《王家大道》讲述一个西方男子到东南亚丛林探险的故事。

方多得惊人：一开始的空白地图，沿着河逆流而上的叙述，追寻自己狂野的一面，对神明的恐惧……

吉卜林的信件太多了，一个全职秘书都处理不完，几位友人和充满善意的名流发起成立吉卜林协会之后，更是如此。吉卜林协会是一个很有活力的文学团体，目的是搜集整理所有可用于研究吉卜林的人生和作品的素材。看着自己被永久保存、供人研究，他有点心酸。

一些心怀恶意的社会新闻记者年年都说他像隐士一样幽闭在家，事实并非如此。贝特曼庄园的来宾留言簿可以证明，这里总是宾客盈门。大家还是像战前一样到他家聚会，用午餐、晚餐，共度周末。每位访客的名字都记录在案。如果有人败兴而归，这个人的名字旁边会写上 FIP——Fell In Pond 的首字母连写（大意是"掉进池塘"）。不过，大多数访客都盼着再来。有些人甚至因为待得太舒服而不愿离开，比如 1933 年之前担任法国驻英国大使的艾梅·约瑟夫·德·弗勒里厄①，他通常十二点半来吃午饭，下午五点半之前绝不会离开，将这样的行程说成是工作并没有什么说服力，反而暴露了他在英国过得十分安逸。这些都表明客人们在贝特曼庄园待得很惬意。安德烈·莫洛亚也受邀去过贝特曼庄园。之前，他

① 艾梅·约瑟夫·德·弗勒里厄（1870—1938），又译傅乐猷，1924年到1933年担任法国驻英国大使，之前担任过法国驻中华民国大使。

和吉卜林在西比尔·科尔法克斯^①女士位于切尔西的家中一起吃过午饭。这是二人加深了解的机会，吉卜林对他的写作计划很感兴趣，也得知他出生时的姓是赫尔佐格，所以对他的总体印象就是"一个受过良好教育的犹太人"^②。

被问到近况，吉卜林就说："我在工作，也在专心变老。"给我的回信里，他也是这么回答的。为了消遣，他去干农活，给园丁格莱西尔打下手。他觉得这样浪费时间很好玩。他已经过了计算快乐和痛苦的年纪，但还是显得无所事事，准确地说是没有正在写或将要写的作品。他还在写东西，即想象自己知道的或自以为知道的东西。一两本故事集，几篇回忆法国的文章，自传的提纲。这是他拒绝沦为自己的影子的证明。除了烦闷，这只沉默的蜘蛛。

他的写作在变，变得更复杂，因为他的内心被战争和战争后遗症困扰，变得愈发阴郁。无论是从哪个方面，哪怕是最敏锐的文学思想家，都无法把握作品的全貌，因为作品反映了作者变化无常的精神状态。吉卜林也不

---

① 西比尔·科尔法克斯（1874—1950），英国室内装饰设计师，20世纪上半叶的社交名流。
② 原文为英文。

例外。他还是经常和凯莉一起，在壁炉旁焚烧私密信件。他与珀西瓦尔·兰登的大部分通信都被烧了，兰登是他在布尔战争期间就认识的记者朋友，陪他旅行过很多次。这位可敬的伙伴去世时，吉卜林过于悲痛，以至于无法出席他的葬礼。"罗德西亚"的创立者塞西尔·罗兹①去世时他也是如此。现在，他的精神世界不再充斥着愤怒，而是填满了旧情。住在阿拉斯的友人给我寄来一份《北方日报》，上面的报道说，在卢斯杜德角英军公墓，吉卜林在墓地外围的纪念馆演讲时，一度哽咽到使演讲暂停。儿子失踪了十五年，他还是像第一天那样难受。要是能找到一面垒石墙，他肯定躲到后面去了。必须赶紧离开这个地方，夜幕即将降临，吉卜林花钱请的墓地工人要出现了，带着他的小号，和往常一样，在每晚同一时间吹响《安息号》②，这是英联邦军队纪念死者的音乐，现在用来缅怀约翰·吉卜林中尉，他被埋在北方平原某个"只有上帝知道"的地方。

---

① 塞西尔·罗兹（1853—1902），英国殖民者，政治家，钻石大王。他力促建立从开普敦到开罗的殖民帝国，1895年，夺得赞比亚河和林波波河河间地区及赞比亚河以北地区后，他将这片地区用自己的名字命名为"罗德西亚"，也就是今天的津巴布韦。

② 此处原文使用了英语"The Last Post"，字面意思为"最后的岗哨"。此曲通常在夜间用小号吹奏，向营地将士宣布就寝时间到了，在战场上吹奏此曲是向那些因为受伤或走失在外的战士宣告一天的激战结束了，可以循着号声找一个地方休息。

一切都会被遗忘，连我们觉得最难以磨灭的记忆图像以及爱人的容貌，最终都会消失，就如波德莱尔说的那样，"像雪下在了雪上"。只是子女早逝的事实仍然像第一天那样摆在吉卜林面前。他注定要用昏暗的余生寻找儿子的踪迹，直到自己离开的那一天。然而，无论何时何地，他都要表现得很稳重，不露出哀怨的神情。他把一切都放在了心里。让·吉奥诺 ① 把刚刚完成的《大畜群》献给了"一个死去的男人和一个活着的女人"。我立刻想到了吉卜林夫妇，虽然这种联想不一定有道理。面对衰老和死亡，吉卜林比大多数人更需要勇气，这与他卓越的想象力是成正比的。想象力曾让他成为时代的王者，然而在跨越生死之前，这个优点成了缺点。

人们没有看到吉卜林变老，他属于那种时间不会在其身上留下无情痕迹的人，年轻时，他就一脸老成，穿着过时的衣服。他不会认不出镜中的自己，因为他看起来总是那个样子，仿佛在努力模仿自己的肖像。在数不胜数的肖像里，他一直是那个样子，留着小胡子，戴着金丝边眼镜，额头开阔，一切都与他的姿势无比匹配。他的身材也没有什么变化，一直很瘦，很敏捷，凯莉的

① 让·吉奥诺（1895—1970），法国小说家，龚古尔学院院士。1915年参加第一次世界大战，1919年复员回到故乡马诺斯克，1935年投入反军国主义的斗争。《大畜群》的书名暗指人像牲畜一样被动地卷入战争。

身材倒是越来越敦实，步伐越来越沉重，动作也越来越缓慢。

我和他的法语译者路易斯·吉列相识于巴黎的一场文学活动。他告诉我，最近一次访问贝特曼庄园时，他看到吉卜林在书房为儿子立了一个小神龛，这让他很感动。我不知道吉卜林是否有悔意，如果有的话，他又有多后悔？我很在意他的《战争墓志铭》里的两句诗，因为可以有不同的理解。

> 如果有人想知道我们为什么死了，
>
> 告诉他们，因为我们的父亲撒了谎。

自省的时候，人生还剩下什么？吉卜林还做梦吗？他是不是又用童年时听过的土话做梦了？当年，印度仆人米塔讲故事哄他入睡，让他不再害怕黑暗和夜里的可怕东西。他的噩梦里是不是还有那个悍妇的恐怖身影，那个在"荒凉屋"代替了母亲六年的女人？恐惧中度过的岁月让他学会了观察别人的行为，不被表象迷惑，化解已经显现的冲突，保持怀疑，还有撒谎。特别是撒谎。"荒凉屋"把他变成了作家。这种说法有一定的可信度。可是到了暮年，这些昙花一现的梦境，虽然隔着遥远的岁月，一定会回来，重新占据他的大脑，还带着意想不到的新鲜劲儿。他是那种宁可自相矛盾也不愿自我否定的人。他总想着，一块石头要是放对了地方，就可以改变河流的走向。他出生于十九世纪中叶，尽管他的写作很现代，尽管他喜欢速度，对机器充满激情，但他在很多方面还是停留在他出生的那个年代。也许动物比人更能让他和旧世界连接起来。他的外表，他的穿着，他对世界的看法，一切都在大声地提醒他，一个 1865 年出生的人被转移到了二十世纪三十年代。他的脸很光滑，脸上的皱纹仿佛甩给了他笔下的年迈角色。吉卜林不仅代表了一个国家，还代表了一种诞生于古老大陆的文明，这座大陆历经坎坷，在战争、暴行和过去的岁月中重生。在饱经风霜的国度，人们的记忆会持续更长的时间。这些沉重的历史，我们到底还要背负多久？

艾尔西和爱尔兰卫队上尉乔治·班布里奇结婚后就搬到了剑桥郡，他们住在一座名为温姆波尔厅的城堡里。从那以后，一到晚上，贝特曼庄园就显得更加空旷了。想找点乐子的话，只能去伦敦。吉卜林去伦敦看过一次电影，拉蒙·诺瓦罗和弗朗西斯·布什曼主演的《宾虚》①。看海战和坦克对战的场景时，他特别害怕，因为之前有媒体报道电影拍摄时死了人。电影让他深受震撼，

---

① 《宾虚》，1925年弗雷德·尼勃罗执导的电影，讲述犹太王子宾虚被朋友出卖，沦为奴隶，几经磨难后重获自由并向仇人复仇的故事。

后来在巴黎短暂停留时，他又看了一遍。

他越来越喜欢跟狗说话，宁愿让它们陪着，也不要人类的陪伴。为了逃避和妻子四目相对的生活，吉卜林一直在寻找长途旅行的机会。埃及、巴西、加勒比群岛、百慕大……这些目的地太遥远，他不能像去苏格兰那样，带着"第四位图尔公爵夫人爱斯梅拉达"。这是他的第四辆劳斯莱斯幻影轿车，深绿色的。他让新司机维克多·巴斯克菲尔德好好照顾这辆车，不久后，司机换成了一个姓奇切斯特的人，他总是不停换司机。

现在，他真正的朋友，用一只手就数得过来。其他人不过是泛泛之交。小说家赖德·哈格德1925年去世了，记者珀西瓦尔·兰登1927年也去世了，之后，他的朋友只剩下国王乔治五世。国王说，吉卜林是唯一能和他相处的作家。事实上，他的圈子越来越小，交往的人也越来越少，这并不完全是因为他的世界观，也因为他偶尔表现出的残暴、恶毒和最阴郁的悲观。为什么他会对他的年轻律师约翰·莫德大喊"我恨你们这代人，因为你们愿意出卖任何东西"？人的性格无法再造，他和其他的人都不能。他本可以把自己的价值观传递给下一代，然而过激的性格引来了反感，破坏了他的理想信念。想在自己周围制造真空，就只能这样做吗？距离我们在韦尔内莱班见面已经十五年了，我惊讶地发现自己仍处于他第二亲近的圈子。还算不上是朋友，比泛泛之交强一点，勉强算是熟人，至少我希望如此。"哪怕你做了这么多。"索菲亚叹了口气。

政治新闻还是会让他很激动，不过他的兴奋点变了。吉卜林曾对墨索里尼早期的专制兴致盎然，现在他疏远了意大利独裁者。对德国人无法消除的恨使他对希特勒的各式花招产生了免疫力。纳粹初登慕尼黑街头，他就开始揭批这种对欧洲乃至整个人类文明都很致命的威胁。三十年代，他发表的每一篇专栏文章都要揭批纳粹，哪怕有人因此把他当成强迫症患者或偏执狂，在当时的英国，这么看待吉卜林的人并不少，因为永不战争的和平主义和裁军的错觉经常战胜左右两派的良知。他对任何听得进他说话的人一再强调："对条顿人的狂热尚武，怎么警惕都不过分。"有人说，时间会冲淡我们的恨意。吉卜林可能是个例外，因为他对德国人的恨意始终未变，完全没有被岁月侵蚀。鉴于纳粹党霸占了印度教的万字符①，他要求出版商麦克米伦修改他的作品封面，以前的封面都印了这个符号和长鼻上绕着莲花的大象，即印度教中代表智慧、学识和谨慎的象头神犍尼萨。1933年希

① 即"卍"。后文说它与纳粹标志的旋转方向不一样，这一说法并不准确，因为在佛教文物上，左旋和右旋都存在。

特勒上台后，吉卜林更不希望他的作品引起任何误解，虽然这两个符号的旋转方向不一样。

要不是他还在猛烈抨击纳粹，提醒人们警惕纳粹，人们还以为他的愤怒已经冷却，化成了心中的苦闷。他不再像投标枪似的，抛出标志性的刻薄话。与其说他累了，不如说他倦了。不过，他的热情偶尔还是会被唤醒，主要是被他的德国出版商唤醒。

他最后几场重要演讲中有一场得到了媒体的广泛报道（这场演讲甚至还进行了广播直播），这次极具前瞻性的演讲是他在圣保罗大教堂，在乔治五世和玛丽皇后加冕二十五周年银禧纪念仪式上发表的。当时，民众被他激烈的言辞震住了，然而主流民意并没有改变，他们宁愿与德国维持眼下的和平，也不愿面对即将到来的威胁。他仍然不遗余力地在不同的圈子里大声疾呼，如圣乔治皇家学会，以同样的语气发表演讲。白费力气。工党不听他的，这也难怪，因为吉卜林言辞过激，说他们听命于莫斯科的共产党，说他们的理论是"没有子弹的布尔什维克"。但他也没有阻止自己的作品在苏联翻译出版，被人阅读、赞美，出版商也只是在他的作品前面加了一段文字，提醒读者作者有反"法西斯"和反"帝国主义"倾向。很多保守派对他也有意见，因为只要谈到德国和"嗜血"的希特勒分子，他就会破口大骂，表现得像个跳梁小丑。那段时间，即使是他的表弟兼好友，多次担任总理的斯坦利·鲍德温，亲爱的斯坦，也被贴上了"社会主义者"的标签，这就言过其实了。

事实上，谁也控制不了吉卜林。他这个人太难控制，太独立了。要想摆脱这个像卡桑德拉一样能预言飓风、暴雨和世界末日的人也简单，只要给他贴上激进的标签就好了。麻烦的是，对他们来说，他嘲讽墨索里尼时也同样冷酷无情，骂他是个精神错乱、危险的自大狂，还嘲讽英国法西斯头目奥斯瓦尔德·莫斯利，说他是小号法西斯，野心勃勃的野蛮人。他一直不肯原谅他的同胞，因为他们没有吸取战争的教训，他到死都会一直恨他们，因为在他看来，他的人民、他的国家、他的帝国只想着短期的生存，这就是问题的症结所在。在这个问题上，他是对的，有远见的。与此同时，他谴责所有支持印度独立的朦胧想法；他还支持本国最保守、最反动的一切事物，反对所有社会改革和男女平权运动，反对爱尔兰民族主义，批评犹太人，把世界上所有的混乱都算到犹太人头上……仿佛在他的生活里，最好的和最坏的是一个密不可分的整体。

面对希特勒，他没有缴械投降。这份英勇，我们必须承认。他深信德国改不了穷兵黩武的毛病，就算这称不上是民族特性，至少也是民族性格的一部分。他将德国视为国际社会里的黑帮，指责他们正在准备下一场战争。他反对将法西斯和反法西斯二元划分，预言德国将进入最黑暗的时期，在盟友的帮助下，德国将试图征服整个欧洲。多么清醒的认识啊！他的国家、他的人民、他的政府一门心思走绥靖路线，奉行和平主义，想依靠谈判解决问题，他却立刻看清了希特勒的野心。同样值得注意的是，他并不反感1933年上台的德国新政权崇拜秩序、驱逐犹太人。从此，在动荡的欧洲，所有的变化都让他感到陌生。他变得无动于衷。但在三十年代中期，一个作家呼吁英国人发挥才智以应对世界变化、战胜困难、统治世界，又有什么意义呢？

他快七十岁了，被疾病折磨，已经没有什么可以失去的了。而且他这个人一向口无遮拦，无论碰到什么情况，都不会自我审查。他已经到了忧郁感伤的年纪，作为作家，到了这个年纪，就应该为自己、为三五好友、为平息事态而写作。反正，他在作品里已经说了，评判作家要靠作品。然而在政治方面，他还是没找到那种能帮他把各种对立的观点粘在一起的神奇胶水。

现在，他随时都可能离开人世。要是没能在这之前和他最后谈一谈"我们的"诗，我肯定会悔恨不已。因此，尽管我对自己的翻译不太满意，尽管这件事注定永远处于正在推进①的状态，我还是想和他再见一面。当然，我不会贸然前去拜访，也不想影响他本已脆弱的身体。贝特曼庄园就别想了。最近去的人很多，好像大家都预感到他要走了。他的秘书向我证实了这一点。只有常客才能进门，他的女儿艾尔西和女婿、陶夫利布将军和他的夫人朱莉娅、米尔纳夫人、《晨报》的格温、贝特森上校，还有一些我不认识的人，他们有的来吃午饭，有的来喝茶，只有几个人享有周末拜访的特权。奥利弗·鲍德温是他最喜欢的客人，吉卜林把对约翰的爱转移到表弟的儿子身上。这也无可厚非，因为他们是同龄人，而且打仗的时候在同一个团。

贝特曼庄园，我想不出去那里的理由。不过我可以去巴斯，萨默塞特郡的温泉小镇，很符合上流社会的口味，也不过分浮夸。凯莉风湿病发作的时候，吉卜林经常陪她去那里做水疗。事实上，她的风湿病天天发作。媒体报道过他们在以下酒店的度假：巴斯温泉酒店、帝国酒店、大泵房酒店。入住哪一家取决于他们喜欢的套间是否空着。他喜欢巴斯，在他眼里，这座城市是个奇怪的混合体，是马德拉群岛②、法国南部、一点儿意大利

---

① 原文为英语，"work in progress"。
② 马德拉群岛有"大西洋明珠"的美誉，它隶属葡萄牙，位于非洲西海岸外。

和伯恩茅斯调成的鸡尾酒。波莱夫人是我在当地的向导。祖母去过巴斯，她给了我这位夫人的联系方式。这个法国女人几乎不会说自己的母语了。吉卜林夫妇在梅尔索姆医生的诊所看病时，她是专门为他们服务的按摩师。要是身体有问题，她会帮你解决；如果身体没什么问题，她就是最棒的导游。吉卜林夫妇无法离开贝特曼庄园的时候，她会去他们家，为他们按摩。他们特别喜欢波莱夫人，甚至还带她去过巴黎，给她在兰开斯特酒店单独开了一个房间，还带她去看了一位心脏病专家，那才是她去巴黎的神秘目的。

当他写信告诉我他必须去趟伦敦，再去见见他的医生道森勋爵和韦伯－约翰逊勋爵时，我在回信中借口说我刚好要去伦敦郊区的汉普顿宫皇家网球场，看法国和英格兰网球赛。鉴于吃饭太累了，他邀请我去他的俱乐部喝茶。应该说，是去他的一个俱乐部，因为好几家俱乐部争着邀请他当会员。有的俱乐部甚至像集邮一样，收集各个领域的诺贝尔奖得主。吉卜林很喜欢牛扒俱乐部，虽然俱乐部成立较晚，还热衷于组织社交活动，但它的特色在于成员是来自各行各业的同阶层人士，这让谈话变得不可预测。不过，他最后还是选了雅典娜神庙俱乐部，那是作家、知识分子、科学家和艺术家聚会的场所，他刚满三十二岁时就成了这家俱乐部的会员，这也算是一项纪录了。

我正准备离开多特街的小旅馆 —— 在这条街寻找狄更斯故居时，我发现了这家提供早餐的小旅馆 —— 女店主告诉我，接到了几通法国打来的电话。祖母和索菲亚给我留了信息。我粗略看了看，因为猜得到内容，无非就是催促我回巴黎。父亲已经病了好几天，她们要我赶回去见他最后一面。

我和父亲已经二十多年没见了。我不会因为他快要去世就跑去见他，还要因此错过和吉卜林的会面。我和他早已决裂。我们在所有问题上都有矛盾，我不认为还有什么能让我们和解。这就是人生的难题，每个人都有自己的理由。他们肯定又会跟我重复解释说他情有可原，可他们忘了，我不肯妥协也有我的道理。我和他的分歧不是政治上的，至少并不和政治直接相关，但比政治分歧更严重。这是一个关乎道义的问题，我们都完全深陷其中。德雷福斯案，只能是这件事。一个姓朗贝尔的人，在法国定居多年的共和派犹太人的后裔（1784 年的人口普查里有这个家族的记录，他们生活在阿尔萨斯的奥贝奈①），怎么能相信德雷福斯会通敌！父亲对德雷福斯案

—————————

① 奥贝奈，位于法国东北部阿尔萨斯地区，18世纪大量犹太人前来此地定居。

的态度让我十分愤慨。他有民族主义倾向，我完全没有，所以他加入了卡芬雅克[①]一派，这帮人坚决反对重审德雷福斯案。为了家庭和睦，我们把事件搁置一旁，就像把灰尘扫到地毯下面。如果父亲还有理性思维，他就应该承认对德雷福斯的指控是毫无证据的，德雷福斯受到了不公正的审判。可他被激情冲昏了头脑，加上莫拉斯[②]、巴雷斯[③]、都德[④]对公众良知前所未有的控制，让父亲比任何人都更强烈地谴责德雷福斯。他认为，德雷福斯要为人们的反犹情绪负责，因为他点燃了这种怒火，固执地要求正义，伤害了法国的利益。何况他自己就是犹太人，这就更让人难以接受了。

在这种情形下，父亲的自尊又算得了什么！他也是有罪的。我不是好战分子，我只是德雷福斯众多"不认识的朋友"中的一员，不管"不认识的朋友"这个说法

[①] 卡芬雅克，法国的名门望族，反对重审德雷福斯案的是戈德弗罗伊·卡芬雅克（1853—1905），他当时担任法国陆军部部长，他的父亲路易·欧仁·卡芬雅克（1802—1857）是法兰西第二共和国的将军，因镇压巴黎工人六月起义，被称为"六月屠夫"。

[②] 查尔斯·莫拉斯（1868—1952），法国作家，德雷福斯事件后，成为保王主义者，鼓吹反犹，宣扬种族主义，反对共和国和议会制度，主张恢复君主制，实行法西斯统治。1944年，法国解放后被捕，次年被判终身监禁。

[③] 莫里斯·巴雷斯（1862—1923），法国小说家、散文家。

[④] 莱昂·都德（1867—1942），法国小说家、记者。其父阿尔丰斯·都德也是作家，著有《最后一课》等。

是否自相矛盾。我之所以这么认为，是因为我给德雷福斯写过信，向他传达了一个无足轻重的教师的支持，这个教师除了管理巴黎某高中一个班的学生，没有任何权威。读完左拉的《我控诉》之后，我也给左拉写信表达了我的支持，他的文章打动了我，从来没有任何一篇媒体上的文章能让我觉得如此震撼。但我不会去参加示威游行，我特别反感这类活动。我排斥的不是民众，而是乌合之众。在人群中，个体会变得野蛮，会退化成动物，融入一个不需要为自己的行为负责的群体，因为在这个不成形的群体里，责任被稀释了。我是支持德雷福斯的，父亲是对立阵营的。在我们家，观点对撞不像卡兰·达什①的著名漫画《事件》中的场景，把家庭聚餐搅得一团糟。我们家的观点对撞发生在聚餐之后，在星期天的客厅里，是父亲先起头的，他为我们高声朗读了《不妥协报》上的一篇文章，吐字清晰，语气中透着敬意。我的祖母，也就是他母亲打断了他，开始念自己写给德雷福斯的夫人露西·德雷福斯的信。他忍不住发火了。我们都知道，祖母支持那个有英雄气概的女人，她甚至说过，她觉得那个女人很有魅力，她很欣赏她的意志力、她的庄重、她的克制、她的奉献精神和刚强的性格。事实上，

---

① 卡兰·达什，法国漫画家埃马纽埃尔·普瓦雷（1858—1909）的笔名。

我觉得她是在这个女人身上看到了自己的影子。露西·德雷福斯引起了女性的强烈共鸣，这种共鸣超越了政治分歧和种族差异。那个周日，决绝的话冲口而出，耳光扇了，难听的话两边都说了，旧怨再次掀起波澜，最后，门被重重关上了。我脑海里闪过一个念头，父亲背着我们改信天主教了。的确，在德雷福斯这件事上，巴黎人比外省人表现得更疯狂。至于农村人，他们对"这一切"并不怎么关心。我们是老巴黎。星期天的家庭聚餐后，我开始不理父亲，我们再也没有真正交谈过。有时，要想忠于自己的内心，就必须对父母残忍一些。所以，我绝对不会回巴黎。

　　距离和吉卜林见面还有一刻钟，我已经到了蓓尔美尔街的雅典娜神庙俱乐部，在陶立克式①柱子间走了几百步。这是一幢新古典主义建筑，专供骄傲矜持的绅士使用。"第四位图尔公爵夫人爱斯梅拉达"准时出现，被称为"欢庆女神"的雕像点缀着她的引擎盖。和平咖啡馆的午餐后，我们已经十年没见了。吉卜林扶着我的胳膊下了劳斯莱斯，攀登雄伟的台阶时，他也一直抓着我的胳膊。尽管疲惫，他还是坚持带我参观了拥有百余年荣耀的图书馆。气氛如此柔和，材料如此顺滑，给人一种

———————

① 陶立克式，古希腊柱式建筑的一种，没有柱础，由一系列鼓形石料一个挨一个地垒起来。

在地面上滑行的错觉。鉴于他的名声和资历，他可以享用一张靠窗双人桌，这样的桌子只有两张，绝对是特殊待遇。这种从远处就能看到的细节，让人一进门就能辨别客人的等级。

"我几乎再没来过这里，这次真是为了您。以前，我觉得这里的人平均年龄高得出奇。现在，只有四十多岁的人会恭敬地用先生称呼我。除非……"

我在心中暗暗祈祷，千万不要遵守闲谈的神圣规则，那是我最讨厌的英式礼仪。什么都可以聊，最常见的话题是变化无常的天气，还有政治、生意之外的任何话题，目的是让谈话轻松愉快，可聊到最后，什么都没说。他在两个会客厅之间犹豫了一番，终于找到了理想的位置，一个足够隐蔽的角落，尽管俱乐部是少数几个让他不用担心有人窥探的地方之一。要是对着另一个像他这种状态的人，大家肯定会说这个人一下子老了不少。吉卜林倒没有，他还是最初的样子。随着年龄的增长，他的举止也更庄重了。这一天，他显得很僵硬，衣服有点大，让他看上去耸肩缩颈的。他坐在黄褐色的皮质扶椅里，对人说话的时候要把整个身体转过去，而不是扭头。刚说了几个字，他的声音就让我不安起来。这个声音不再像我熟悉的声音，就像乐器失去了原有的音色。医学院再次诊断他得了脐疝，但医生担心做手术也无济于事，只好让他接受按摩治疗，可这并不能缓解疼痛。他对我说，仅剩的那点智慧告诉他，要多听几个医生的意见。他觉得巴黎的乔治·鲁医生的诊断是最准确的，即十二指肠溃疡。这个问题困扰了他二十年，也就是从军方宣布约翰失踪的那年起。然而知道病名并不能减轻病痛以及疾病对人的影响，因为当时没有有效的治疗方法。我想起十年前，他的家庭医生约翰·布兰德·萨顿爵士把他的牙全拔了，因为医生认为他的疼痛源于上颚的病灶……我对他深表同情，同时也想到了他的《疼痛赞歌》，那是几年前出版的《极限与更新》里的一首诗。

当你变得健忘，
疼痛渐渐消失，
解脱的假象刚一出现，
虫子和灼痛又开始了……①

在这首诗里，吉卜林提出了一个观点——疼痛可以减轻忧伤，消除悔恨。只有深陷不幸的人才能写出这样的诗句。

他想知道自己能不能撑过冬天，直到春暖花开。以

---

① 丹尼尔·努里译。——原注

他现在的身体状况，他可以在白天工作几个小时，读一会儿高尔斯华绥①、简·奥斯汀或者他心爱的贺拉斯，仅此而已。听到他用疲惫的声音告诉我这些，我很难过。疾病为数不多的好处就是逼迫人们掀开、取下、扔掉面具。失去所有伪装，彻底暴露自己。吉卜林还在挣扎。他一生都在写作，迎接创作精灵的挑战，战胜痛苦的回忆，最后却被自己的病痛打垮了。

"您的'朋友'安德烈·莫洛亚给我寄来了他最近出版的爱德华七世的传记。您读过吗？"他问我。

"没有……他沾上了崇拜英国的风气，英国风在法国吹得正猛。读者赞美年轻作家时并不知道自己在做什么，其实，他们是在鼓励作家沿着同一个方向走下去。和很多人一样，莫洛亚崇拜英国：大本钟的魔力、粗花呢的神秘……我担心他会变成一个盲目崇拜英国的人。对他来说，未尝不是好事！"

"当然，他还有马克·吐温②这样的人做伴！马克·吐温很了不起，不仅因为他的作品，还因为他的影响力，即使对今天身处庸俗年代的人，他仍然具有影响力。年

---

① 高尔斯华绥（1867—1933），英国小说家、剧作家。
② 马克·吐温（1835—1910），美国作家、演说家。自1872年第一次游历英国以来，他因对英国及其文化表现出喜爱和崇拜，被认为是亲英、崇英的美国作家。1907年，他再次来到英国，接受牛津大学的荣誉博士头衔，还受邀参加温莎城堡的宴会，和英国国王爱德华七世相谈甚欢。

轻一代要是发现自己受过这个人的影响，一定会很惊讶。"

谈话只围绕文学，茶也变得可口起来。总之，比听他说蔑视甘地或者把埃蒙·德·瓦莱拉 ① 说成是杀人犯之类的话要好。后来，我们谈到《吉姆》《勇敢的船长》《消逝的光芒》，他的这几部小说正被改编成电影剧本。接下来，我不禁再次怀疑，他是不是为了把话题抛给我，才故意说了一句不相干的话。

"您和我的朋友路易斯·吉列再见过面吗？"

"我给他写过信，问您的《法国回忆》翻译得怎么样了。"

"他翻译得很好。"他提前告诉我他的结论。

"这一点毫无疑问。不过我不太理解，他为什么把'低调陈述'翻译成'低估'。"

"哦，这一点，我也觉得奇怪。低调陈述不是轻视事实，而是故意弱化。他还让这个词有了负面色彩。这肯定不行，我已经跟他说过了。不过话又说回来，不是所有的译者都必须把古人的眼泪转化为基督徒的哭泣……"

"还有您谈到特罗加德罗宫的那段，真的……"

"那段，我倒是很喜欢，因为我记不清那个地方是什

---

① 埃蒙·德·瓦莱拉（1882—1975），爱尔兰革命者，1937年使爱尔兰自由邦与英联邦分离，成为主权国家，二战后担任过爱尔兰共和国总统。

么样了。吉列把'一栋被称为特罗加德罗的建筑'译成
'一栋被称为特罗加德罗的粉色、大腹便便、带角的巨型
建筑',这样就好多了……您呢,《如果……》翻译好
了吗?"

我用颤抖的手递给他一张纸,他摘下眼镜准备读。
他一点儿也不急,捋着胡须,嘴角露出一个小表情,浓
眉上挑。他没有看就把纸折好,递还给我。他直勾勾地
盯着我的眼睛,脸上露出坦诚的笑容,突然对我说了一
句话,把坐在附近低声聊天的人吓了一跳:

"准许印行①!"

听到他亲口说对这个译本没有异议,我感到欣慰。
总有一天,他会读到"我们的"诗。与此同时,这种奇
怪的反应也让我有点担心。不过,他的任何反应都不会
让我觉得意外。我的幸福很短暂,因为他的脸色突然凝
重起来。

"您在写一本关于我的书?"

"绝对没……"

"那为什么要做这么多调查?"

"我告诉过您,这完全不是调查。"

"我相信您……不要写书,什么都不要写,我死了以

---

① 原文为拉丁语"nihil obstat",大多数天主教文献上都有这句话,指出
出版物已经通过审查,没有任何冒犯教会的内容。

后也不要写。想到我不在这世上了，还有人利用我和我的作品挣钱，那实在是太可怕了，没有什么比这更让我害怕的了。"

我们的谈话就此结束，倒不是因为我们已经没了话题，而是因为他越来越疲惫。我们以好朋友的姿态告别了。然而，我们真的是好朋友吗？他的司机和"爱斯梅拉达公爵夫人"在俱乐部门口等他。他没有问我要不要搭车，就算问了，我也会婉言拒绝。尽管这里离我的酒店很远，我还是想走回去。大概要走一个小时。六十分钟后，我读到了给我的留言信息。走回去的这段时间，哥哥还发来一封电报。回到酒店，我先看了他的电报，上面写着："爸爸已经离开了我们。尽快回家。"

生命中总会出现这样一个时刻，成为父亲的父亲之后，会突然转换身份，变成孩子的孩子。吉卜林和我可能一直都在玩这个游戏，只是完全没有意识到。然而……我从来没想过他是我的代职父亲。他也从来没想过把我当成那个已经走了的儿子，就像他对奥利弗·鲍德温那样。他再也没有儿子了，从今天起，我也再没有父亲了，这句话比以往任何时候都准确，事实就是如此。不管怎么说，已经快结束了。索菲亚在"我们的"诗诞生时就看到了这种迹象。死神快追上他了。他决定写《谈谈我自己》（书名是他的医生建议的），类似死后发表的自传。他一直拒绝这类写作，这违背了他的原则。尊重隐私，又是这个理由，永远是这个理由。想从这本书里找到他对约瑟芬和约翰的回忆完全是徒劳的。那两个比他先离世的孩子就像是不能和别人分享的回忆，提到他们会被人解读成软弱。直到最后……他也不肯吐露真言，哪怕话都到了嘴边。愧疚感一直折磨他，啃噬他，他就像和秃鹰生活在一起。每个人离开的时候都会带着自己坚不可摧的内核。他的内核，无人知晓。他早就决定了，不让任何人知道。

他之所以同意写回忆录，是因为"吃人"的传记作者已经围着他转悠了很久。虽然他自己未必相信，但他希望借此劝退那些人。《谈谈我自己》的最后一句应该是他亲手写的最后一句话，这句话的最后一个词是"死亡"。看来他已经在另外一个世界写作了。

到了暮年，他已经没有气力了。躯壳越来越不受控制，现在更不听话了。他越来越衰弱，妻子和女儿问他："你不舒服吗？"他回答说："不是，就是觉得浑身没劲……"等待死亡降临的时候，他有没有觉得人生终于轻快了些？关于他快不行了的流言在伦敦流传开了。有一家报纸甚至宣布了他的死讯，于是他给报纸写了封信，语带讽刺地告诉他们，这则消息登早了，考虑到他的个人信息应该保持一致，报纸的订阅部应该把他从用户名单中删除。他还有一些拉丁学者的风骨，甚至会自比塞涅卡①，因为塞涅卡写过："克劳狄乌斯②看到自己的葬礼，终于明白自己已经死了……"

1936 年初，吉卜林夫妇去了伦敦，准备从那儿出发去法国南部。长途旅行前，他们去女儿艾尔西在汉普斯特德③的寓所休整了一下。第二天晚饭后，在布朗酒店的房间里，他喊胃痛，就像 1915 年那个倒霉日子以来一直折磨他的那种痛，可是这次更剧烈。这就是最后一击。他立刻被送到米德尔塞克斯医院，直接住进新投入使用的伍拉文顿病区的私人翼楼，那是专门为有钱人服务的病房。要处理内出血和腹膜炎。他的溃疡导致了胃穿孔。由韦伯－约翰逊医生主刀，手术并不成功。

谁不希望死亡能带走所有问题呢？两个孩子先后离世，和一个不关心他的女人生活了四十多年。跟这些比起来，他的成功、名誉和财富又算得上什么？几乎毫无价值。除了幸福，他什么都体验了，或者，他只是短暂地体验过幸福。

---

① 塞涅卡（约前4—后65），古罗马哲学家、剧作家。
② 克劳狄乌斯（前10—后54），也被称为克劳狄一世，罗马帝国朱里亚·克劳狄王朝第四任皇帝。这句话出自塞涅卡的讽刺散文《圣克劳狄乌斯变瓜记》。
③ 汉普斯特德，位于伦敦北部的富人区。

我希望他走的时候是平静的，能感受得到时间的温柔流逝，有一种解脱的感觉，终于摆脱了折磨他的一切的感觉。不过，我知道他一定是在愤怒、苦闷和失望中离去的，他体验不到很多人临终前的那种异常轻飘的感觉。他会不会想起莎士比亚十四行诗里那些让他无法忽视的话？

"等你过了盛年，除非你有个儿子，否则，你死的时候，没有人会注意到。"①

1936 年 1 月 18 日凌晨 0 点 10 分，他走了，享年七十岁。当天是他结婚四十四周年纪念日。鲁德亚德·吉卜林终于从自己的身体里溜走了。他身边的一切终于恢复了秩序。遗体保持原状，盖着英国国旗，停放在医院的小教堂里。不久，遗体在戈尔德斯格林公墓火化。

儿子的死会要了他的命，这是早已注定了的。

---

① 由维克多·雨果译成法语。——原注

尾 声

伦敦，威斯敏斯特教堂，诗人角
1941年1月23日

好了，儿子，这就是我和吉卜林的全部故事。

很奇怪，五年前的今天，在此地举行的葬礼让我得到了解脱，对他的崇拜原本会把我一直困在这段关系里。我必须打破这层关系才能找到自我。完完全全地做我自己，不再通过他来做我自己。我永远不敢自称是他的朋友，更何况儒勒·列那尔 ① 在精彩的《日记》里的悲观论断一直萦绕在我心头。他说，吉卜林没有朋友，只有短暂的友谊时刻。我应该体会过这种时刻，在他作为约翰的父亲强忍眼泪的时候，在他不再是帝国的伟大诗人，只是痛失了两个孩子的老父亲的时候。在约翰去世之前，

---

① 儒勒·列那尔（1864—1910），法国现代小说家、散文家、戏剧作家。《日记》是作家1887年到1910年写的私人日记，在他死后结集发表。

我和他短暂的交集增强了我的同感。

夏末，这样的天空很罕见：被夕阳染红的云朵跳出蓝色的天幕，那么低，仿佛触手可及，形态那么优美，各不相同，有的孤独，有的成群，那是柯罗①描绘的梦境。

我和我的儿子约翰现在身在伦敦，在威斯敏斯特教堂散步、聊天。教堂广场是这个国家的伟人完成自己的故事后接受祖国致敬的地方，哪怕他们的故事发端于遥远的地方。

我经历过一点英国的旧体制，那个时代的标志就是维多利亚女王漫长的统治，两次世界大战之间的这段时期只是这个时代最后的火光。1914年之前的世界和1918年之后的世界很不一样，但也算不上天差地别。毫无疑问，对后世来说，鲁德亚德·吉卜林在这两个世界都是了不起的人物。

我最近才知道，1940年德国占领法国以来，洛斯昂戈埃勒的杜德角英军公墓的园丁不能再为约翰·吉卜林中尉吹《安息号》了。我还得知，《如果……》中的这两句诗②被刻在温布尔登中央球场的球员入口。不过，最让

① 柯罗（1796—1875），法国写实主义风景画家和肖像画家。
② 这两句诗指的是：If you can meet with triumph and disaster/And treat those two imposters just the same（如果你能面对胜利和失败，不被两者的表象欺骗）。

我感动的是，人类学家保尔·里维在 1940 年 6 月 14 日德军进入巴黎的那天，把这首诗贴在特罗加德罗宫人类博物馆的大门上，抗议法德停战。

我不在乎这首诗的法语译者是谁，重要的是它的象征意义，尽管……1940 年 6 月，戴高乐请诗的译者安德烈·莫洛亚利用自己的声望为自由法国效力。他做了什么呢？他立即流亡到美国去了。英国人觉得自己被友人抛弃了，背叛了。

至于我的译本，三十年代末，我工作的学校和其他一些学校用的就是我的译本。知道这个译本的人并不多，虽然《两个世界评论》和《法兰西信使》还提议在纪念吉卜林的特刊上登载我的译本，我还是拒绝了这个颇有诱惑力的邀请。1936 年，悼念吉卜林的国家很多，法国也不例外。巴黎台和巴黎广播电台这两家电台还在节目里朗读了他的诗。社会党人在《人民报》上赞美他的才华。保尔·莫朗①在《费加罗报》上宣称他是那个时代最伟大的短篇小说家。《新文学报》更夸张，居然在大标题上写着"大英帝国的荷马"。《新法兰西杂志》原谅了他反对印度独立的立场，理由是他拉近了两国人民的距离。《精神》杂志宣称在他身上看到了《旧约》中的某个人物

---

① 保尔·莫朗（1888—1976），又译保尔·毛杭，法国著名作家、外交官。

的影子。这种评价他不一定喜欢，当然《新约》他也不见得喜欢，虽然里面的先知少一些。

要是公开发表我的译本，我会立刻收到多如雨点的批评，就连英国最偏远地区的学究和讨人厌的教师也会写信给《泰晤士报》，以"某某先生"开头，他们会吹毛求疵，为一个逗号争论不休，更不用说那些会给《吉卜林日报》编辑部写信的高傲学者和"吉卜林神庙"的守护者了。我更愿意藏着我的译本。这个选择让我受益匪浅。

今天，我久久注视我的儿子，他穿着自由法国的军装，如此优雅，如此醒目，如此渴望去战斗，他正静静地在教堂中殿的无名烈士墓前默哀。吉卜林的诗句从我的记忆深处，从不知深浅的时光隧道里涌了出来，萦绕着我。不是《如果……》里那些积极的诗句，而是"也许我们已经杀死了我们的儿子！""可谁能把孩子还给我们？""如果有人想知道我们为什么死了／告诉他们，因为我们的父亲撒了谎"……

我的祖母，愿她的灵魂安息，她教育我永远别向童年的感受屈服。"父亲会怎么做？"这个问题困扰过我。年轻的时候，这句话总在耳畔回荡，就像通奏低音①，直

---

① 通奏低音，巴洛克音乐最重要的特征之一，是主调和声织体，它有一个独立的低音声部在整首曲子中持续进行，因此被称为通奏低音。

到我看到他跨过卢比孔河 ①，加入另一个阵营，我才从中解脱出来。幸好他在德国占领法国前就去世了，要不然我还得忍受耻辱，看着他支持的反德雷福斯分子执掌维希政府。

父亲会怎么做……至少我儿子不用问自己这个问题，他早就知道我对德雷福斯事件和战争的立场，肯定猜得出如果我在他这个年纪，会在维希政府和戴高乐之间选哪一边。我们会在同一阵营。现在，他对我和伟大的吉卜林的交往有了更多的了解。我愿意相信，这段交往影响了他，他决定在伦敦穿着这身制服入伍和这段交往不无关系。不管结果是好是坏，我都有责任。他肯定没想过这个问题，因为这是他听从内心做出的选择，他无法想象自己违背内心而苟活。我也看不到他有什么别的选择。

人只有老了，才能理解父母的想法。现在，我可以站在父亲的角度思考问题，因为我也成了父亲。不过，我并没有改变阵营。

漫步在教堂中殿，我迷失在自己的思绪中，约翰完全没想到占据我思绪的就是他。他问我："爸爸，你在听

① 卢比孔河，意大利北部的一条河流，"跨过卢比孔河"是西方谚语。公元前49年，恺撒破除将领不得带兵渡过卢比孔河的禁令，带兵进军罗马与庞培展开内战，并最终获胜。因此，"跨过卢比孔河"的寓意相当于"破釜沉舟"。

我说话吗？"我不能告诉他，我在思考希莱尔·贝洛克的命运。我最近在《泰晤士报》上读到这位法裔英国作家的故事：1918年，他的长子在康布雷阵亡，1939年，他的小儿子同样死在德军的炮火下，是在德国轰炸斯卡帕湾皇家海军基地时阵亡的。

我们在教堂博物馆的蜡像前停下来。儿子来见我之前，我在脑海中搜寻的那幅画现在突然从记忆里跳了出来。上次参观泰特美术馆时，这幅画给我留下了深刻的印象。我现在想起来了，这幅画就像从画框中被掏出来，凭自己的内力从墙上挣脱，就像明希豪森①男爵，抓着头发把自己从流沙中拉了出来。

"你在想什么？"儿子有点不耐烦

"我在想一幅画，透纳②的《滑铁卢战场》。吉卜林在兰斯道恩勋爵位于卡恩郡附近的博伍德庄园有幸见过透纳的真迹。但我不知道他看没看过这幅画。一场不折不扣的杀戮。滑铁卢战役结束两年后，透纳带着铅笔和素描本去了旧战场。他不仅描绘了法国革命战争的最后一

---

① 明希豪森（1720—1797），18世纪德国汉诺威的一名乡绅，他出版的故事集《明希豪森男爵奇遇记》中有这样一则故事：一次行游时，他不幸掉进流沙，四周无人帮助，他用力抓住自己的头发把自己从沙坑中拉了出来。

② 透纳（1775—1851），英国著名画家，以善于描绘光与色的微妙变化闻名于世。

战，还第一次让人们看到妇女擎着火把，在炮轰后的死
人堆里辨认男人的遗骸，父亲的、丈夫的、兄弟的、儿
子的遗骸……他的绘画受了伦勃朗的影响。画面黑乎乎
的，阴暗、悲惨、绝望。这幅画对我影响很大。现在我
知道自己为什么对这幅画着迷了。对我来说，不管吉卜
林做过什么，说过什么，写过什么，他将永远承受丧子
之痛。"

　　我们在这座几乎见证了所有英国君主加冕的教堂里
转了很久，最后来到南横厅著名的"诗人角"，离托马
斯·哈代和查尔斯·狄更斯的墓不远的地方。这里是吉卜
林安息的地方，上面只有最简洁的铭文：名字、姓氏、
出生日期、死亡日期。这应该是最容易感受到他已不在
了的地方。在他的小说、诗歌、短篇小说、文章、信件
中，他的身影无处不在。现在，他成了自己的读者。

　　"爸爸，你是不是从来没有朗读过你翻译的诗？"

　　"从来没有。"

　　"你不觉得现在正是时候吗？"

　　"可是，他已经不在了。"

　　"只要我们还谈论他，只要还有人读他的作品，他就
还活着，其他作家也一样。"他坚持道。

　　"可是，我没带我翻译的诗。"

　　他从军装右边口袋里掏出钱包，从里面抽出一张纸，

慢慢展开，坚定地把它递给我。原来儿子一直保存着我送给他的译稿。现在回过头来看，我郑重其事地把译稿送给他并不恰当，因为现在，我们在教堂里经历的这一刻才是真正的庄严，发乎自然的庄严。

"读吧，现在就读，求你了，爸爸。"

他把手搭在我的肩上，温柔地抚摸着我的肩膀，鼓励我，仿佛在消除某种会让人瘫软无力的情绪。

如　果

如果你能保持冷静，当身边的人
都失去冷静，还谴责你，
如果你能在被众人怀疑时相信自己，
同时体谅他们的疑虑。
如果你能等待，且不在等待中颓丧，
被人恶意中伤，但不去中伤他人，
被人憎恨，也不去憎恨他人，
同时不要自我感觉太好，如圣贤般说话……

如果你能拥有梦想，却不被梦想奴役，
如果你能思考，但不把所想当作目的，
如果你能面对胜利和失败，

不被两者的表象欺骗，

如果你能忍受你说出的真相，

被奸人扭曲，致愚人上当，

眼睁睁地看着毕生心血倒塌，

还能弯腰，用破旧的工具重新将它搭建。

如果你能把赢得的筹码集中起来，

孤注一掷，猜正反面定胜负，

输光了还能从头再来，

绝口不提自己的损失。

如果你能强迫你的心、你的神经、你的体力，

一直为你所用，即使它们已经筋疲力尽，

还拼命坚持，哪怕你的体内已经没了能量，

只有你的意志，还在对它们说："坚持！"

如果你能和民众交谈，保持良善，

陪伴君王，还保持本色，

如果敌友的攻击都不能伤害你，

如果对你来说，所有人都很重要，但没有哪一个太
过重要，

如果你能把永不回头的每一分钟，

用前行的六十秒填满，

整个地球和它所包含的一切，都会属于你，

而且，更重要的是——你将成为一个男子汉，我的儿子！①

读罢，约翰和我都很感动。他抱了抱我，然后向教堂中殿走去，我看着他的身影消失在人群中。他要赶回伦敦某基地。今晚，他要空降在被德军占领的法国，在那里潜伏下来。我不想知道具体细节。是今晚还是某个夜晚，他没跟我说过。不过，我了解他，我的儿子已经是个男子汉了，他会跟随自己的内心，去他想去的地方。

---

① 由路易·朗贝尔译成法文。——原注